中國語言文字研究輯刊

二六編

第 **10** 冊

現代漢語否定語素構詞研究

侯　倩　著

花木蘭文化事業有限公司

國家圖書館出版品預行編目資料

現代漢語否定語素構詞研究／侯倩 著 -- 初版 -- 新北市：花
木蘭文化事業有限公司，2024〔民 113〕
序 4+ 目 4+172 面；21×29.7 公分
（中國語言文字研究輯刊 二六編；第 10 冊）
ISBN 978-626-344-606-9（精裝）
1.CST：漢語 2.CST：詞彙學
802.08 112022489

ISBN-978-626-344-606-9

9 786263 446069

中國語言文字研究輯刊
二六編 第 十 冊 ISBN：978-626-344-606-9

現代漢語否定語素構詞研究

作 者 侯倩
總 編 輯 杜潔祥
副總編輯 楊嘉樂
編輯主任 許郁翎
編 輯 潘玟靜、蔡正宣 美術編輯 陳逸婷
出 版 花木蘭文化事業有限公司
發 行 人 高小娟
聯絡地址 235 新北市中和區中安街七二號十三樓
電話：02-2923-1455 ／傳真：02-2923-1452
網 址 http://www.huamulan.tw 信箱 service@huamulans.com
印 刷 普羅文化出版廣告事業
初 版 2024 年 3 月
定 價 二六編 16 冊（精裝）新台幣 55,000 元 版權所有‧請勿翻印

現代漢語否定語素構詞研究

侯倩 著

作者簡介

侯倩，北京理工大學人文與社會科學學院助理教授、特別副研究員。2009 ～ 2012，北京語言大學漢語學院，漢語言文字學專業，獲文學碩士學位；2015 ～ 2019，山東大學文學院，漢語言文字學專業，獲文學博士學位；2019 ～ 2021，北京師範大學民俗典籍文字研究中心，博士後。獨立承擔文旅部「全球漢籍合璧工程」一般課題，參與國家社科基金 2 項、教育部社科基金 2 項。在《文藝研究》《文獻》《中國典籍與文化》等核心期刊發表學術論文多篇。

提　要

　　在人類的認知世界裏，否定範疇是一個非常重要的範疇。現實世界中否定無處不在，在語言裏也同樣如此，否定存在人類語言的各個層面，從語素到篇章，語言都有自己表達否定的系統，與肯定範疇相比，否定範疇的表達在形式上更為複雜。本文立足於詞彙學的研究範式，以具有形式標記的「否定語素＋X」詞彙為研究對象，探討否定語素構詞所涉及的一系列問題，包括形式和意義的對應性、否定語素作為詞內成分對詞義表達的影響、否定語素構詞的詞彙化和語法化、不同否定語素構詞的特點及其對比等問題。考察含有否定語素的成語，關注具有形式特性的漢語否定語素類成語，以否定語素作為切入角度探討成語的構造機制問題，在這個過程中關注否定語素在成語中的意義表現及其對成語化的貢獻。

序

楊振蘭

　　構詞問題一直是漢語詞彙和語法研究中的重要問題之一，眾所周知，以往的研究取得了豐碩的成果，但是特殊成分參與構詞的現象普遍存在，在語法尤其在語義方面表現出一定的獨特性，對此需要進行更多更具體的分門別類的研究工作。「否定語素＋X」構詞，是否表達了否定概念，語言形式和意義內容是否完全對應；如何從最初的句法形式演化為詞彙形式，生成機制是什麼，經歷了怎樣的演化過程和演化趨勢等等，都是很有意義且需要探討的問題。否定成分參與構成的複合詞來源於不同的歷史層次，不同否定成分也各有特點，但是形式上均有否定語素作為顯性標記，將這一具有形式共性的詞語聚合作為研究對象，是可行的，也是很有意義的。本書對「否定語素＋X」這一特殊類型的構詞問題，進行了多維度多層面的描寫分析和理論上的探討與剖析，是對構詞問題作具體研究的可喜成果，對於豐富和深化漢語的構詞研究，對於漢語詞彙層面否定概念的表達研究等，均具有較高的學術價值。

　　本書著重考察了「不＋X」、「無、沒＋X」、「非、未＋X」等幾組含否定語素的複合詞，對每一組詞都首先討論各否定成分的語法語義性質，再討論其在複合詞中的語義表現，最後分析整類詞的語義特點，注重成分和成分之間的關係以及成分和整體之間關係的探討，架構合理，邏輯嚴密。其中對「不＋X」的分析尤為詳盡充分，從實詞、虛詞等不同詞類到雙音節、三音節等不同音節，

再到單義、多義等不同語義構成，對「不＋X」與「X」的語義關係展開了不同維度的細緻入微的分析和論述。此外，本書對含否定成分的成語進行了嘗試性分析，探討了該類成語的構造機制及否定成分在成語中的意義表現及對成語化的貢獻等問題，這種探討對於成語的形式和意義研究而言都是有益的，其切入角度也是新穎的。

否定是重要的語義範疇，在語言的各個層級中普遍存在，在詞彙層面，「否定語素＋X」構詞是表達否定概念的重要載體，但也並非所有的該類複合詞都表達否定概念，這與結構體的詞彙化語法化的進程有關，同時也與否定語素由句法成分到詞內成分轉化過程中，伴隨著語言層級和功能的轉化，否定語義通常也會發生弱化甚至消失的變化有關。基於這種認識，作者所展開的涉及句法與詞法的關係和演化問題的研究以及形式和意義的對應和不對應的關係研究，都是是較為深入和令人信服的。

縱觀全書，作者善於借鑒和應用多種理論來闡釋否定語素構詞的相關問題，如運用詞彙化理論分析「不＋X」的成詞途徑；運用語法化理論分析某些詞的語法化過程；運用構式理論分析「不＋X」的形容詞化問題以及「非＋X」中「X」的屬性問題；用標記理論、禮貌原則、主觀性與主觀化理論、重新分析等解釋詞彙形式與語義的對應及不對應問題等等，都是恰切而又富有說服力的。所採用的研究方法也是科學合理的，如對比分析法的應用，通過多角度多層面的對比，更好地揭示出現代漢語多個否定語素與「X」構詞的個性特點和共性規律。從中可以看出作者具備較為深厚的專業理論素養和較強的分析和解決問題的科研能力。

侯倩的博士論文是在碩士論文的基礎上寫成的，碩士論文已經取得相當紮實的研究成果。博士階段作者一值勤奮努力，善於學習，潛心鑽研，這些都為書稿的研究和寫作打下了堅實的基礎。本書對「否定語素＋X」類複合詞的描寫是全面細緻的，對許多重要的問題都進行了同程度的理論闡釋，所得結論不乏作者的新見。相信本書的出版將為漢語不同類型詞語的構詞研究增加一個好的樣本，對其他類別的複合詞研究有也有很好的參考作用。

當然本書依然存在這樣那樣的不足，如對「否定語素＋X」類詞語更高層次的總結和概括有待加強；個別例子的分析還需再斟酌。相信作者能夠在今

後的研究中，通過自己的不懈努力，精心打磨，使本書得以不斷的完善和提高，使自己的學術研究邁向更高的臺階。

楊振蘭

2023 年 8 月於山東大學

目

次

第1章 緒 論

1.1 研究對象

「否定」是普遍存在的，在哲學、邏輯學以及語言學中都是重要的研究命題，哲學家、邏輯學家和語言學家都對它非常有興趣，不同的研究領域對「否定」的界定也不同。哲學上對否定的討論至少可以追溯到西方傳統哲學時代的柏拉圖〔註1〕，他所關注的主要問題是確定是否所有類型的否定都可以簡化為一個單一的特徵。柏拉圖給予否定一個簡單的定義，即「他物」，not-P 是與 P 不同的東西，在哲學解釋上試圖簡化同一。亞里士多德承認兩種否定，一個是「詞否定（term negation）」，一個是「謂詞否定（predicate denial）」。「詞否定」從結構上看包括一個否定成分（「Socrates is not intelligent」）或否定詞綴（Socrates is unintelligent），以詞彙的形式來表達對立或否定，這種「詞否定」也被後來的邏輯學家稱之為內部的否定。「謂詞否定」涉及對整個命題的否定（It is not the case that Socrates is intelligent），這種否定也被稱為外部否定。內部否定和外部否定的區分涉及到語言意義上的否定，而不再是單純的哲學

〔註1〕Rochelle Lieber. Morphology and Lexical Semantics〔M〕. Cambriage: University of Cambriage Press. 2004:112.

意義上的討論。傳統邏輯學區分矛盾和對立，矛盾否定兩項（P 和-P）不能同時成立，一項為真，另一項必須為假。在邏輯學的標準術語中，矛盾否定遵循著排中律（Law of the Excluded Middle），對立的否定也意味著兩個項（P 和-P）不能同時為真，但它允許兩個項同時為假，它不遵循排中律。現在邏輯學研究的主流傾向於將所有的否定都歸結為謂詞否定或邏輯否定，否定的含義被簡化為矛盾的。邏輯學和哲學都試圖簡化否定。

邏輯否定可以看成是自然語言中否定現象的抽象和概括，為我們分析自然語言中的否定現象提供了必要的判斷標準。另一方面，邏輯否定和語言否定各自的內容和表現方法不同，語言否定是一個及其複雜的語義過程。語言是音和義的結合體，是一種社會現象，是人類最重要的交際工具，語言的本質決定了「否定」的表達需要解決形式和意義的對應性問題以及如何在具體的語言環境中適應交際的需要。

從語義範疇的角度看，肯定和否定是一對相互對立的範疇。理論上講，肯定、否定在語義上相互對應，在形式上也表現出一致的對應性，但在實際的語言應用中卻在不同程度上呈現出不對應性和不平衡性。

在人類的認知世界裏，否定範疇是一個非常重要的範疇。在語言裏也同樣是這樣，否定存在人類語言的各個層面，從語素到篇章，語言都有自己表達否定的系統。與肯定範疇相比，否定範疇的表達在形式上更為複雜。本文將選取形式上為「否定語素＋X」這樣的具有形式共性的詞作為研究對象，探索否定範疇在詞彙上的投射。

「否定語素＋X」詞語是指在形式上是由否定語素「不、無、沒、非、未」等與其他語素「X」構成的複合詞以及成語。從歷時角度來看，不同的複合詞成詞時間並不一致，論文要討論的否定語素複合詞在古代漢語的某些特定時期是否定形式的短語，或者處於從短語到詞轉變的中間階段，但是在現代漢語層面已然成為詞。從共時角度來看否定語素複合詞是一種歷時演變的結果，在形式上都帶有否定語素，但是在意義上有的依然屬於否定範疇，有的則不同程度地脫離了否定範疇。本文試圖對這一在形式上有共性的複合詞的形式和意義進行全面的考察。

1.2　研究範圍

　　論文研究的「否定語素＋X」複合詞主要來源於《現代漢語詞典》〔註2〕、《現代漢語大詞典》〔註3〕、《現代漢語新詞語詞典》〔註4〕、《現代漢語頻率詞典》〔註5〕等工具書，其中主要以第 7 版《現代漢語詞典》（以下簡稱《現漢》）為主。由於詞典收詞並不是只從語言實際出發，要遵循一定的原則，除了詞語使用頻率和實用性之外，還要遵循系統性原則和穩定性原則，詞典的收詞難免出現不一致的地方。為了搜集更為全面的詞彙語料，在《現漢》之外還參照其他工具書以及國家語委「現代漢語通用平衡語料庫」核心庫等。本文旨在探討「否定語素＋X」這一具有形式共性的複合詞的特點及其不同否定語素所形成的小類之間的對比，因此在詞的界定方面並不採取從嚴原則，本文所探討的詞語還包括三音節詞語及四字成語。

1.3　研究現狀

1.3.1　關於否定語素和否定詞的研究

　　語素和詞是處於語法系統不同層級的單位，語素是語法系統中最小的單位，詞是最小的能夠獨立運用的音義結合體。語素和詞存在複雜的關係，簡單來說，語素分為成詞語素和不成詞語素，成詞語素和詞具有同一性，其關

〔註2〕中國社會科學院語言研究所詞典編輯室：《現代漢語詞典》（第 7 版）〔Z〕，北京：商務印書館，2016 年版。
　　　中國社會科學院語言研究所詞典編輯室：《現代漢語詞典》（第 6 版）〔Z〕，北京：商務印書館，2012 年版。
　　　中國社會科學院語言研究所詞典編輯室：《現代漢語詞典》（第 5 版）〔Z〕，北京：商務印書館，2005 年版。
　　　中國社會科學院語言研究所詞典編輯室：《現代漢語詞典》（2002 年增補本）〔Z〕，北京：商務印書館，2002 年版。
　　　中國社會科學院語言研究所詞典編輯室：《現代漢語詞典》（1996 年修訂本）〔Z〕，北京：商務印書館，1996 年版。
　　　中國社會科學院語言研究所詞典編輯室：《現代漢語詞典》（第 1 版）〔Z〕，北京：商務印書館，1978 年版。
〔註3〕現代漢語大詞典編委會：《現代漢語大詞典》〔Z〕，上海：上海辭書出版社，2010 年版。
〔註4〕林誌偉、何愛英：《現代漢語新詞語詞典》〔Z〕，北京：商務印書館，2005 年版。
〔註5〕北京語言學院語言教學研究所：《現代漢語頻率詞典》〔Z〕，北京：北京語言學院出版社，1986 年版。

係是實現關係，不成詞語素需要與其他語素組合形成詞。漢語語言學在傳統語文學時期，只有「字」的概念，而沒有「語素」的概念，漢語引入「語素」（morpheme）進行語言研究是受現代西方語言學的影響。上世紀 30 年代末到40 年代初發生了漢語語法史上第一次學術辯論，一些學者主張根據中國文法事實，借鏡外來新知，參照前人成說，以科學的方法、謹嚴的態度締造中國文法體系。在這樣的學術背景下，以布龍菲爾德為代表的美國描寫語言學家所提出的「morpheme」概念被引入到漢語研究中，陳望道最早在文獻中使用到「辭素」，後又更名為「語素」並對「語素」作了虛實之分〔註6〕。自此，漢語語法研究逐漸形成以語素、詞、短語、句子四級語法單位為體系的研究框架。

否定語素是表示否定概念的語素，研究現代漢語的否定語素，勢必需要具有時時回溯古漢語的思想準備。遠在甲骨卜辭時代，否定副詞已經蔚然形成體系〔註7〕，在先秦時代，已經出現了「莫非」「未免」「不妨」等包含一個或多個否定語素的結構。這在當時尚未詞彙化，卻在後世漸漸黏連，凝固成了否定語素複合詞。從《爾雅》《說文解字》《釋名》以降，歷代學人都對漢語中的否定語素給予了充分的關注。到了清代，出現專門的虛詞研究專著，如王引之《經傳釋詞》、劉淇《助字辨略》等，從語法進窺虛詞之名實，對其功能與釋義多有創闢性的收穫。近代以來，馬建忠《馬氏文通》、陳承澤《國文法草創》、金兆梓《國文法之研究》、楊樹達《詞詮》、童斐《虛詞集釋》等文言語法、詞彙研究，都不同程度涉及了對否定語素構詞的考察。

學界對現代漢語否定詞進行分類研究時主要使用「否定副詞」和「否定詞」兩個術語，二者的關係是「否定詞」包括否定動詞和否定副詞。否定詞或否定副詞在詞彙系統中屬於比較特殊的類別，不是從語法功能而是從邏輯語義角度劃分出來的。第一次使用「否定副詞」這一術語的是黎錦熙在《新著國語文法》的「副詞細目」一節〔註8〕，主要列舉了「不、沒、沒有、未、不曾」等詞。高名凱的《漢語語法論》〔註9〕和丁聲樹的《漢語語法系統》〔註10〕沒有對否定動

〔註6〕陳望道：《中國文法革新論叢》〔M〕，北京：商務印書館，1987 年版，第 187 頁。
〔註7〕張金玉：《二十世紀甲骨語言學》〔M〕，上海：學林出版社，2003 年版，第 141～155 頁。
〔註8〕黎錦熙：《新著國語文法》〔M〕，上海：商務印書館，1957 年版，第 190～191 頁。
〔註9〕高名凱：《漢語語法論》〔M〕，上海：開明書店，1948 年版，第 430 頁。
〔註10〕丁聲樹：《漢語語法系統》〔M〕，北京：商務印書館，1961 年版，第 196～200 頁。

詞和否定副詞加以區分，統稱為「否定詞」。漢語的否定詞系統有動詞和副詞兩種詞性，不同的語法系統採取不同的分合方式，後來也有的學者試圖對否定動詞和否定副詞作統一化的處理。如，郭銳〔註11〕認為「沒（沒有）」的動詞性和副詞性在更高程度上是相通的，即「沒（有）」是對存在的否定，包括對事物存在和事件存在的否定。石毓智〔註12〕指出從歷史的角度來看，動詞「沒」和副詞「沒」是同源的，具有共同的深層語義特徵。

　　漢語的否定詞系統主要包括哪些詞，各個學者也提出了不同的看法〔註13〕，黎錦熙〔註14〕所列否定副詞為「不、沒有、沒、未、不曾、莫、勿、休」，並提到表禁戒的副詞常用「不」字加在助動詞或動詞上，如「不必、不須、不用（甭）、不可、不要（別）、不得、不許、不准」。呂叔湘〔註15〕所列為「不、勿、未、莫、休、別」。王力〔註16〕舉現代最常用的否定詞為「無、不、未、沒有、沒、非、不是、別、不要」。呂叔湘、朱德熙〔註17〕認為現代口語裏只有兩個否定副詞，即「沒」「不」。趙元任〔註18〕認為主要否定副詞為「不」。

　　漢語否定詞涉及來源於不同歷史時期，具有不同語法性質和表義功能的多個否定詞，因此，否定詞的辨析也是研究的熱點之一，而其中討論最多最深入的是「不」和「沒」這一對否定詞的比較。這對詞的討論涉及時間跨度之長、角度之多使得對「不」和「沒」的研究更為充分。呂叔湘先生指出，「不」主要用於主觀意願，可以指過去、現在和將來。「沒」則用於客觀敘述，不能指將來，限於指過去和現在〔註19〕。時間的角度和主客觀角度，是在對比「不」和「沒」時最常用的角度，李瑛〔註20〕也指出，「不」是表示主觀否定的詞，

〔註11〕郭銳：《過程性和非過程性──漢語謂詞性成分的兩種外在時間類型》〔J〕，《中國語文》，1997 年第 3 期。

〔註12〕石毓智：《肯定和否定的對稱與不對稱》〔M〕，北京：北京語言大學出版社，2001年版，第 34 頁。

〔註13〕劉相臣、丁崇明：《近百年現代漢語否定副詞研究述論》〔J〕，《江西師範大學學報》，2014 年第 6 期。

〔註14〕黎錦熙：《新著國語文法》〔M〕，上海：商務印書館，1957 年版，第 163 頁。

〔註15〕呂叔湘：《中國文法要略》〔M〕，北京：商務印書館，1982 年版，第 234～243 頁。

〔註16〕王力：《中國現代語法》〔M〕，北京：商務印書館，1985 年版，第 124～129 頁。

〔註17〕呂叔湘、朱德熙《語法修辭講話》〔M〕，北京：中國青年出版社，1952 年版，第 107頁。

〔註18〕趙元任：《漢語口語語法》〔M〕，北京：商務印書館，1979 年版，第 347 頁。

〔註19〕呂叔湘：《現代漢語八百詞》〔M〕，北京：商務印書館，1980 年。

〔註20〕李瑛：《「不」的否定意義》〔J〕，《語言教學與研究》，1992 年第 2 期。

凡是語義中含有主觀因素的詞能夠被「不」直接否定，表示客觀性行為、事物的詞不能用「不」否定。在主客觀區分這一點上，有學者提出了反例。如王燦龍〔註21〕所舉例：

      a. 他現在不在家。

      b. 他現在沒在家。

這兩句中，主客觀的對立消失，句子表義相同。侯瑞芬〔註22〕進一步提出「沒」只有客觀性，而「不」既有主觀性又有客觀性。

郭銳〔註23〕從「過程」和「非過程」的角度看待「不」與「沒（有）」的區別，「過程」與「非過程」是根據謂詞性成分所體現的時間類型不同所做的區分。「過程」與時間流逝發生聯繫，而「非過程」不與時間流逝發生聯繫，只是抽象地表示動作、狀態或者關係。「過程」與「非過程」在形式上的區別就是相應否定式中的否定詞不同，非過程性謂詞否定用「不」，過程性謂詞否定用「沒（有）」。石毓智〔註24〕從量的角度看到「不」與「沒」的不同分工。根據能否量變，語言中的詞可以分為沒有量變的定量詞和在量上有一定伸縮性的非定量詞。再進一步將有量變的詞分為離散量詞和連續量詞。「不」只能否定連續量詞，「沒」只能否定離散量詞。沈家煊〔註25〕從英漢否定詞的分合以及漢語名動分合的角度著眼，提出漢語否定詞的區分首先是區分「直陳否定」和「非直陳否定」，特別表現在區分是不是對「有」的否定，可稱為「有的否定」和「非有否定」。「有的否定」用「沒／無／未」，「非有否定」用「不／非」，後者包括「是」的否定。「有的否定」注意點在動詞的事變性（有沒有這件事），「非有否定」注意點在動詞的動作性（做不做這件事）。其他論述還有很多，但基本都在此角度範圍內。如蔣琪、金立鑫〔註26〕和陳平〔註27〕等提

〔註21〕王燦龍：《試論「不」與「沒有」語法表現的相對同一性》〔J〕，《中國語文》，2001年第4期。

〔註22〕侯瑞芬：《再析「不」「沒」的對立與中和》〔J〕，《中國語文》，2016年第3期。

〔註23〕郭銳：《過程性和非過程性——漢語謂詞性成分的兩種外在時間類型》〔J〕，《中國語文》。

〔註24〕石毓智：《漢語肯定和否定的對稱與不對稱》〔M〕，北京：北京語言大學出版社，2001年，第26～36頁。

〔註25〕沈家煊：《英漢否定詞的分合和名動的分合》〔J〕，《中國語文》，2010年第5期。

〔註26〕蔣琪、金立鑫：《「再」與「還」重複義的比較研究》〔J〕，《中國語文》，1997年第3期。

〔註27〕陳平：《英漢否定結構對比研究》〔M〕，重慶：重慶出版社，1991年，第221頁。

出的已然否定和未然否定可以歸併到時間角度上的討論。

在否定詞系統中，從否定詞的對比分析角度展開探討，也是學者頗為重視的研究向度。由於「不」和「沒」使用範圍大，且二者的不同涉及否定系統的分合問題，因此展開的討論比較充分。相較而言，學界對其他否定詞的對比分析則顯得較為薄弱，有待於研究的進一步展開。

探討否定詞的來源和歷時演變，有助於理解現代漢語共時層面上否定詞的語義特點和語法特性。如吳福祥〔註28〕、徐時儀〔註29〕、石毓智、李訥〔註30〕等從歷時角度考察了「沒（有）」，江藍生〔註31〕考察「別」、何樂士〔註32〕考察了「弗」、金穎〔註33〕考察了「勿」，玄盛峻〔註34〕考察了「莫」，劉敏〔註35〕系統地考察了敘述類否定副詞、已然類否定副詞、勸誡禁止類否定副詞、判斷類否定副詞、必要類否定副詞 5 類 43 個否定副詞的來源和歷時演變。

漢語的否定詞系統是一個相對封閉的系統，有些是自古存在使用至今的，如「不」，有的在現代漢語中已經不再使用如「勿、毋」等，有的是在某個歷史階段產生使用至今的，如「沒」。如上所述，對漢語否定詞的研究從個別到系統，由歷時到共時都取得了較為豐富的成果，這為我們即將展開的「否定語素＋X」詞語的研究奠定了堅實的基礎。

1.3.2　關於「否定語素＋X」複合詞的研究

「否定語素＋X」複合詞是複合詞內部一個具有形式共性的聚合體，其研究涉及複合詞研究的各個方面，如複合詞的結構和語義，詞義和語素義的關係，歷時演變和共時狀態等。

〔註28〕吳福祥：《否定副詞「沒」始於南宋》〔J〕，《中國語文》，1995 年第 2 期。

〔註29〕徐時儀：《否定詞「沒」、「沒有」的來源和語法化過程》〔J〕，《湖州師範學院學報》，2003 年第 1 期。

〔註30〕石毓智、李訥：《十五世紀的句法變化與現代漢語否定系統標記的形成——否定標記沒（有）產生的句法背景及其語法化過程》〔J〕，《語言研究》，2000 年第 2 期。

〔註31〕江藍生：《禁止詞「別」考源》〔J〕，《語言研究》，1991 年第 1 期。

〔註32〕何樂士：《「弗」的歷史演變》〔J〕，刊於《左傳虛詞研究》〔M〕，北京：商務印書館，2004 年，第 524 頁。

〔註33〕金穎：《禁止詞「別」考源》〔J〕，《龍巖學院學報》，2006 年第 1 期。

〔註34〕玄盛峻：《中古漢語否定副詞「莫」的歷史演變及其動因》〔J〕，《天水師範學院學報》，2008 年第 1 期。

〔註35〕劉敏：《漢語否定副詞來源與歷時演變研究》〔D〕，湖南師範大學碩士學位論文，2010 年。

　　學術界對「否定語素＋X」複合詞的研究，大體可以分為個別詞研究、小類詞研究和多類詞研究。個別詞研究如：姚小鵬、姚雙雲《「不妨」的演化歷程與功能擴展》〔註36〕、周雄才《「不說」的多角度研究》〔註37〕、趙雅婷《「不光」的詞彙化及語法化探微》〔註38〕、劉小寧《「不行」的詞彙化與語法化》〔註39〕、郝明傑《「不論」連詞化及其機制初探》〔註40〕、徐光宇《「不止」的詞彙化與語法化過程》〔註41〕、胡乘玲《漢語標記「不對」的功能分析》〔註42〕、胡建鋒《話語標記「不錯」的指示功能及其虛化歷程》〔註43〕、王霞《轉折連詞「不過」的來源及語法化過程》〔註44〕、方一新《「不聽」之「不允許」義的產生年代及成因》〔註45〕、翟贇《現代漢語中「不錯」及其語義功能》〔註46〕等研究，皆對「否定語素＋X」複合詞做出了推進式研究。這些成果選取某一個「否定語素＋X」複合詞，根據選取詞的特點或探求其詞義來源，或描寫其語義特徵或語法功能，或是勾勒詞彙化和語法化過程。其中沈家煊〔註47〕《說「不過」》的討論具有典型性和示範性，文章以「不過」的多種意義和多種形式為例，著重說明兩種最重要的演變類型語法化（實詞虛化）和詞彙化（詞的組連變詞），說明演變的動因是言談的「省力原則」（包含「足量準則」和「不過量準則」），演變的機制是「語用推理」及推導義的「固化」。演變的規律表明意義和形式的結合是有一定理據的。曹夢《「無X」類副詞詞彙化及語法化研究》〔註48〕

〔註36〕姚小鵬、姚雙雲：《「不妨」的演化歷程與功能擴展》〔J〕，《世界漢語教學》，2009年第4期。

〔註37〕周雄才：《「不說」的多角度研究》〔D〕，上海師範大學學位論文，2012年。

〔註38〕趙雅婷：《「不光」的詞彙化及語法化探微》〔J〕，《現代語文（學術綜合版）》，2016年第8期。

〔註39〕劉小寧：《「不行」的詞彙化與語法化》〔J〕，《漢字文化》，2017年第14期。

〔註40〕郝明傑：《「不論」連詞化及其機制初探》〔J〕，《青年文學家》，2013年第1期。

〔註41〕徐光宇：《「不止」的詞彙化與語法化過程》〔J〕，《雜西大學學報》，2016年第8期。

〔註42〕胡乘玲：《漢語標記「不對」的功能分析》〔J〕，《漢語學習》，2014年第3期。

〔註43〕胡建鋒：《話語標記「不錯」的指示功能及其虛化歷程》〔J〕，《語言教學與研究》，2012年第1期。

〔註44〕王霞：《轉折連詞「不過」的來源及語法化過程》〔J〕，《河北師範大學學報》，2003年第2期。

〔註45〕方一新：《「不聽」之「不允許」義的產生年代及成因》〔J〕，《中國語文》，2003年第6期。

〔註46〕翟贇：《現代漢語中「不錯」及其語義功能》〔J〕，《現代語文》，2009年第7期。

〔註47〕沈家煊：《說「不過」》〔J〕，《清華大學學報》〔J〕，2004年第5期。

〔註48〕曹夢：《「無X」類副詞詞彙化及語法化研究》〔D〕，重慶師範大學碩士學位論文，2018年。

則基於語法化思路，嘗試對 18 個「無 X」副詞的詞彙化與語法化過程進行全面深入地研究，描寫「無 X」類副詞的語法功能、釐清「無」的語法化過程和「無　X」類副詞詞彙化及語法化過程、探究其演化機制和演變動因以及概括其演變的整體特徵。

　　另有小類研究選取「不／沒／未／無／非＋X」中的一類進行研究，試圖解釋某類否定語素構詞的歷時演變。這一系列的專題探討具有微觀考察的意義，能為我們宏觀思考「否定語素＋X」複合詞積累堅實的學術根基。董秀芳〔註49〕《「不」與所修飾的中心詞的黏合現象》分析了「不」與中心詞黏合所形成詞的類型，探討了這一類黏合現象發生的原因以及黏合發生後對語言系統的影響。其他討論也基本是在此研究框架之下，如潘晶虹〔註50〕《現代漢語「不 X」類構式演變研究》引入構式的研究，按照構式化程度從低到高的順序研究「不必」、「不見得」、「不枉」、「不成」的形成和演變。包豔麗〔註51〕《「不 X」類短語的詞彙化研究》選取在現代漢語中比較常用的「不滿」「不錯」「不測」「不免」「不禁」「不得」「不料」作為研究對象，從歷時角度考察其成詞年代並解釋「不」類短語成詞的動因。更有學者將研究視角聚焦於「不 X」某一細分小類的詞語進行考察，比如劉立成、柳英綠〔註52〕《「不但」類連詞的成詞理據》，重點從理據的總結入手，認為「不但」類連詞的成詞與該類詞內部兩個語素的標記性有關。正是這兩個有標記語素構成了一個無標記的組配，並且在重新分析和類推機制的作用下形成了一組同義連詞。田慧麗〔註53〕《現代漢語表遞進義「不 X」雙音詞及其相關格式考察》以現代漢語中常見的表遞進義的「不 X」雙音詞為研究對象，從句法、語義、語用三個平面對現代漢語中表遞進義的「不 X」雙音連詞及相關格式進行考察分析，找出它們之間的相同點和不同點，並對其在現代漢語中並存的動因與機制嘗試做出解釋。李德鵬〔註54〕《「不＋X」類雙音節動詞的詞彙化》在「不＋X」類

〔註49〕董秀芳：《「不」與所修飾的中心詞的黏合現象》〔J〕，《當代語言學》，2003 年第 1 期。
〔註50〕潘晶虹：《現代漢語「不 X」類構式演變研究》〔D〕，重慶師範大學學位論文，2016 年。
〔註51〕包豔麗：《「不 X」類短語的詞彙化研究》〔D〕，延邊大學碩士學位論文，2011 年。
〔註52〕劉立成、柳英綠：《「不但」類連詞的成詞》〔J〕，《漢語學習》，2008 年第 3 期。
〔註53〕田慧麗：《現代漢語表遞進義「不 X」雙音詞及其相關格式考察》〔D〕，上海師範大學學位論文，2013 年。
〔註54〕李德鵬：《「不＋X」類雙音節動詞的詞彙化》，〔J〕，《西南石油大學學報》，2012 年第 3 期。

詞內進一步縮小研究範圍，以雙音動詞為例探討「不＋X」詞彙化問題。在詞彙化視角下進一步深化的研究是對某些特殊語義和用法進行探源，如董秀芳〔註55〕《「未X」式副詞的委婉用法及其由來》討論「未免、未嘗、未必、未始」等包含否定語素「未」的語氣副詞，認為這些語氣副詞都有委婉的用法，對這些語氣副詞所表達的委婉語氣進行了描寫和分類，並對這些副詞的語義和語用特點作了分析，同時討論了「未X」式副詞的歷時來源，揭示了「未X」式副詞所經歷的詞彙化與主觀化的具體過程，探討了造成「未X」式副詞委婉用法的相關因素。曹志國《「不X」結構語法化的不對稱性》〔註56〕按照語法和語義分成三類副詞，不免類、不成類和不必類。這三類副詞語法化後顯得並不整齊，不是全部變為否定副詞，也不是全部變為語氣副詞。「不成類」語義同於「不必類」，最後的發展卻同於「不免類」。影響這種參差局面的因素是語法化後「不X」結構的否定義是否存在。如果「不X」在發展過程中本身能消除結構中的否定義或者能將否定義轉化到句子層面，它就可以變為語氣副詞；否則，只能是否定副詞。郝明傑〔註57〕《現代漢語「不X」的共時詞彙化狀態考察》從共時的狀態研究「不X」的歷時演變。尹洪波〔註58〕《否定詞與範圍副詞共現的語義分析》分析了「不」與一些範圍副詞共現時語義變化的三種情況：減量、增量和不變。

　　不同的否定語素所構成的詞語具有比較的意義，金穎〔註59〕《「未嘗、未曾、不曾」的歷時更替及其原因分析》認為時間詞「未嘗」、「未曾」、「不曾」的產生與發展變化經過了歷時替換過程。謝小麗〔註60〕《「無／不＋M」類雙音節詞的結構類型》認為，多數情況下，「不」後跟動素和形素，構成偏正型合成詞，「無」後跟名素，構成動賓型合成詞；但「不」後也可以跟名素，「無」後也可以跟動素、形素，其結構類型應具體分析；還有一些語素意義不明的雙音節詞

〔註55〕董秀芳：《「未X」式副詞的委婉用法及其由來》〔J〕，《語言科學》，2012年第5期。
〔註56〕曹志國：《「不X」結構語法化的不對稱性》〔J〕，《揚州大學學報》，2014年第3期。
〔註57〕郝明傑：《現代漢語「不X」的共時詞彙化狀態考察》〔D〕，上海師範大學學位論文，2014年。
〔註58〕尹洪波：《否定詞與範圍副詞共現的語義分析》〔J〕，《漢語學報》，2011年第1期。
〔註59〕金穎：《「未嘗、未曾、不曾」的歷時更替及其原因分析》〔J〕，《暨南學報》，2008年第3期。
〔註60〕謝小麗：《「無／不＋M」類雙音節詞的結構類型》〔J〕，《廣州大學學報》，2002年第9期。

不宜討論其結構類型。陳軒〔註61〕《「難免」、「不免」、「未免」的主觀性差異考察》應用認知語言學的理論，重點對「難免、不免、未免」三個副詞在句子中表現的主觀性進行排序，得出了在表現主觀性程度方面，難免〈不免〈未免。除此之外，文章還從語法、語義、語用等方面對這三個詞進行了比較，對它們在各個方面的共性和個性進行了分析。關翠瓊〔註62〕《帶「不」詞語的否定肯定不對稱性表現及其功能考察》將《現代漢語詞典》中「不」字下的詞條進行了封閉分析，將這些詞語分成了六類：一般詞語、成語、古語詞、專門語、習慣語、方言，又將這六類的肯定否定不對稱情況分為完全不對稱類、不完全對稱類和有限對稱類。文章的主體部分按分類情況對每個帶「不」詞語的否定、肯定形式進行了意義及句法功能的比較。

另有學者重點關注「否定語素＋X」複合詞的語義問題，常海星〔註63〕《「不」構成連詞「不 X」的語義、句法基礎》指出現代漢語連詞系統中，有一系列「不 X」式連詞，「不」構成連詞「不 X」有其語義基礎和句法條件，其語義基礎是「不」自身所具有的阻斷連續性特點，其句法基礎是它與所修飾的中心詞的高度凝固性以及「不＋X」短語經常出現在複句的句法環境中。姚小鵬、姚雙雲〔註64〕《「不 X」類副詞的語法化與表義功用》提及現代漢語中有些「不 X」副詞由「不」和動詞等實詞通過歷時演化凝合而成。語義演變的誘使性推理和追求正反兩式對稱平衡的類推是導致其語法化的兩條重要機制。「不 X」副詞發展演化過程中的歷時沉澱，反映在表義功用上，就是它們通常具有較強的傾向性或主觀性。侯瑞芬〔註65〕《複合詞中「不」的多義性》則考察了漢語複合詞中的「不」可以表達「沒有」、「別」和「不能」等多種意義。「不」作為「大眾化」的一般否定詞而成為最常用、最無標記的否定詞，這是它能夠表示多種

〔註61〕陳軒：《「難免」、「不免」和「未免」的主觀性差異考察》，北京語言大學學位論文，2006 年。李南也有類似的研究，見李南：《「否定語素＋X」類副詞的詞彙化研究》〔D〕，河南大學學位論文，2013 年。

〔註62〕關翠瓊：《帶「不」詞語的否定肯定不對稱性表現及其功能考察》〔D〕，華中師範大學學位論文，2003 年。

〔註63〕常海星：《「不」構成連詞「不 X」的語義、句法基礎》〔J〕，《長江學術》，2009 年第 3 期。

〔註64〕姚小鵬、姚雙雲：《「不 X」類副詞的語法化與表義功用》〔J〕，《漢語學習》，2010 年第 4 期。

〔註65〕侯瑞芬：《複合詞中「不」的多義性》〔J〕，《漢語學習》，2015 年第 6 期。

否定意義的前提。「不」之所以能夠在複合詞中表示「沒有」、「別」和「不能」等多種意義，則主要歸因於其「主觀性」的特質。「凸顯衝突」和「委婉表意」是「不」主觀性的具體表現。

探究「否定語素＋X」複合詞的屬性，在語言教學中也有著重要的指導意義。趙雪〔註66〕《漢語「不 X」式詞在二語習得中的偏誤研究》一文，根據「不 X」詞偏誤研究的現狀，採用歷時與共時相結合、描寫與解釋相結合、歸納與演繹相結合、數據統計以及傳統訓詁學的研究方法來對其在二語習得過程中易出現偏誤的情況進行了分析。李惠軍〔註67〕《現代漢語「未 X」類減量副詞研究》對「未 X」類減量副詞（包括「未免」「未必」「未嘗」）進行了較為系統的考察，從句法分布、語義特徵、語用功能、認知語言學、歷時演變等角度進行了比較詳細的描寫與分析。沈芳芳〔註68〕《漢語「未 X」類語氣副詞考察及對外漢語教學應用》著重對「未 X」類語氣副詞進行語法分析，從語義、句法結構、句法功能、句式分布的角度探討研究該類副詞的性質和搭配規律。此外，作者還從話語信息功能、評價理論中的介入功能和分級功能來探討「未 X」類語氣副詞的異同。在此基礎上，對「未 X」類語氣副詞在對外漢語教學上的應用研究進行了分析。

在上述各角度研究之外，也有多位學者著眼於宏觀把握，對「否定語素＋X」進行了大類研究。劉靈敏〔註69〕《否定結構的詞彙化研究》首先對「否定語素＋X」類副詞進行系統的分類，然後運用語音、句法、語義、語用和認知等方面的相關理論分析這類詞的詞彙化動因。最後對這類詞的特點、規律以及對詞彙系統的影響等問題進行進一步的分析和探討。張麗莎〔註70〕《「否定語素＋X」式副詞否定義的研究》試圖解釋「否定語素＋X」式副詞在發展歷

〔註66〕趙雪：《漢語「不 X」式詞在二語習得中的偏誤研究》〔D〕，吉林大學學位論文，2017 年。

〔註67〕李惠軍：《現代漢語「未 X」類減量副詞研究》〔D〕，上海師範大學學位論文，2017 年。

〔註68〕沈芳芳：《漢語「未 X」類語氣副詞考察及對外漢語教學應用》〔D〕，西南大學學位論文，2015 年。

〔註69〕劉靈敏：《否定結構的詞彙化研究》〔D〕，安徽師範大學學位論文，2011 年。李南也有類似的研究，見李南：《「否定語素＋X」類副詞的詞彙化研究》〔D〕，河南大學學位論文，2013 年。

〔註70〕張麗莎：《「否定語素＋X」式副詞否定義的研究》〔D〕，華中科技大學學位論文，2016 年。

程中否定義消解或轉移的原因。金穎〔註 71〕《漢語否定語素複合詞的形成演變研究》，研究的視角是歷史的流變，著重研究漢語否定語素複合詞的形成、發展和演變歷程。

「否定語素＋X」複合詞的研究，會推動詞典編纂對相應詞彙意義精確描述，而既有的已編詞典，也可成為「否定語素＋X」式詞語研究的考察對象。侯瑞芬〔註 72〕《漢語「不 XX」三字組考察與詞典收詞》一文研究發現，「不 XX」三字組數量眾多，有詞和短語兩種不同性質。通過對《現代漢語詞典》等四種不同材料中收錄的「不 XX」三字組進行考察，試圖從韻律、結構、語義和頻率等角度確定甄別「不 XX」三字詞和三字短語的主要標準。這不僅在理論上對人們辨識兩種性質完全不同的語言單位很有好處，在詞典編纂實踐上，也將幫助人們解決詞目收錄的猶豫與困惑，使詞典收詞更為準確與精當。

1.3.3　現有的研究局限

總體來看，目前學界對「否定語素＋X」詞語的研究存在的問題主要是零散性。目前所論多限於對某類或某個否定語素複合詞的研究，考察語料比較局限，缺乏對整個「否定語素＋X」詞語的全面關照。從語言的系統性來說，「否定語素＋X」複合詞不是個別存在的，這一具有形式共性的詞語內部有著複雜的系統性關係，對某個或某些否定語素所構詞語的研究不能展現否定語素構詞的整體狀況。

就現有的研究成果來看，「否定語素＋X」複合詞在共時視角下的系統全面的研究以及不同否定語素構詞的對比研究還是空白，有待於進一步的深入。

1.4　研究目標和研究意義

1.4.1　研究目標

本文的研究目標是對現代漢語否定語素複合詞進行全面系統地整理研究。在漢語詞彙系統中，否定詞有副詞「不」「弗」「毋」「勿」「未」「否」「非」

〔註71〕金穎：《漢語否定語素複合詞的形成演變研究》〔M〕，廣州：廣東人民出版社，2011年。

〔註72〕侯瑞芬：《漢語「不 XX」三字組考察與詞典收詞》〔J〕，《語言科學》，2017 年第 1 期。

「無」「沒」「莫」(「莫」在古代漢語中是一個否定性的無定代詞)等,這些否定詞在現代漢語中的構詞能力不同,「不」、「沒」「無」「未」「非」的構詞能力比較強,「弗」「毋」「勿」「否」「莫」構詞能力比較弱。限於構詞能力的差異,論文將只討論「無、不、非、未、沒+X」所構成的否定語素詞語。以期通過對不同小類「否定語素+X」詞語內部的描寫和分析,以及不同否定語素構詞的對比分析,探索否定語素構詞的特點和規律。同時,本文也關注作為詞彙構成內容之一的四字成語中「否定語素」的功能新變。

1.4.2　研究意義

第一、對由「不」和其他否定語素構成的複合詞的共性和個性有進一步深入地理解。「不」和不同的否定詞來自不同的歷史層次,經歷了由句法向詞法的演變過程,其本身的語法語義特性在詞法上呈現,又可從句法上梳理其發展脈絡,研究否定語素構詞,疏通詞法與句法的關係,有利於更加深刻地理解由否定語素所構成的複合詞的特點。

第二、對漢語詞彙層面的否定系統有更加深化的認識。否定普遍存在語言的各個層級,詞彙方面的否定現象紛繁複雜,有顯性和隱性之分,本分所討論的是顯性的否定,即在形式上有否定標誌的,從這點切入否定系統的詞彙層面,為否定系統的研究提供詞彙學的論證。

第三、對「否定語素+X」詞語的分析會為詞典對這類詞的釋義提供依據,進一步提升詞典釋義的準確性。如果能系統地研究「否定語素+X」詞語的語義構成,會為詞典釋義提供可供參考的釋義依據,在詞典中對這一聚合體的釋義更加規範。

第四、為對外漢語教學提供理論指導,漢語否定語素構詞數量較大且有的詞彙使用較為普遍,對於缺乏漢語語感的留學生來說,對漢語不同否定語素構詞能夠區別其語義和語法功能,在語言實際中恰當使用是漢語學習中的難點,在本體上對這一具有形式共性的聚合體研究透徹,提煉出具有教學價值的信息點,應用到對外漢語教學中,會對漢語教學起到理論指導意義。

第五、豐富和深化否定語素構詞在類型學上的成果。否定語素構詞普遍存在於人類語言中,確定人類語言的某些普遍性特徵,並尋求這些特徵的更具普遍意義的解釋是類型學研究的目標之一。「否定」正是普遍存在於語言之中,

且滲透語言各個方面的，否定語素構詞的類型學研究是重要的一部分，漢語否定語素構詞的研究會為類型學視野下的語言中的否定研究提供有力的支撐。

1.5　研究方法

第一、描寫和解釋相結合。論文以詳盡的共時分析為基礎，同時運用語言學理論對否定語素複合詞中出現的諸多語言問題進行解釋。

第二、歷時和共時相結合。語言的共時狀態體現的是歷時的演化結果，共時狀態下的很多語言現象都需要從歷時演變中尋求答案，比如「無＋X」與「沒＋X」的差異主要與歷史上否定詞「無」與「沒」的更替有關，因此，論文的視角雖然是共時狀態下的否定語素研究，但在方法上堅持共時和歷時相結合的研究思路。

第三、全方位的對比分析。論文問題的生發點就是在語料的對比中發現的，如「舒服」和「不舒服」、「錯」和「不錯」的語義不對稱。本文將對否定語素複合詞展開全面的多方位的對比分析，如同一否定語素內部以及不同否定語素的對比等等。客觀而言，此方法對字詞句等領域的系統研究都有適用性〔註73〕。

第四、靜態和動態相結合。研究對象主要以工具書中收錄的「否定語素＋X」為主要語料來源，這是較為穩定的、靜態的詞彙系統，我們能夠對此進行系統地梳理和分析。同時，「否定語素＋X」又是一個動態的、開放的集合體，根據語言使用的實際，有的在消亡，有的在生成，有的在進行語義和語用的調整，這些動態的語言現象我們可以觀察，也能基於已有的研究經驗對其變化進行預測，因此，動態和靜態研究相結合的研究方法作為基本的研究視點貫穿在本研究整個過程之中。

第五、做定量的、窮盡式的分析研究。傳統的漢語詞彙研究往往採用舉例式的說明，現代詞彙學研究提倡定量、窮盡式研究。定量的方法是對研究對象給以數量化的顯性呈現，通過對數量、頻率的分析揭示語言現象背後的規

〔註73〕徐中舒認為：「把相互有關聯的字，意義相反的，偏旁相同的，字形相近的，字音相同或相近的字聯繫起來，深入考察，窮其流變，這才能得出比較正確的結論。」（徐中舒：《怎樣研究中國古代文字》，《古文字研究》第 15 輯，第 2 頁）

律性，定量分析對共時語言和歷時語言研究都具有重要的意義。窮盡式研究是力求最大化地提取語料，與其說是研究方法，更準確地說是研究無限接近的目標，是相對的。窮盡式的努力和嘗試是為了使研究更具客觀性和準確性。

第2章　現代漢語「不＋X」複合詞研究

2.1 「不」的語義功能

2.1.1 「不」在不同文獻中的解釋

　　「不」在《說文‧不部》中解釋為象形字,「不,鳥飛上翔不下來也。從一,一猶天也,象形。」《漢字源流字典》〔註1〕認為「不」的本義當為倒著的花萼之柎,故借用作否定副詞。「不」是現代漢語中比較常用的否定性副詞,根據《現代漢語詞典》第7版的解釋:

　　「不」作為副詞,主要有以下八種用法:

　　　　第一、用在動詞、形容詞和其他副詞前面表示否定,如「不去」「不能」「不經濟」「不多」「不可以」等。

　　　　第二、加在名詞或名詞性詞素前面構成形容詞,如「不法」「不規則」等。

　　　　第三、單用,做否定性的回答(答話的意思跟問題相反),如:他知道嗎?不,他不知道。

　　　　第四、〈方〉用在句末表示疑問,跟反復問句的作用相等。

〔註1〕谷衍奎:《漢字源流字典》〔Z〕,北京:華夏出版社,2003年。

第五、用在動補結構中間，表示不可能達到某種結果，如「拿不動」「做不好」「裝不下」「看不出」等。

第六、「不」字的前後重複使用相同的詞，表示不在乎或不相干（常在前面加上「什麼」）如：什麼累不累的，有工作就得做。

第七、跟「就」搭配使用，表示選擇，如：晚上不是看書，就是寫文章。

第八、不用；不要（限用語某些客套話），如：「不謝」「不送」「不客氣」。

其他語文詞典的釋義無出其右，具體的義項分合不同，但基本在此範圍之內。通過對比發現，可補充的釋義有：《現代漢語大詞典》〔註2〕「無、沒有。如：不才」一條。（「不」用於名詞前在古代漢語中很常見，一般解釋為「無、沒有」。下文會有專門討論）。《中華古漢語詞典》〔註3〕「非，不是。《中庸》：故曰苟～至德，至道～凝焉。」《現代漢語用法詞典》〔註4〕「用在數詞或表時間的數量詞之前，表示數量少、時間短。」《古代漢語大詞典》〔註5〕「未；不到。《孟子・梁惠王上》：直不百步耳，是亦走也。」

「不」在古代漢語中的意義十分豐富，與其他否定詞「無、沒、非、未」等有所交疊，這些意義有的在現代漢語中已經不再使用，有的則通過詞彙形式存留在現代漢語中。除了詞典釋義，關於「不」在實際語言使用中的特性，學界多有討論。

李瑛〔註6〕通過對比能和「不」結合的詞與不能和「不」結合的詞發現，凡語義中包含有主觀因素的詞能夠被「不」直接否定，表示不受主觀因素影響的客觀性行為、事物的語詞不能用「不」否定。客觀性動詞、非謂形容詞、客觀性介詞、以及全部體詞，它們的內容裏都不包含主觀、主動的因素，所以不能被「不」否定。李文很有見地地概括出了「不」表否定的主要特點，但是李文過分強調這一特點甚至絕對化，認為「不」表示說話者的主觀否定；「不」表示句中主語的主動否定，除此而外，「不」沒有別的意義。這顯然是

〔註2〕阮智富、郭忠新：《現代漢語大詞典》〔Z〕，上海：上海辭書出版社，2009年。
〔註3〕中華書局編輯部：《中華古漢語詞典》〔Z〕，北京：中華書局，2006年。
〔註4〕馮志純：《現代漢語用法詞典》〔Z〕，成都：四川辭書出版社，2010年。
〔註5〕徐復：《古代漢語大詞典》〔Z〕，上海：上海辭書出版社，2007年。
〔註6〕李瑛：《「不」的否定意義》〔J〕，《語言教學與研究》，1992年第2期。

與語言的實際不相符的。比如表示自然現象的動詞「打雷」、「下雨」「颱風」等，都可以用「不」表示否定構成「不打雷」「不下雨」「不颱風」等，而這些動詞表示的是純粹的自然現象，並不包含表示主觀、主動的因素。但是，不可否認，表示主觀性的否定仍是「不」的最主要特點。呂叔湘〔註7〕、聶仁發〔註8〕、張誼生〔註9〕也都指出，「不」是主觀標記，具有表示主觀意願的特點。「不」具有主觀性的特點在句法中單獨使用以及在詞彙中作為構詞成分時都有所體現。

1. 在句法中，用「不」表示否定帶有明顯的主觀性，如：

「不」單獨使用時

> 你喝咖啡嗎？不，我喝茶。

「不」直接表達主體的主觀意願，「不」的意思，明顯帶有顯示主觀性的不願意、不想等語義因素。如：

> 我是否太自私了？錦昌十多年為我們一家的口糧與安定操勞掙扎。到今日，稍有微成，我就是不肯提起勇氣來為他的百尺竿頭更進一步而嘗試獨立。事必要拖垮他而後快嗎？不，不，不，不……絕不是這樣的。（CCL 語料庫）

「不」連用，強烈地表達了說話者內心對前面說法的否定，這種否定是帶有感情色彩的主觀性的否定，四個「不」字的連用與後面的「絕不是」配合，更加凸顯了這種否定。

2. 成對的體詞加上「不」能表達說話者的某種看法。如「不前不後」意為位置恰到好處，「不兵不民」意為不知幹什麼的。「不上不下」「不男不女」表示尷尬的中間狀態。成對的、表示純客體的詞一加上「不」就帶上了評論色彩，可見「不」確實含有主觀否定的意義，這是體詞的一種特殊用法。

謂詞性成分在「不……不……」格式中具有明顯的感情色彩，表現出主觀性的特點〔註10〕：

〔註7〕呂叔湘：《現代漢語八百詞》〔Z〕，北京：商務印書館，1999 年。

〔註8〕聶仁發：《否定詞「不」與「沒有」的語義特徵及其時間意義》〔J〕，《漢語學習》，2001 年第 1 期。

〔註9〕張誼生：《試論主觀量標記「沒」、「不」、「好」》〔J〕，《中國語文》，2006 年第 2 期。

〔註10〕中國社會科學院語言研究所詞典編輯室：《現代漢語詞典》〔Z〕，北京：商務印書館，2016 年。

（1）「不乾不淨、不清不楚、不明不白、不痛不癢、不理不睬、不依不饒」中「不」用在意思相同或相近的謂詞性詞或語素前表示否定，整個詞義帶有貶義色彩。

（2）「不偏不倚、不慌不忙、不屈不撓」等「不」用在意思相同或相近的謂詞性詞或語素前表示否定，整個詞帶有褒義色彩。

（3）「不多不少、不大不小、不肥不瘦」等「不」用在同類而意思相對的謂詞性詞或詞素的前面，表示恰到好處，帶有褒義的感情色彩。

（4）「不方不圓、不明不暗、不死不活」等「不」用在同類而意思相對的謂詞性詞或詞素的前面，表示尷尬的中間狀態，帶有貶義的感情色彩。

2.1.2 「不＋X」構詞中「不」的性質問題

呂叔湘〔註11〕指出有一類單音語素可以與「不」結合成雙音節，但如果要表達相應的肯定意義時就要與其他語素組合成雙音節詞，如「不宜：宜於」，而否定和肯定兩式的「宜」處於語言中的不同層次。董秀芳認為，這類單音節語素與「不」組合時，是在否定句中充當謂語，佔據一個獨立的句法位置，這是出現在句法層面，但當用於肯定意義時，必須與其他語素結合成詞，這是出現在詞彙層面。針對此類語素的特點董秀芳〔註12〕提出了「半自由語素」的說法，有些單音節語素的使用受到限制，一般情況下不能單獨成詞，必須與其他語素組合成詞，但在一定條件下又可以出現在句法中所能出現的位置，這一類語素在表現上介於自由語素與黏著語素之間，這就是「半自由語素」。動詞性半自由語素依附於否定詞之後也可以出現在動詞所能出現的句法環境中。如：

> 不甘　不暢　不予　不畏　不覺　不宜　不知　不佳　不妥

這些詞處於現代漢語詞彙層面。

趙元任先生在《漢語口語語法》中將「不」稱之為「新興詞綴」〔註13〕。所列的新興詞綴有：「不、單、多、泛、準、偽、無、非、親、反」10個，其中有「不、無、非」三個否定形式的。

〔註11〕呂叔湘：《現代漢語單雙音節問題初探》〔J〕，中國語文，1963 年第 1 期。

〔註12〕董秀芳：《漢語的詞庫與詞法》〔M〕，北京：北京大學出版社，2016 年版，第 52 頁。

〔註13〕趙元任：《漢語口語語法》〔M〕，北京：商務印書館，1979 年版，第 113 頁。

　　「新興詞綴」的提出是有意義的，趙元任先生認為這些詞綴「是複合詞中結合面寬的第一語素」，指出了其構詞能力強的特點，之所以不同於其他一般的詞綴，是因為這些詞綴的虛化程度不是很高。針對這兩個特點，有的學者提出了「類詞綴」、「準詞綴」等名稱。「類前綴」和「類後綴」的概念最早由呂叔湘提出〔註 14〕。王洪君、富麗〔註 15〕根據大規模的數據語料庫論證了類詞綴是獨立的語言單位類別。董秀芳〔註 16〕認為可以將類詞綴所構成的形式看作是其中一個成分搭配範圍很廣的複合模式，類詞綴與其他成分的組合往往會形成一種能產的詞法模式。「否定語素＋X」不僅產生了一些新詞，也造就了一些新的類詞綴，這些類詞綴的構詞能力不同。根據「不」的特點可以將其歸屬於類詞綴。「不」是其中構詞能力最強的。「不」作為類詞綴，一方面本身的構詞能力比較強，另一方面也使得一些單音語素與「不」結合後進入到詞彙層面。

2.1.3　「不＋X」構詞中「不」的多義性

　　「不」是否定詞系統裏應用最廣泛的詞，時間上，從古沿用到今；功能上使用限制最少；在構詞層面，形成的詞彙數量最多。「不」的這一廣泛使用的特點在「不＋X」中體現為意義的多樣性。在否定構詞中，「不」能表示「沒有」，否定存在，如「不才、不妨」等；「不」可以表示禁止，表現為「別」的意義，如「不客氣、不謝」等；「不」還可以表達委婉，在委婉表義的「不免、不便」中與「未免、未便」中的「未」一致。侯瑞芬〔註 17〕認為「不」在複合詞中的這種表現主要與「不」的主觀性有關。否定詞的核心意義是表達否定，而不同的否定詞因為時制、功能、情態等的差異而各具特色，「不」作為最普遍使用的否定詞，能夠在某些情況下以其他否定詞所具有的典型意義進入構詞，這樣的新異表達也使得複合詞「不＋X」的詞感更強。

　　還有一個語義上的特點值得引起注意，就是否定詞「不」用於否定結構之後，否定的含義也是「少於、不及」原來的語義程度，是一種等差否定。譬如，「不很好」是指介於「很好」和「壞」之間的程度，「不」直接否定形容詞

〔註 14〕呂叔湘：《漢語語法分析問題》〔M〕，北京：商務印書館 1979 年版，第 49 頁。
〔註 15〕王洪君、富麗《試論現代漢語的類詞綴》〔M〕，語言科學，2005 年第 5 期。
〔註 16〕董秀芳：《漢語的詞庫與詞法》〔M〕，北京：北京大學出版社，2016 年版，第 42 頁。
〔註 17〕侯瑞芬：《複合詞中「不」的多義性》〔J〕，《漢語學習》2015 年第 6 期。

也只是對其程度上的否定，並非完全否定該形容詞的本義，如「這瓶碳素墨水不黑」是說「黑」得程度不高，但是墨水仍是黑的，本義「黑」仍然保留著。再如「這碗湯不鹹」是指鹹度不高，或者鹹淡適中，而不是指湯完全沒有鹹味或者湯是甜的，「不」表達的是一種程度上的未達到。

2.2 「不」與不同詞性成分構詞情況

2.2.1 「不＋X」的結構類型

詞的結構根據語素的多少分為單純詞（一個語素構成的）和合成詞（兩個或兩個以上語素構成的）。合成詞又可以分為複合式、附加式、重疊式。複合式合成詞又分為：並列（也叫聯合）、偏正、動賓、主謂、補充五種〔註18〕。「不」雖有一定的詞綴化傾向，但並沒有完全詞綴化，在現代漢語中處於類詞綴的狀態。「不＋X」是典型程度較低的複合式合成詞，副詞「不」的語義和功能凸顯度都較高，「不＋X」複合詞主要的類型是偏正式。

「不」的類詞綴性質表明「不」一方面具有較強的構詞能力，另一方面語義虛化程度不高，「不＋X」既不是典型的「詞綴＋詞根」的附加式合成詞，也不是典型的「詞根＋詞根」的複合式合成詞。「不＋X」構詞介於二者之間，具有自己的特點。副詞「不」的語義和功能凸顯度都較高，「不」的這種特性，與不同詞性進行搭配以及搭配之後「不＋X」的結構類型都表現出了較強的傾向性。「不」在句法層面是否定副詞，主要用在動詞、形容詞前，在詞法層面，「不」作為副詞性否定語素，主要與動詞、形容詞性成分搭配，「不＋X」的詞性有的與「不」詞性相同，是副詞，有的與「X」性質相同，有的與這兩種成分的性質都不相同，結構類型主要為偏正式。

1. 不＋形容詞性或動詞性語素（可以稱為謂詞性語素）占絕大多數，是構成「不＋X」複合詞的主要類型。如：

> 不了、不幹、不大、不凡、不久、不及、不已、不支、不乏、不
> 公、不計、不正、不甘、不古、不節、不平、不失、不用（多用於
> 否定式）、不對、不吉、不揚、不朽、不過、不厭、不成、不當、不

〔註18〕葛本儀：《現代漢語詞彙學》〔M〕，濟南：山東人民出版社，2001年版，第89～94頁。

同、不休、不行、不合、不爭、不問、不興、不安、不諱、不論、不盡、不妨①②、不孝、不肖、不足、不利、不佞、不住、不妥、不免、不吝、不妙、不良、不忍、不表、不拔、不頂、不抵、不拘、不幸、不苟、不枉、不具、不易、不圖、不迭、不佳、不依、不忿、不周、不備、不治、不宜、不祥、不居、不屈、不適、不貸、不類、不恤、不遜、不起、不齒、不恭、不貲、不逞、不料、不消、不屑、不檢、不爽、不符、不敏、不情、不期、不惑、不等、不善、不遂、不渝、不禁、不想、不賴、不礙、不虞、不睦、不韙、不錯、不辭、不意、不滿、不端、不數、不豫、不羈、不效、不成文、不得勁、不經意、不起眼、不像話、不要緊、不在乎

2. 不＋名

　　不人、不力、不才、不軌、不時、不法、不暇、不道德、不名譽、不人道

3. 不＋副

　　不可、不只、不必、不光、不但、不單、不復、不獨、不特、不嘗、不僅、不曾

4. 不＋數

　　不一、不二

否定語素（類前綴）在詞性搭配的傾向性以及結合後在詞內表現出的語義的調整性，在英語中也有所體現，如：

a. un-　　在形容詞前：unbreakable（牢不可破的）

　　　　　在名詞前：unease（不安），untruth（不真實），uncola（非可樂）

　　　　　在動詞前：undress（脫衣服），uncork（洩露），unlearn（忘記）

b. in-　　在形容詞前：inaccurate（不準確的），infinite（無限的），inarticulate（口齒不清的）

　　　　　在名詞前：incapacity（無能），inaction（無所作為）

c. non-　　在形容詞前：nonmoral（非道德的），nonviolent（非暴力的），nonflammable（不易燃的）

　　　　　在名詞前：nonsmoker（不吸煙者），nonvilence（不暴力的），nonpayment（不付款）

       d. dis-   在形容詞前：discourteous（不禮貌的），disloyal（不忠誠的），

                           disengaged（空閒的）

               在名詞前：discomfort（不適），disrespect（不尊重）

               在動詞前：dislike（不喜歡），disobey（不服從），

                           disrobe（脫衣服）

    Rochelle Lieber〔註19〕指出這些詞綴在與不同的詞類結合以及能產性方面表現不同，並進一步從語義學的角度來對英語中的這些否定前綴進行對比，比如 non-不與動詞相結合，因此既不能表相反意義也不能表缺失意義，non-表示的否定是嚴格的否定（strictly negative），這種否定在與名詞結合時表現得相當明顯。帶有 un-，in-和 dis-前綴的詞大都表示對立或矛盾的否定含義。英語中這些否定前綴由否定語素虛化而來，但並沒有成為只是標記否定的符號，其在與不同性質成分搭配時表現出了規律性，意義也在詞彙內部表現出了整齊性和調適性。

    在漢語中，「不」與不同詞性的結合問題上，有兩點值得進一步討論，一是「不」與名詞性成分的結合問題，一是「不＋X」的形容詞化問題。

2.2.2 「不」與名詞性成分的結合

    按照現代漢語的規範，名詞前一般不用副詞修飾，是名詞的一個重要的語法特點。然而，在實際語言運用中，這種看上去不合規範的「副＋名」現象並不罕見，針對這一特殊的語法現象，很多學者展開討論。早期的關注是針對其合法性，「不＋名」這樣的詞法是文言用法的遺留，在古漢語中，「不」可以自由地與名詞結合，在古漢語語法系統中，有「詞類活用」的說法，就是一個詞進入一定的句法結構中，其詞類會發生轉移。有代表性的是邢福義《關於副詞修飾名詞》〔註20〕，主要的觀點是認為名詞被副詞修飾是臨時性的用法，可以認為是一種詞類活用，處在副詞後的名詞久而久之就形容詞化，成為名形兼類詞。這樣的解釋實際上還是試圖限制在名詞前不能用副詞修飾的框架內。隨著對這一語法現象研究的深入，研究者開始從進入到「副＋名」結構

〔註19〕Rochelle Lieber: Morphology and Lexical Semantics〔M〕. Cambriage: University of Cambriage Press. 2004.

〔註20〕邢福義：《關於副詞修飾名詞》〔J〕，《中國語文》，1962 年第 5 期。

中的名詞的特點上尋求突破性的解釋。施春宏在《名詞的描述性語義特徵與副名組合的可能性》〔註 21〕一文中提出並不認可臨時活用的解釋，並提出了「描述性語義特徵是副名組合顯現的客觀基礎」，文章認為，表面上來看副詞修飾名詞是臨時的語用現象，實際上這種臨時性有著共同的現實基礎，進入「副詞＋名詞」這一組合中的名詞具有描述性語義特徵，而這一特徵正是在這樣的組合中被提取顯現出來。這個研究視點很具有啟示意義，實際上，根據索緒爾所開創的結構語言學理論〔註 22〕，關係決定語言價值，即語言要素的價值在結構關係中得以實現。回到「副＋名」組合的問題中來，後者的研究顯然是更具有語言研究的指向性。石毓智〔註 23〕也試圖從名詞本身的特點上來解釋「副名」組合。他認為「不」與形容詞性成分最相應。從量的性質來看，形容詞最典型的特徵是它的連續性〔註 24〕。名詞是客觀事物和抽象概念的名稱，非定量名詞都可用數量詞語修飾，所代表的是可數的一個個獨立的個體，所以都是離散的，可用「沒」否定，但不能用「不」否定，譬如「人、水、山、牛、書、衣服、家具、桌子」等名詞具有這個特點〔註 25〕，所以並不是所有的名詞都可以臨時進入到「不＋名」組合之中，非典型性的能夠分析出連續性語義特徵的名詞才能用「不」否定。

　　「副＋名」的組合，或者具體到我們所討論的「不」修飾名詞性成分，是「不」的性質對進入此組合的名詞有著某些語義特點的要求。「不」是對性質的否定，某些名詞如果能夠提示性質則能進入組合，否則就是不能進入，像「桌子、衣服」之類不具有進入組合的現實基礎。名詞是表示具體人、事物以及抽象事物的名稱，而抽象名詞比具體名詞更容易被提取性質，因此，一般具體的名詞難以進入「副＋名」結構，而抽象名詞則比較容易進入這個構式之中。葉斯帕森〔註 26〕指出，名詞對於懂得它的人來說，則暗示著許多顯著的特徵，根

〔註 21〕施春宏：《名詞的描述性語義特徵與副名組合的可能性》〔J〕，《中國語文》2001 年第 3 期。
〔註 22〕索緒爾：《普通語言學教程》〔M〕，北京：商務印書館，1980 年版，第 157〜167 頁。
〔註 23〕石毓智：《肯定和否定的對稱與不對稱》〔M〕，北京：北京語言大學出版社，2001年，第 34 頁。
〔註 24〕石毓智：《肯定和否定的對稱與不對稱》〔M〕，北京：北京語言大學出版社，2001年，第 38 頁。
〔註 25〕石毓智：《肯定和否定的對稱與不對稱》〔M〕，北京：北京語言大學出版社，2001年，第 34 頁。
〔註 26〕葉斯帕森：《語法哲學》〔M〕，北京：商務印書館，2009 年，第 90 頁。

據這些特徵，聽話人可以識別所談及的事或物。儲澤祥、劉街生〔註27〕在《「細節顯現」與「副＋名」》中用「細節」顯現來說明「副＋名」存在的理據，文章指出詞義具有概括性，在形成名詞的本質意義的時候，許多細節被概括掉，在具體運用該名詞時，被概括掉的細節要重新返回，就是所謂的「細節顯現」，「副＋名」結構顯示的就是名詞的性質細節。在「副＋名」結合中，名詞詞義由概括性向細節性凸顯。

以上的討論是在句法層面的，從詞彙上來看，「不＋名」複合詞數量比較少，而這些詞又可分為兩類：

第一類，「不＋名」中「不」相當於「沒有」。如：

【不才】：沒有才能

【不暇】：沒有時間

【不爽2】：沒有差錯

從上文中對英文裏否定前綴的分析可以看出，同一個否定前綴與不同類型的成分結合時，其所表現出的意義是不同的，「不」是使用最為廣泛的否定副詞，其在複合詞中的語義表現具有多義性，分別可以表示「沒（有）、未、別、非」的語義，這些在後文還會討論到。因此，這些名詞性成分前，「不」表達「沒有」的語義，不屬於上面所討論的「副＋名」組合情況。

第二類，「不＋名」是副名結合的偏正結構。如：

【不人道】形 不合乎人道

【不道德】形 不符合道德標準

【不名譽】形 對名譽有損害；不體面

【不人】形 指不道德；不名譽

【不軌】形 指違反法紀或搞叛亂活動

【不法】形 屬性詞。違反法律的

根據上文對「副＋名」的分析，進入此結構的名詞性成分具有描述性語義特徵，對於「不人道」和「不道德」的釋義中，使用了「不合乎」、「不符合」這樣的詞，也就是說作為名詞的「人道」和「道德」是有共識性的標準的，這樣的標準是具有可感知性和可描述性的，偏離此標準的行為就可以用「不」

加以否定。「不名譽」雖沒有採取這樣的釋義模式，但其語義生成模式與「不人道」是一樣的，保持「名譽」是有共識標準的，「不名譽」則是偏離此標準的。「不人」的詞義由「不道德」和「不名譽」兩個詞來釋義，否定語素「不」能夠提取出名詞性成分「人」的描述性語義特徵，而能代表「人」的描述性語義特徵是難以明晰化的，約定俗成地「不人」提取的是道德層面的語義特徵。「不法」和「不軌」採用「違反」這樣的解釋詞，實際上語義與「不符合」一致，是更為嚴肅性的表達。

　　第一類和第二類的差異在不同否定語素構詞的對比分析中也可以看出，比如，「不暇」和「無暇」這一同素構詞對應對意義相同，而另一類中，同素構詞的意義則體現為差異性，如「不法」和「無法」。

　　值得一提的是「不道德」中的「道德」由於處於這樣的構式中逐漸獲得了形容詞的性質，這當然是一個長期使用的過程，而「道德」的形容詞性一旦被接受認可，那麼詞典在收詞的時候就會在「道德」的義項上加上形容詞的義項，而「不道德」也從詞彙單位中退出，成為短語，這個發展演變過程與詞彙化是逆向的，有的也將其稱為「逆詞彙化」。由於詞和短語之間的模糊界限，對於「不道德」的歸屬問題不同詞典的處理也不一樣，如《現代漢語詞典》（第 7 版）沒有收錄「不道德」，而在「道德」的條目下增加一個義項「形合乎道德的（多用於否定式）」。而《現代漢語大詞典》還是將「不道德」作為詞收錄。

　　儘管實際進入詞彙的「不＋名」形式很少，有些還是存在於成語中，如「華而不實、不毛之地、不翼而飛、不脛而走」，正如歷史語言學中那條著名的「現在的詞法是曾經的句法」理論，在現代漢語複合詞和固定語中，「副＋名」存在著並具有一定的能產性，這些「副＋名」組合如「不淑女」現在還不能預測是否能在將來進入到詞彙中，或者「淑女」長期處於這樣的結構中而形容詞化也未可知，但是它們具有成為詞彙的現實基礎，根據董秀芳先生提出的「詞庫和詞法」概念，大量的「不＋名」存在於詞法中。「不＋名」是一個在線能產的構式形式。

2.2.3　「不＋X」的形容詞化

　　「不＋X」中「X」為動詞和形容詞占多數，《現代漢語詞典》釋義中已注

明的「多用於否定式」或「只用於否定式」的詞條約 150 個之多〔註28〕，其中動詞和形容詞占大多數，名詞和副詞只有一小部分。這與「不」的主要功能是修飾動詞、形容詞有關。「X」為形容詞性成分時，「不」在詞內作為修飾性成分，不改變「X」的語法功能，這樣的「不＋X」與短語的「不＋X」語義關聯度高，從而本身的語義透明度也高。「不＋X」複合詞中，形容詞所佔的比重最大，「不」主要是對性質的否定，形容詞主要功能之一就是表示人或事物的性質，因此「不＋X」中「X」為形容詞性成分時，「不」與「X」的語義和諧度最高。

「不＋X」中「X」為動詞性成分或者名詞性成分時，「X」的語義和功能特性都經過了一定的調適，表現出形容詞化的傾向，以構式理論的視角來解析，「不＋名｜動」是一個「構式」，名詞性成分或動詞性成分在構式中受到了「構式壓制」。「構式」的界定有很多，不同界定的細節差異也很多，大體來說，「構式」是指表示特定的形式和意義關係的形義結合體，語言中的構式特別豐富。常規的構式意義很好理解，其形式和意義具有一致性，比如「不＋形」構式，意義可以從詞內成分的組合獲知。構式理論認為，構式的意義不僅來自各個要素的意義，還有結構本身的意義。這個在「不＋名｜動」構式中體現為構式的形容詞化。對「副＋X」而言，其原型構式是「程度副詞＋性質形容詞」，如果非性質性詞項要進入「X」的位置，顯然需要經過意義的調適，以突顯它跟性質形容詞所具有的相同或相近的語義、功能特徵，即所有的「副＋X」乃至所有詞類功能的實現都以概念結構做基礎。施春宏〔註29〕認為這是語言中的「構式壓制」，構式壓制的根本是協調構式整體和部分之間，部分和部分之間的關係問題，對這種協調關係的考察，往往以常規現象為參照，審視那些非常規現象，從而認為這些非常規現象之所以能夠出現，是受到構式壓制作用的結果。「不＋X」構式中的常規是「不＋形」，經過構式壓制，出現「不＋名——形」，如，「不名譽、不道德、不法、不軌」等；「不＋動——形」，如，「不測、不成文、不要臉」等。不過，同樣是受到「構式壓制」而出現了語義和性質的調適，但是「不＋動」的調適程度要小於「不＋名」的調適程度，因為動詞性成分與形容詞性成分同屬謂詞性成分，性質差異小，而名詞性成分與形容詞性

〔註28〕石毓智在《肯定與否定的對稱與不對稱》中的統計數據。
〔註29〕施春宏：《構式壓制現象分析的語言學價值》〔J〕，《當代修辭學》，2015 年第 2 期。

成分詞類性質差異大，由此，「不＋名」是其中受到壓制而出現調適表現最為
明顯的一類。

2.3 「不＋X」與「X」的語義關係

　　呂叔湘〔註30〕指出「如果『X』沒有反義詞『Y』，那麼『不＋X』就是『X』
的反義詞。例如『方便』的反義詞就是『不方便』，『健康』的反義詞就是『不
健康』。『不＋X』在語義上構成一個整體，不僅僅是對『X』這個概念的否定。
『X』可以有程度上的差別，『不＋X』也可有程度上的差別。」反對將「不＋
X」和「X」的關係認定為反義詞的也很多，主要是從形式和意義兩方面反對。
崔復爰〔註31〕認為，「好」和「不好」、「乾淨」和「不乾淨」不是反義詞，因
為「不」是表示否定的副詞，加「不」也能表示對比的意思，但反義詞不是用
否定的形式表示出來的，不是加否定副詞所表示的一種簡單的對比，加「不」
已經不是詞而是詞組了。周祖謨〔註32〕指出，反義詞是人們可以聯想到的意義
顯然相反的兩個詞，而不是指簡單地用否定的詞語所表示的一種對比，「好」和
「不好」，「乾淨」和「不乾淨」就不是反義詞。對「不＋X」和「X」關係問
題的討論一直沒有取得一致的看法，劉叔新、周薦〔註33〕總結了對這一問題
的討論，根據他們的意見，在絕對反義詞語內，可以按照是否會有否定成分
而劃分出兩個次類，如果都承認概念的矛盾關係是絕對反義關係的邏輯基礎，
而作為反義關係的一個關係項的單位又須是詞或固定語而不能是言語單位的
自由詞組，那麼這種關係項單位含有結構上固定的否定成分，整個否定式的
固定單位成為絕對相反的一個方面，應該能取得無可置疑的一致的認識。既
然某種事物的肯定與這事物的否定之間，有著矛盾關係的明顯表現，體現矛
盾關係的絕對反義關係便自然可以在一端的關係項內出現否定成分，只要這
關係項確實是語言中的詞或固定語就行。因此帶否定成分的絕對反義詞語是
存在的。

〔註30〕呂叔湘：《「很不……」》〔J〕，《中國語文》，1965 年第 5 期。
〔註31〕崔復爰：《現代漢語詞義講話》〔M〕，濟南：山東人民出版社，1957 年版，第 132
　　　　～133 頁。
〔註32〕周祖謨：《漢語詞彙講話》〔M〕，北京：人民教育出版社，1962 年版，第 45～47 頁。
〔註33〕劉叔新、周薦：《同義詞語和反義詞語》〔M〕，商務印書館〔M〕，北京：商務印書
　　　　館，1992 年版，第 127～128 頁。

　　「不＋X」與「X」除了在是否構成反義詞關係上有展開討論的空間，在對稱性與不對稱性關係上也有待進一步的考察和研究。

　　趙元任〔註34〕先生將帶「不」的複合詞分為四類。第一類，「X」和「不＋X」的功能不同，如「不道德、不科學、不名譽、不過」等。第二類，「不＋X」裏邊「X」意義跟「X」單用有所不同或較專門，如「不答應、不依、不至於、不止、不要緊、不要臉」。第三類，「X」出現比「不＋X」少，如「不成話、不得已、不耐煩」等。第四類，「X」不自由，如「不便、不由得、不妨、不凡」等。趙元任先生認為，有些肯定式通過逆序派生取得了自由的身份，先是用在「A不A」的問話和修辭問話裏，然後單獨使用，例如，由「不科學」產生「很科學」等。許德楠〔註35〕考察了形容詞否定式與肯定式的不對稱情況，認為很多形容詞的否定形式在構成形式、語義、用法等方面與形容詞肯定形式相比有很大的變化。根據差異點的不同，在趙元任先生分類的基礎上，許文再分為八類，分類更為細緻，如：只有形容詞否定式，「不舒服」（特指病狀）、「不簡單」（特指能力高、本事大）、「不含糊」（特指講義氣、有能耐）等，雖然另有「舒服、簡單、含糊」等肯定形式，但沒有相應的、明確的特指義項。只有形容詞否定式如「不安、不良、不馴、不雅、不祥」與「不善、不濟」等，這裡又可細分為兩種情況，「不安、不良、不馴、不雅、不祥」中的「安、良、馴、雅、祥」可以與其他語素構成複合詞，其語素義與在否定式中表現一樣，而「不善」特指面色嚴肅（如「氣色不善」），人厲害、病得厲害等。「不濟」特指精力不夠、物品質量差等，「善、濟」這樣的意義只出現在與「不」構成的否定式中，因而形成不對稱。對於形容詞前面加上否定語素後意義與原來不對稱的現象，只有形容詞否定式如「不義、不力、不法」等，沒有相應的形容詞肯定式「義、力、法」等。「不義」等是從古代漢語「不」修飾名詞「義、力、法」等接受下來的，已形成獨特的形容詞否定式，而「義、力、法」卻沒有演變為兼跨形容詞。只有形容詞否定式如「不和、不實、不公」等，肯定式不是「和、實、公」等，而是「和美、和好、真實、實際、公平、公正」等雙音詞。這也造成了否定式與肯定式的不對稱。

〔註34〕趙元任：《漢語口語語法》〔M〕，北京：商務印書館，1979 年版，第 112～114 頁。
〔註35〕許德楠：《怎樣處理若干形容詞肯定式、否定式的不對稱》，〔J〕，《辭書研究》，1982 年第 5 期。

　　呂叔湘﹝註36﹞也討論過，並舉出典型的例子「舒服」和「不舒服」，「舒服」是身體或精神上感到輕鬆愉快，「不舒服」除了跟這個意思相反外，還有一個意思跟「沒有病」相反。

　　雖然有很多學者察覺到這種不對稱現象，但鮮有學者給出合理的解釋。沈家煊﹝註37﹞從評價標準角度運用語用學上的「樂觀原則」進行了解釋，認為把「有病」說成「不舒服」，把「不好」說成「不怎麼樣」，是用縮小貶義的方式來委婉表達這些負面信息。而把「不錯」說成「很好」，把「不簡單」說成「有能耐」，則是從反面遵循「樂觀原則」或「禮貌原則」，目的是為了達到擴大褒義的效果。沈家煊先生進一步指出，在語言使用中，受禮貌原則的支配，「不」和其他成分的結合變得很緊密，「不」逐漸變成一個否定前綴。

　　呂叔湘認為「不 X」「未 X」是半否定，意義比較委婉，這些詞的特點是「不 X」「未 X」與「X」不構成反義詞，其中大多數「X」不能單用，如「不必、不便、不妨、不犯、不免」等。

　　考察「不＋X」與 X 的語義對應，在音節上，我們分為雙音節詞和三音節詞，（由於成語意義的整體性，難以分析「不＋X」與 X 的語義關係，因此不在本章節的考察範圍之內），由於實詞和虛詞性質差異比較大，我們根據詞性分為實詞和虛詞。本章考察是基於義項，有的「不＋X」在不同的義項上分屬不同的詞性，為了便於分析，我們將在實詞和虛詞中分別將其列出。在實詞部分，根據音節形式分為雙音節詞和三音節詞。這樣分開討論是因為音節不同，「X」的性質差別比較大，雙音節形式的「不＋X」中的「X」是成詞語素或不成詞語素，而三音節形式的「不＋X」中的「X」或者沒有獨立存在的形式，只黏著於「不＋X」中，或者是獨立的詞的形式，例如，「不在乎」有對應形式「在乎」，「不過意」只能作為整體來理解。進入詞彙層面的「不＋X」與短語層面的「不＋X」相比，「不」與「X」的關係更加緊密，「不＋X」的意義在不同程度上發生了融合。為了更加清楚地說明「不＋X」與其構詞語素「X」的關係，我們將「不＋X」按照單義詞和多義詞的不同來分別考察。由於實詞和虛詞分類討論，下文我們對實詞單義詞和多義詞的劃分也是在排除虛詞義項之後的分類，即單義詞是只有一個義項或排除虛詞義項之後只有一個義項的

﹝註36﹞呂叔湘：《語文雜記》〔M〕，上海：上海教育出版社，1984 年版，146～148 頁。
﹝註37﹞沈家煊：《不對稱和標記論》〔M〕，南昌：江西教育出版社，1999 年版，第 189 頁。

詞。多義詞的多個義項中也不包含虛詞義項。

還有兩點需要補充說明：

第一，根據比較通行的詞類劃分標準，實詞包括名詞、動詞、形容詞、數詞、量詞以及代詞，對於副詞是否歸屬於實詞類，爭議比較多，王力〔註38〕最早提出了副詞「半實半虛」的性質，袁毓林〔註39〕基於認知語法中的「原型理論」，提出了「詞類範疇的家族相似性」，將副詞歸入實詞中較為邊緣的黏著詞中的前置詞，是非典型樣本。基於副詞具有一定的詞彙意義，本文將「不＋X」中的副詞劃入實詞考察範圍。

第二，本章語料主要來自《現代漢語詞典》第 7 版，以此為考察對象，有幾點考慮：第一，標注詞性，有據可依。第二，從我們從多種材料中所搜集的語料匯總來看，《現代漢語詞典》的所收錄的詞彙占絕大多數，我們所做的研究是選取典型詞例總結類型和特點，選擇規模合適的樣本，並不求對每一個詞做出分析，因此《現代漢語詞典》是符合我們需求的樣本語料庫。

2.3.1 雙音實詞「不＋X」與「X」的關係

一、單義「不＋X」與「X」的關係

單義「不＋X」與「X」在語義上大多有直接對應關係。《現漢》單義雙音「不＋X」一共有81個，其中，76個「不＋X」與「X」有語義對應關係。

「X」具有多義性，有的義項是詞義，有的義項是語素義。「不＋X」有的是與「X」的語素義對應，有的是與「X」的詞義對應，這種對應對處於詞彙層面的「不＋X」的使用有一定的影響。

（1）「不＋X」與語素「X」的對應

76 個「不＋X」與「X」有對應關係的單義詞中，有 52 個「不＋X」與「X」的語素義對應。董秀芳〔註40〕提出這類詞多是書面語，帶有習語的性質，其內部語義結構仍然是清晰可辨的。這些「不＋X」中的構詞語素「X」一般具有文言色彩，在現代漢語中都是黏著語素，不能獨立使用，必須與其他語

〔註38〕王力：《中國現代語法》〔M〕，北京：中華書局，2014 年版，第 13 頁。
〔註39〕袁毓林：《詞類範疇的家族相似性》〔J〕，《中國社會科學》，1995 年第 1 期。
〔註40〕董秀芳：《「不」與所修飾的中心詞的黏合現象》〔J〕，《當代語言學》，2003 年第 1 期。

素組合成詞，如「不宜」、「不敏」等。這些「不＋X」中大部分與原來的短語義幾乎不存在什麼區別，它們之所以在現代漢語中成詞，主要是因為「不」後的中心詞在現代漢語中不能單獨使用了，已由自由成分變成了黏著成分，因而「不＋X」就沒有了與之直接對立的能夠自由使用的肯定形式「X」，「不＋X」由短語層面進入詞彙層面。這類詞的詞性由「不」後原中心詞的性質而定，屬於動詞或形容詞。

> 不齒、不逞、不揣、不憚、不待、不單、不當、不等、不端、不
> 妨、不忿、不乏、不凡、不菲、不符、不軌、不公、不苟、不遑、
> 不暇、不羈、不禁、不計、不可、不克、不力、不利、不了、不客、
> 不滿、不敏、不免、不屈、不適、不爽2、不謂、不惜、不詳、不懈、
> 不休、不朽、不恤、不遜、不肖、不揚、不宜、不已、不致、不周、
> 不貲

這類「不＋X」的語素義與詞義的關係比較明晰，意義融合程度不高，「不＋X」詞義與「X」的語素義的對應關係比較明確，但其中的個別詞發生了意義引申或變異，如：

【不惑】〈書〉名《論語》：四十而不惑。指年至四十，能明辨是非而不受迷惑。後來用「不惑」指人四十歲。

　　惑：①疑惑；迷惑。

「不惑」的「惑」本對應「惑」的語素義「疑惑；迷惑」，「不惑」就是「不疑惑」的意思。現在一般用「不惑」來代指四十歲，這是比較特殊有典故來源的，屬於「藏詞」的修辭用法。

【不揣】動謙辭，不自量，用於向別人提出自己的見解或有所請求時。

　　揣：①估計；忖度。

【不客】動客套話，不吝惜（多用於徵求意見）。

　　客：①吝嗇。

【不敏】〈書〉形不聰明（常用來表示自謙）。

　　敏：聰明；機警。

【不肖】形品行不好（多用於子弟）。

　　肖：相似；像。

【不菲】形（費用、價格等）不少或不低。

　　菲：②〈書〉菲薄（多用作謙辭）。

「不揣」的理性意義是「不自量」，與「揣」的語素義「估計；忖度」基本對應，但「不揣」是謙辭，只用於向別人提出自己的見解或有所請求時；「不吝」和「不敏」也是這樣的情況。「不肖」中的「肖」意思是相、像，如「惟妙惟肖」，在「不肖」一詞中，詞義融合了語素義所沒有的內容，「不肖」是指不像先人那樣賢德，所以用來表示子弟等品行不好，如「不肖子孫」，「不肖」多用于謙敬之辭。「不菲」與之相反，「不菲」指「（費用和價格）等不少或不低」，沒有謙辭用法，而「菲」與此對應的語素義「菲薄」，一般用作謙辭。

【不利】形沒有好處；不順利。

　　利：②順利；便利。③利益（跟「害」、「弊」相對）。

「不利」融合了「利」的兩個語素義。「利」的兩個義項在「不利」中糅合成一個義項。

【不朽】動永不磨滅（多用於抽象事物）。

　　朽：①腐爛（多指木頭）

「不朽」用於抽象事物，單獨的「朽」在與此對應的義項上表示的是具體的事物。「朽」作為構詞語素構成「不朽」，意義發生了從具體到抽象的變化。

【不貲】〈書〉動無從計量，表示多或貴重（多用於財物）。

　　貲：①〈書〉計算

單獨的「貲」意義是「計算」，「不貲」不是「不計算」而是表示多或貴重，「貲」與「不」構詞後詞義發生了引申。

有些「X」在與「不＋X」相對應的語素義上構詞力比較弱，如「不菲」「不貲」「不忿」「不揚」，幾乎只出現在「不＋X」裏，「X」一般不能與其他語素再組構成詞。

另外，大部分「不＋X」的使用不自由，搭配比較固定。比如做定語是形容詞重要而典型的語法功能，但在這些「不＋X」中，形容詞性的「不＋X」大都不能自由地做定語，如「不等，不端，不凡，不公，不苟，不敏，不適，不爽2，不遜、不揚、不周、不忿」等，不能自由地用在名詞性成分之前作定語，只能用在名詞性成分之後做謂語，形成比較固定的搭配格式，如「品行

不端、出手不凡、其貌不揚」等，這說明具有文言色彩的黏著語素「X」與「不」構成形容詞後，使用的自由度會受到一定的限制。動詞「不＋X」，如「不暇」「不逞」「不揣」「不憚」「不乏」「不遑」「不羈」「不吝」「不論」「不屈」「不遜」「不恤」「不宜」「不已」等，使用的自由度也比較低，所能帶的賓語只有限定的幾個，如跟「不乏」搭配構成的動賓結構有「不乏其人、不乏先例」等為數不多的幾個，與「不吝」構成的動賓結構有「不吝賜教」，作謂語時也需要出現在固定格式中，書面語色彩比較濃厚。

（2）「不＋X」與單音詞「X」的對應

單義「不＋X」與「X」的詞義對應的有 24 個。

> 不比、不必、不曾、不甘、不光、不和、不僅、不久、不良、不妙、不容、不如、不爽 1、不支、不治、不中、不法、不愧、不是、不外、不一、不用、不振、不爭

這 24 個「不＋X」的詞義與單音詞「X」的某一義項相對應，意義也比較明晰，其中只有 3 個詞的意義發生了融合。

【不比】動 比不上；不同於。

比：②動 能夠相比。

單獨的「比」是「能夠相比」的意思，「不比」意義中除了表示「比不上」外，還能表示「不同於」的意思，「比不上」和「不同於」雖然是「不比」的並列釋義，實際上意義差別比較大，「不同於」的意義範圍大於「比不上」。

【不妙】形 不好（多指情況的變化）。

妙：形 好；美妙。

「不妙」中的「妙」是「好」義，並沒有「美妙」義。可見，它比單音詞「妙」的意義範圍要小。而且，「不妙」的使用域比較受限，多表示情況的變化，這也與單音詞「妙」不同。

【不治】動 經過治療無效（而死亡）。

治：④動 醫治。

「不治」的意義不是對「治」的意義的簡單否定，「不治」融合了一個事件過程，指明了事件結果「無效（而死亡）」，單獨的「治」只表示動作行為「醫治」。「不治」具有委婉表義性，在字面上不出現人們力圖避諱的「死亡」，而是

以一個較短的否定詞彙形式表現出來。

相比於跟「X」語素義對應的「不＋X」來說，與「X」詞義對應的「不＋X」使用比較靈活，受限制比較小。有的形容詞能自由作定語和謂語，如「不良」可以做定語「不良行為」，也可以做謂語「行為不良」，有的動詞能搭配的賓語範圍也相對較大，如「不甘」用在「不甘寂寞」、「不甘失敗」、「不甘落後」等搭配中。

可見，「X」的自由或黏著影響著「不＋X」的使用自由度。

二、多義「不＋X」與「X」的語義關係

多義「不＋X」共有 46 個。

（1）基於「X」不同義項的多義「不＋X」

在語義上，「不＋X」的每個義項都能與單獨的「X」的詞義或語素義對應的只有 12 個。這 12 個詞的多義是由於與構詞語素「X」的不同義項對應而形成的。「不＋X」的多義源於構詞語素「X」的多義。

> 不辭、不遂、不善、不成、不定、不斷、不服、不夠、不及、不
> 配、不時、不止

這 12 個詞中又因與「X」的語素義或是詞義的對應不同而在語言實際使用中的情況不同。

如「不辭、不遂、不善」，是基於「辭、遂、善」的不同語素義形成的多義，在使用中與之搭配的成分一般為雙音成分。

> 【不遂】動①不如願。②不成功。

> 遂：①順；如意。②成功。

「不遂」一般用在「所願不遂」、「所欲不遂」「戀愛不遂」等四字結構中。

> 【不辭】動①不告別。②不推脫。

> 辭：①告別。④躲避；推脫。

「不辭」一般用在「不辭而別」「不辭辛苦」等四字結構中。

「不成、不定、不斷、不服、不夠、不及、不配、不時、不止」是基於「X」的不同詞義形成的多義，使用比較自由。

> 【不服】動①不順從；不信服。②不習慣，不能適應。

> 服：⑥動承認；服從；信服。⑧動適應。

【不配】①形不相配，不般配。②動（資格、品級等）夠不上；
不符合。

　　　配：⑨形相當；般配。⑧動夠得上；符合。

（2）其他類型的多義「不＋X」

還有 34 個「不＋X」是只有某一個或某幾個義項與單獨的「X」的詞義或語素義對應。

　　不安、不便、不才、不測、不啻、不錯、不迭、不對、不顧、不
　過、不合、不諱、不見、不堪、不快、不佞、不平、不然、不仁、
　不勝、不下、不詳、不消、不孝、不屑、不興、不行、不幸、不許、
　不厭、不一、不虞、不在、不足

這 34 個「不＋X」詞的義項與單獨的「X」詞的義項不能形成多對多的對應，主要有以下三種情況：

（1）「不＋X」的詞義與「X」所構成的其他複合詞的詞義對應。如「不便」的義項②「不適宜（做某事）」和義項③「缺錢用」分別對應的是「方便」的義項①「適宜」和義項④「表示富裕的錢」。「不合」的義項②「不應該」對應的是「合該」的詞義「應該」。「不合」的義項③「合不來」對應的是「合得來」的義項。「不合」是偏正結構，「合不來」是動補結構，「合不來」中的「來」是意義比較虛化表示肯定的補語，這兩個詞結構形式不同，語義內容基本相同，所以「不合」與「合得來」形成對應。

　　【不便】①形不方便。②動不適宜（做某事）。③形指缺錢用。

　　　便：①方便；便利。

　　【方便】①形適宜。④婉辭，跟「手頭」連用，表示有富裕的

　錢。

　　【不合】①動不符合。②〈書〉動不應該。③形合不來；不和。

　　　合：④動符合。

　　【合該】動理應；應該。

　　【合不來】動性情不相投，不能相處。

（2）「X」的某些詞義只出現在與「不」構成的「不＋X」中，如「不仁」的義項②，表示「失去知覺」的意思，「仁」具有表示有感覺能力的意義，但在

這個意義上不單獨使用，也不能構成其他詞彙成分，只能與「不」連用，構成否定式。「不對」「不錯」也是類似的情況，「不錯」表示「不壞」，例如：他這個人不錯。「不對」表示不正常，例如：他今天神色不對。單獨的「錯」和「對」沒有與之相對應的語義。

【不仁】形①不仁慈。②（肢體）失去知覺。

【不錯】形①對；正確。②不壞；好。

　　錯：⑤形不正確。⑦形壞；差（用於否定式）。

【不對】形①不正確；錯誤。②不正常。③不和睦；合不來。

　　對：⑩形相合；正確；正常

「對」義項⑩並列釋義的三個意義「相合；正確；正常」，只有「正確」的意義可以單獨使用，「相合」和「正常」義都一般在否定式「不對」中凸顯，也可以說「對」表示「相合」和「正常」的意義是在否定結構中產生的。傳統的詞義分析很難得出其意義來源，施春宏[註41]運用意象圖式理論闡釋了「不對」表示「不相合」意義的生成過程。意象圖式理論是認知語言學中一個極為重要的關於概念表徵形式的理論，意象圖式有明確的內部結構，典型的圖式結構由基本元素和關係構成[註42]。以「不對」所在的句法環境來說，處於「驢唇不對馬嘴」中，從一個認知域擴展到另一個認知域時，就會發生如下的引申：

不對（驢唇，馬嘴）→不相合（X，Y）

如果「X」「Y」屬於同一層級的相互關聯的語義範疇，那麼「X」和「Y」分別可以置換「驢唇」和「馬嘴」。以「意象圖式」視角來看，詞義的生成是認知過程結構化的結果，在這個概念化的結構框架中，「驢唇」和「馬嘴」被符合要求的成分替換，「不對」也在替換過程中意義發生調適，產生出「不相合」的意義。從這個生成過程來看，「不對」意義的生成依賴於所在的句法環境，其詞義構成成分在認知過程中得以凸顯從而發生意義的引申，「意象圖式」的提出對多義詞的演化、詞義的引申問題的研究深化有重要意義。

「不對」表示「不正常」意義的生成跟「不舒服」的詞義生成原理一樣，

〔註41〕施春宏：《詞義結構的認知基礎及釋義原則》〔J〕，《中國語文》，2012 年第 2 期。

〔註42〕王曉軍：《衝突話語的名詞語義認知機制及語用功能》〔M〕，濟南：山東人民出版社，2013 年版，第 46～47 頁。

是受語言外部因素的影響，在對他人消極評價時，選擇語義程度較輕的用詞，用語委婉，符合「禮貌原則」，在認知中，「不正常」是凸顯的，有標記的，「正常」是不凸顯，沒有標記的，所以「對」單獨使用時一般沒有表示「正常」的語義，在否定結構中共同表示「不正常」的意義。

「不對」意義還進一步虛化，成為話語標記，在「不正確」義的基礎上表示說話者對先前所提觀點的否定和糾正，進而提出正確的觀點〔註43〕。

（3）「不＋X」的詞義發生了轉化

朱德熙指出，從語義的角度看，謂詞性成分的名詞化有兩種〔註44〕。第一種單純是詞類的轉化，語義保持不變。例如英語形容詞 kind 加上後綴-ness 之後，轉化為名詞 kindness；kindness 和 kind 的詞彙意義是一樣的，後綴-ness 沒有給詞根 kind 添加新的意義。第二種除了詞類的轉化以外，詞義也發生明顯的變化。例如英語動詞 write 加上後綴-r 轉成名詞 writer。writer 和 write 不僅詞類不同，意義也不一樣。前一種名詞化造成的名詞性成分與原來的謂詞性成分所指相同，稱為自指；後一種名詞化造成的名詞性成分與原來的謂詞性成分所指不同，稱為轉指。

在語言運用中，人們有時會用表示某種性質的詞語來指稱具有這種性質的事物，使語言形式的意義發生了一個從陳述到指稱的轉化。這種轉化在不同的語言中都有所反映。不過，由於漢語缺乏形態變化，在名詞化過程中，語言形式沒有發生變化，而在相同語言形式的基礎上增添了新的義項。在「不＋X」的多義詞中，有些就是發生了這樣的轉化。如「不才」表示「沒有才能」，與單獨的「才」表示「才能」的義項對應，但是「不才」發生了詞類轉化，由「沒有才能」這種性質轉指具有這種性質的人，後又演變為一種謙稱，即「我」。「不測」表示「不可測度，不可料想」，與單獨的「測」的語義對應，但是「不測」發生轉化，引申出第二個義項表示「意外不幸的事件」。「不諱」「不佞」「不平」「不孝」「不幸」「不虞」都發生了類似的轉化。

【不才】①動沒有才能（多用來表示自謙）。②名「我」的謙稱。
才：①名才能。

〔註43〕胡乘玲：《話語標記「不對」的功能分析》〔J〕，《漢語學習》，2014 年第 3 期。
〔註44〕朱德熙：《自指和轉指》〔J〕，《方言》，1983 年第 1 期。

先生學識淵博，能辨認名人字畫是真是假；小弟不才，也想辨
認今天出場的李教是假是真？（《魏明倫：「巴蜀鬼才」多幽默》）

不才方唐鏡，乃前科舉人，依律是不需要跪的。（《九品芝麻官》）

實際上，「不」是副詞，不能與名詞性成分結合，與「不」結合的名詞一般
變異為具有形容詞性或者動詞性，在「不才」中，「不」的意義發生了調整，表
示「沒有」。

「不才」表示謙稱的義項，是義項①發生轉化，表示沒有才能的人，進而
用來表示「我」的謙稱。

【不孝】①動不孝順，①名舊時喪事中兒子的自稱。

孝：孝順。

不孝表示謙稱的義項是義項①發生轉化，表示不孝的人，從而表示在喪事
中兒子的自稱。

【不測】①形屬性詞。不可測度的；不可預料的。①名指意外
的不幸事件。

測：②推測；推想

【不幸】①形不幸運；使人失望、傷心、痛苦的。②形表示不
希望發生而竟然發生。③名指災禍。

幸：①幸福；幸運。③〈書〉望；希望。

【不諱】〈書〉動①不忌諱；無所避諱。②婉辭，指死亡。

諱：動忌諱；避諱。

從認知的角度來看，從表示事物的性質轉指表示具有這種性質的人，是一
種轉喻。轉喻是指當甲事物同乙事物不相類似，但有密切關係時，可以利用這
種關係，以乙事物的名稱來取代甲事物的一種修辭手段。轉喻的重點不是在「相
似」，而是在「聯想」。沈家煊〔註45〕指出轉指是一種語法轉喻，是轉喻這種一
般的認知方式在語法上的體現。轉喻不是什麼特殊的修辭手法，是一般的語言
現象，我們的思想和行為從根本上說具有轉喻的性質。

「認知框架」是人根據經驗建立的概念與概念之間的相對固定的關聯模
式。發生詞義轉化的「不＋X」的源概念和目標概念所處的認知框架是性狀一

〔註45〕沈家煊：《轉指和轉喻》〔J〕，《當代語言學》，1999 年第 1 期。

人｜事物。要使 A 轉喻 B，A 的顯著度必須高於 B，用顯著的東西來轉喻不顯著的東西是一般規律。按照 Langacker 的說法，體詞代表抽象的「事物」，謂詞代表抽象的「關係」。「事物」是「關係」這個整體的一部分。也就是說，性狀—人｜事物的關係是整體和部分的關係，而一般情況下，整體的顯著度高於部分，因此，「不＋X」發生從表性狀到表與性狀有關的人或事物的轉喻，是符合一般轉喻規律的。

在漢語中，「不＋X」發生轉喻還有其特殊的因素，即社會文化的因素，主要是使用謙辭和避諱。謙辭在漢語詞彙中十分豐富，從古至今，漢語發展出了大量的謙辭，謙辭的手段也很多樣。由「不＋X」形成的謙辭，如「不才」「不孝」「不肖」等，就是用貶低自己的手段來達到敬謙的目的。「不測」「不幸」「不諱」等，是受避諱文化心理的影響，不直接將事情說出，而是委婉地用對性狀否定的手段來轉指表示。共同的社會文化心理，促成了部分多義詞「不＋X」的轉指，也正是這樣的社會因素，造成這些「不＋X」與「X」在語義上的不對稱，單獨的「X」並沒有發生轉指。這說明，處於共同認知框架中的兩個概念能否發生專指，除了受顯著度的影響外，社會文化因素也發揮著重要的作用。

「不＋X」對構詞語素「X」多義的選擇，不論是單義「不＋X」還是多義「不＋X」都不是與「X」的每個意義形成語義對應，「不＋X」只是與「X」的某一個或某幾個義項對應，這說明進入構詞的「不＋X」對「X」的語義進行了選擇，意味著「X」只有某些義項進入了處於詞彙層面的「不＋X」，這與每一個作為個體的「不＋X」的形成途徑有關。作為副詞的「不」與「X」黏合進入詞彙層面本身都經歷了詞彙化的過程。每個詞都有其形成的歷史，在演變的過程中，「X」的多個義項的使用頻率以及與「不」共現的頻率必然是不均衡的，這就使得在有些「X」的義項上，「X」作為構詞成分形成「不＋X」，進入詞彙系統，而在其他義項上則只能與「不」形成短語，沒有進入構詞層面，如「不快」在詞彙層面和短語層面的意義是不同的，作為雙音詞時，義項有兩個：①（心情）不愉快。②（身體）不舒服。作為短語時則表示速度慢。當然，隨著語言使用情況的變化，有些現在還處於短語層面的「不＋X」，也應該會隨著分界的取消而由短語層進入到詞彙層。

2.3.2　雙音虛詞「不＋X」與「X」的關係

　　虛詞的特點是依附於實詞或語句，表示語法意義，不能單獨做句法成分。虛詞「不＋X」主要是連詞和助詞。連詞起連接作用，分為主從連詞和並列連詞，表示並列、選擇、遞進、轉折、條件、因果等關係。連詞「不＋X」都是主從連詞。表示轉折、遞進、條件關係。助詞的作用是附著在實詞、短語或句子上面表示結構關係或動態等語法意義，可以用在謂詞性成分之前或之後，助詞「不＋X」一般都是在謂詞後。

　　漢語虛詞有的在生成之初便是虛詞，一般都是單音虛詞，有的虛詞是由實詞虛化而來的，虛詞「不＋X」屬於後者，都經歷了實詞虛化的過程，也就是語法化。語法化的研究試圖解釋各種語法範疇和語法成分是如何產生的，通常指語言中意義實在的詞轉化為無實在意義、表語法功能的成分這樣一種過程或現象，或者是由一個語法成分變為一個虛化程度更高的語法成分的過程。虛詞「不＋X」都是副詞「不」與語素「X」黏合之後虛化而來，經歷了語法化的過程，其證據就是「不＋X」在文獻中最初是作為實詞出現的，後來發生虛化，成為虛詞。

　　實詞虛化有一條重要的原則，即保持原則。實詞虛化為語法成分以後，多少還保持原來實詞的一些特點，虛詞的來源往往就是以這些殘留的特點為線索考求出來的，殘存的特點也對虛詞的具體用法施加一定的限制〔註46〕。由於實詞「X」語義特徵的保留，具有共同語義特徵的「X」在「不＋X」虛化之後，形成具有相同語法功能的虛詞。石毓智〔註47〕指出同一類型的語法標記來自具有共同語義特徵的一組詞。「不單、不但、不僅、不特、不惟、不只」中的「X」都有「只、僅僅」的意思，「不＋X」都表示遞進義。

　　　　【不單】②連不但。

　　　　【不但】連用在表示遞進的複句的上半句裏，下半句裏通常有

　　　連詞「而且、並且」或副詞「也、還」等相呼應。

　　　　【不僅】②連不但。

　　　　【不特】〈書〉連不但。

　　　　【不惟】〈書〉連不但；不僅。

〔註46〕沈家煊：《「語法化」研究綜觀》〔J〕，《外語教學與研究》，1994 年第 4 期。
〔註47〕石毓智：《漢語語法化的歷程》〔M〕，北京：北京大學出版社，2001 年版。

【不只】連不但；不僅。

「不管、不拘、不論」中的「X」都有約束義，「不＋X」表示無條件：

【不管】連不論。

【不拘】②連不論。

【不論】①連表示條件或情況不同而結果不變，後面往往有並

列的詞語或表示任指的疑問代詞，下文多用「都、總」等副詞跟它

呼應。

「不料、不想、不圖」中的「X」都有料想義，「不＋X」表示沒有預料到：

【不料】連沒想到；沒有預先料到。

【不想】連不料；沒想到。

【不圖】②〈書〉連不料。

　　虛詞「不＋X」與「X」的關係難以在內涵實質上離析清楚，「X」本身是虛詞時，「不」作為否定性成分，不論是表示缺失義還是偏離義，都很難作用於虛詞性成分「X」，因為虛詞性成分本身的意義已經是難以把握了，其否定形式更是難以在內涵上加以界定，只能以整體虛詞的形式來理解。

　　孟凱〔註48〕通過考察否定副詞「不」與動詞性成分結合所形成的虛詞發現詞內否定成分對複音動詞虛化起到了促動作用。比如「不管、不拘、不論」中的「X」都有約束義，「約束」義範疇的動詞是動作性較弱的行為動詞，「不料、不想、不圖」中的「X」都有料想義，「料想」義範疇的動詞屬於動作性較弱的心理動詞。根據語法化的一般規律，在句法環境中，動作性較弱的謂詞性成分在句中由於及物性較差，難以連接體詞性賓語，在與其他動作性較強的謂詞性成分線性出現時容易發生功能降級，即由謂詞性成分下降到另一個謂詞性成分的附屬成分，如成為狀語或連接性成分等。這類「不＋X」虛詞的形成是在「X」的弱動作的語義條件下，由否定性成分「不」促動而形成的。

2.3.3　三音節「不＋X」與「X」的關係

　　對於三音節形式的性質認定學術界多有爭議（參見程洲〔註49〕）。李廞

〔註48〕孟凱：《現代漢語複音動詞虛化的語義條件》〔J〕，《語文研究》2018 年第 2 期。

〔註49〕程洲：《〈現代漢語詞典〉三音節詞及固定語聲音形式和語法結構研究》〔D〕，北京語言大學學位論文，2007 年。

鈞〔註50〕認為凡在結構上和意義上都已定型的三語素結構都可以看作三語素合成詞。周薦〔註51〕認為現代漢語的三字格應該都算作詞，是詞的非典型格式，是雙音節詞的衍生形式。他認為對三字組合的詞或語的歸屬，不能僅靠意義的標準或僅靠形式的標準一刀切，而須將兩者結合起來，研究其既不同於雙音節組合也不同於四字組合的特點和個性。三字組合的特點和個性，可從組合內雙音節的性質、組合內單音節的性質、組合內雙音節和單音節的關係這三個方面加以考察。

劉中富〔註52〕提出三音節詞的認定原則「只要一個三音節單位結構固定、意義具有整體性，內部語法或語義結構關係變得模糊，在語感上有較強的詞感，就不妨認定是詞」。在此標準下，舉例對《現代漢語詞典》的收詞進行評判，比如，現代漢語實際使用中有表示「不低於；不次於」意義的「不下於」，而沒有與之相對的「不上於」，這說明「不下於」不是臨時組合的自由單位，而是現成的備用單位。「不下於」的「於」是動詞詞綴，因此可以斷定「不下於」是詞。文章特別提到《現代漢語詞典》將「不在乎」收錄其中是基於頻率原則。根據語料庫調查，否定形式「不在乎」的使用頻率要遠遠高於肯定形式「在乎」。關於否定形式和肯定形式使用不平衡的問題，石毓智〔註53〕也曾提及，如「像話、介意、在乎、二話、理睬、對茬」等在語言使用中一般多用其否定形式，而這些成分的共同點是語義程度極小，語義程度極小的成分容易與否定成分結合在一起。正是基於此，劉中富先生認為可以將否定形式使用頻率大於肯定形式的結構作為詞收入詞典中，這個補充標準是必要的，很多「X」能單獨使用，但是單獨使用的頻率遠遠低於否定形式的使用，這種情況下可以採用頻率標準，將否定形式作為詞彙收錄。

針對三音節「不＋X」的界定問題，侯瑞芬〔註54〕作了可操作的、系統性

〔註50〕李賡鈞：《三語素合成詞說略》〔J〕，《中國語文》1992年第2期。

〔註51〕周薦：《漢語詞彙結構論》〔M〕，上海：上海辭書出版社，2004年版，第245～250頁。

〔註52〕劉中富：《現代漢語三音節詞的判定問題》〔J〕，《中國海洋大學學報》，2014年第2期。

〔註53〕石毓智：《漢語肯定和否定的對稱與不對稱》〔M〕，北京：北京語言大學出版社，2001年版，第53頁。

〔註54〕侯瑞芬：《漢語「不XX」三字組考察與詞典收詞》〔J〕，《語言科學》，2017年第1期。

的說明。侯文堅持結構標準和意義標準相結合併將頻率標準作為參考系數。李晉霞、王忠玲〔註55〕《論音節、結構類型對三音節單位詞感的影響》以問卷調查的方式考察音節模式、結構類型等對三音節中間狀態的詞感的影響。主要結論為四個詞感由高到低的序列：（1）「共用一字的三音節單位」〉「2＋1」〉「1＋1＋1」〉「1＋2」。（2）類後綴〉類前綴〉非類詞綴的黏著語素。（3）「2＋1」（「2」獨立成詞）〉「2＋1」（合併同類項）〉〔1＋1〕＋1」。定中〉聯合〉狀中〉主謂〉動補〉動賓。「不＋X」三音節詞中，「不」是類詞綴，「不＋X」主要是偏正式複合詞，根據詞感判定，不是處在詞感的高低兩級序列，是中等詞感的詞彙。

　　馮勝利〔註56〕認為，雙音節音步是漢語最小、最基本的「標準音步」，三音節音步是「超音步」，三音步是在特定條件下才允許出現的音步。「超音步」的實現條件是：在一個語串中，當標準音步的運作完成以後，那麼這些單音節的成分就要貼附在一個相鄰音步上，構成三音步。三音節「不＋X」共有45個，其中28個存在對應形式「X」，17個不存在對應形式「X」。有對應形式的三音節「不＋X」的韻律形式是〔1＋2〕式，而沒有對應形式的三音節「不＋X」的韻律形式以〔2＋1〕為主，占15個，〔1＋2〕式只有2個。

　　根據韻律構詞法，一般來說〔1＋2〕式結構不是韻律詞語和複合詞的構造模式。因為按照「從右向左」的原則，如果三音節中後兩個音節已經實現為韻律詞，就不會再與左邊的單音成分構成三音步。雙音步是優先選擇的形式，三音步因為雙音步優先得到滿足而不能實現，所以在漢語中〔1＋2〕式三音詞很難成詞，大多是短語，如「開玩笑」「看仔細」等。〔1＋2〕式韻律詞一般不能實現，但是「不＋X」的三音節形式中，存在「X」對應形式的是〔1＋2〕式，馮勝利作出這樣的解釋，音步所起的作用是製造韻律詞和限定複合詞，句法結構以外的構詞法不在音步實現的控制之內。呂叔湘〔註57〕將「不」看做是類詞綴，那麼，三音節「不＋X」的〔1＋2〕式結構，就是「X」首先成為韻律詞，然後在「X」上附加「不」。

〔註55〕李晉霞、王忠玲：《論音節、結構類型對三音節單位詞感的影響》〔J〕，《南開語言學刊》，2013年第1期。

〔註56〕馮勝利：《漢語韻律句法學》〔M〕，上海：上海教育出版社，2000年版，第92頁。

〔註57〕呂叔湘：《語文雜記》〔M〕，北京：生活·讀書·新知三聯書店，2014年版，第146頁。

　　值得一提的是，馮勝利還認為「前綴」處於單音節詞前和雙音節詞前的性質是有差別的，處在單音節前的意義實在而具體，處在雙音節前的意義則抽象虛泛，比如，「正樑」的「正」比「正廠長」的「正」詞彙意義實在。這是因為一般的韻律詞法不允許〔1＋2〕式，當這種形式在一定條件下出現時，附加在雙音韻律詞上的單音節成分就發生一些改變，以適應這樣「超音步」的形式要求。就「不」來說，處於單音節前和雙音節前性質似乎沒有不同，這可能因為「不」作為一個否定性的成分，語義凸顯度比較高，很難因為位置的原因而發生變異。不過，從「詞感」上講，三音節「不＋X」中「不」的否定語氣比雙音節「不＋X」中的「不」弱化一些，雙音節中的「不」作為否定性成分在語氣上更為乾脆，也顯得更為強化一些。

　　沒有「X」對應形式的三音節，有 2 個韻律形式為〔1＋2〕式，即「不敢當」「不過意」，這兩個三音詞，雖然沒有與之對應的「X」能夠獨立使用，但在一定條件下，「X」可以作為詞彙成分來使用，如：

　　　　①你這麼做讓我怎麼敢當？

　　　　②你這麼做實在讓我過意不去。

　　「不敢當」和「不過意」一般只能作為否定形式出現，「X」能獨立在句法中出現時，其句義也是具有否定的意義，①是以反問的形式出現的，表示否定的意義。②「過意」與補語「不去」結合使用表示否定的意義。在「過意不去」動補結構中，「過意」雖顯示了一定的獨立性，但是對補語的依賴依然很強。

　　沒有「X」對應形式的三音節，韻律形式為〔2＋1〕式的三音節「不＋X」有 15 個，超音步〔2＋1〕式與〔1＋2〕式是決然不同的。〔1＋2〕式是兩次實現的，而〔2＋1〕式是一次實現的。根據韻律構詞「從右向左」的原則，三音節中的第三個音節是單音節，不能實現為一個音步，向左界定音步時只能跟左向的兩個音節一起復合為一個超音步，因為左向的兩個音節已經優先構成韻律詞，韻律詞的構造不允許把新詞的創造建立在破壞舊詞的基礎上，因此，只能一次實現為形式〔2＋1〕的超音步。

　　三音節「不＋X」內部超音步的實現方式不同，而〔2＋1〕式在韻律構詞上是優先選擇的，合法性更強，所以，詞感也更強。如：不得已、不失為、不足道等，在語感上是整體來理解的，詞感比較強。

　　周薦〔註58〕《三字組合與詞彙單位的確定》認為，三字組合的詞與固定短語、詞與自由短語的界限並不因該組合的意義是字面性還是非字面性的而存在，也不因該組合的結構是〔2＋1〕式還是〔1＋2〕式而存在。意義的非字面性固然會使一些貌似自由短語的三字組合單位的詞彙性得以加強，意義的字面性卻並不一定會反過來使一些三字組合單位的自由短語的性質得到確認。當然，意義的字面性和非字面性更不能成為三字組合中的單位詞和慣用語或成語判定的依據。判定一個三字組合是詞還是自由短語，不能根據其結構是〔2＋1〕式還是〔1＋2〕式，更關鍵的是要看該組合的語法屬性和結構關係的性質。其中組合的語法屬性對該組合詞語身份的確定起著至關重要的作用。一般而言，語法屬性是謂詞性的，較易被人們視為非詞，語法屬性是體詞性的，較易被人們看作是詞。這其中，語法屬性是謂詞性的，結構是述賓關係的三字組合，更易被人視為非詞。堅持按意義標準把非字面義的三字組合劃歸慣用語或成語的學者們所認定的那部分三字組合，多是述賓關係的謂詞性的三字組合，堅持認為〔1＋2〕式不是詞而是自由短語的學者所認定的那部分三字組合，也多是述賓關係的謂詞性的三字組合。這當然不是偶然的巧合而是殊途同歸，是上述兩部分學者因組合本身所具有的相似的性質特點而產生的類似的認識。

　　無對應形式的三音節「不＋X」有 17 個，其中單義詞 14 個，多義詞 3 個，即「不大離、不倒翁、不下於」，其中「不大離」是方言詞。

　　【不倒翁】名①玩具。②比喻處世圓滑，官位不動搖的人。

　　「不倒翁」意義發生了隱喻，形成多義。隱喻是基於相似性，借助一個概念領域結構去理解另一個不同的概念領域結構，「不倒翁」的兩個義項形成隱喻映像是基於相似的性質。

　　【不下於】動①不低於；不比別的低。②不少於；不比某個數目少。

　　「不下於」的兩個義項是基於構詞語素「下」的兩個語素義「低於」和「少於」。但是，「低於」和「少於」是作為並列釋義出現在「下」的一個義項中的。

　　單義沒有對應形式的「不＋X」，對應形式的「缺省」多可以從「常規」上來解釋。沈家煊在《不對稱與標記論》中提出「常規在人們的意料之中，無須用詞語表示出來就可以領悟到，只有違反常規的才須用詞語特意表示出來。」

〔註58〕周薦：《三字組合與詞彙單位的確定》〔J〕，《語言科學》，2003 年第 5 期。

【不凍港】名較冷地區常年不結冰的海港。

在漢語文化圈所處的地理環境中，冬天港口一般都是上凍的，上凍符合常規，不上凍不符合常規，所以「不凍港」概念化並成為詞彙成分。冬天港口通常結冰，而「不凍港」不結冰，船舶能夠正常進出港口，形成這樣的港口需要具備這樣的因素：暖性洋流流經港口海域；海水的鹽度及港口附近有無河流注入，一般有河流注入的港口，海水鹽度被河水沖淡，容易結冰；港口海域水體對太陽熱能的儲存能力。（《秦皇島為什麼能成為我國北方的不凍港》）。「不凍港」能為航運提供極大的便利，而這樣港口的形成需要天時地利，是超出常規的，是稀缺的。

【不銹鋼】名具有抗腐蝕作用的合金鋼。

根據生活常識，鋼鐵通常是要生銹的，在科技的作用下產生了不生銹的鋼鐵，而不生銹的鋼鐵不是常規的，所以「不銹鋼」成詞而沒有對應形式。《現漢》中對「鋼」解釋是鐵和碳的合金，含有碳量很低，低於百分之二，並含有少量的錳、矽、硫、磷等元素。「鋼」的主要成分是鐵，「鐵」是很容易生銹的，「鋼」相對鐵來說，具有強度高、韌性好的特性，但是仍是容易生銹的金屬，這是符合常規的，是人們的常識，無須出現「銹鋼」這樣的詞。因此「不銹鋼」的不銹性是超越常規的，是特異的，常規的事物在人們的意料之中，無須用語詞表示出來就可以領悟到，只有違反常規的，在人們的認知中是凸顯的，須特意用詞彙的形式表示出來。

【不二價】定價劃一，賣給誰都是一樣的價錢。

在自由貿易條件下，根據不同的對象制定不同的價格是普遍的做法，而「定價同一」則是一種規範和期望，所以「不二價」成詞，沒用對應形式。

【不貳過】〈書〉犯過的錯誤不重犯。

「不貳過」出自《論語》「有顏回者好學，不遷怒，不貳過。不幸短命死矣，今也則亡，未聞好學者也。」「不貳過」整體表達一種標準較高的行為，一般情況下，人們會重複犯同樣的錯誤，只有時時反省，用更高的標準要求自己才能做到犯過的錯誤不重犯，所以「不貳過」成詞，沒用對應形式。

有對應形式的「不+X」單義的有 20 個，多義的有 7 個。

20 個單義詞中有 9 個是專業術語，其中 8 個「不+X」與「X」形成嚴整的對應關係：

不帶音—帶音　不等號—等號　不等式—等式

不動產—動產　不名數—名數　不吐氣—吐氣[2]

不送氣—送氣　不周延—周延

還有一個專業術語是「不作為」，沒有對應形式。

成對出現的專業術語「不＋X」與「X」是同時成詞的，「不＋X」沒有經歷由短語層面進入詞彙層面的詞彙化過程，「不＋X」與「X」同時產生，相互依存，是某一領域中完全正反相對的一對術語，語義涉及的範圍和對象完全相同，以某一特徵或關係的存在與否相區別。

【不帶音】動發音時聲帶不振動。

【帶音】動發音時聲帶振動。

【不等號】名表示兩個數或兩個代數式的不等關係的符號。

【等號】名表示兩個數或兩個代數式的相等關係的符號。

【不等式】名表示兩個數或兩個代數式的不等關係的符號。

【等式】名表示兩個數或兩個代數式的不等關係的符號。

【不動產】名不能移動的財產，指土地、房屋及附著於土地、房屋上不可分離的部分。

【動產】名可以移動的財產，指金錢、財物等。

【不名數】名不帶有單位名稱的數。

【名數】名帶有名稱單位的數。

【不送氣】動語音學上指發輔音時沒有顯著的氣流出來。

【送氣】動語音學上把發輔音時有比較明顯的氣流出來的叫送氣。

【不吐氣】動不送氣。

【吐氣[2]】動語音學上指送氣。

【不周延】一個判斷的主詞（或賓語）所包括的不是其全部外延。

【周延】一個判斷的主詞（或賓語）所包括的是其全部外延。

【不作為】名指國家公職人員在履行職責過程中玩忽職守，致

使公共財產、國家及人民的利益遭受重大損失的失職、瀆職行為。

【作為】①名所作所為；行為。②動做出成績。③名可以做的事。

「作為」和「不作為」沒有形成嚴整的對應關係，「作為」只能提示「不作為」的部分語義。與「不作為」語義完全對應的「作為」空缺〔註59〕。「不作為」語義涉及的對象是國家公職人員，恪盡職守是國家公職人員最基本的職業要求，這在認知上是符合常規的，形成空缺。

20個單義詞有8個單義「不＋X」雖然有對應形式的雙音節「X」，但在實際語言應用中「X」很少單獨使用，多以否定形式或疑問形式出現，《現漢》明確用括注標明其對應形式「X」多用於否定形式或疑問形式的有4個「不見得、不摸頭、不起眼、不在乎」，還有4個「不對茬、不經意、不至於、不做聲」。《現漢》雖沒有標明，但我們檢索「北京大學 CCL 語料庫」，發現它們也多是用作否定形式和疑問形式，單獨使用的情況非常少見。

「不見得」、「不起眼」、「不做聲」這些「不＋X」中的「X」表示的是極易發生的動作行為，如果借用量級的概念來表達，那麼「X」表示的是極小量，對極小量的否定意味著對全量的否定〔註60〕。對全量的否定在認知中凸顯度高，所以容易發生概念化。另外，這些表示極小量的「X」是通過比較形象的方式表現的，這也與在語言中普遍起作用的隱喻機制有關。

在20個單義詞中還有3個詞，「不名譽、不人道、不自量」。

【不名譽】形對名譽有損害；不體面

【名譽】①名名聲。

「不名譽」中的「名譽」是名詞，「不＋X」成為形容詞，這是由「不」的性質造成的，「不＋X」在「構式壓制」作用下發生了形容詞化。

【不人道】形不合乎人道的。

【人道】①名指愛護人的生命、關懷人的幸福、尊重人的人格和權利的道德。②形合乎人道的。③名古代指封建禮教所規定的人倫。④〈書〉名泛指人事或為人之道。

〔註59〕沈家煊（1999）提出在認知上符合常規的是「缺省值」。

〔註60〕沈家煊（1999）提出全量肯定否定規律：對一個最小量的否定意味著全量否定，對一個最大量的肯定意味著全量肯定。

　　「人道」的形容詞義是受「不人道」的意義影響產生的，「人道」是名詞，受「不」的性質制約，「不人道」轉化為形容詞，與「不人道」對應的「人道」相應地發展出形容詞義項。

　　「名譽」沒有受「不名譽」的影響產生形容詞義項，這與語用、使用頻率等因素有關。「人道」的形容詞用法最先是仿照「不人道」的用法，後來逐漸被接受以至成為一個義項固定下來。由此可推，「名譽」存在發展出形容詞義項的可能性。

　　【不自量】過高地估計自己。

　　【自量】動 估計自己的能力。

　　「不自量」的語義不是對「自量」的一般否定，在「估計自己的能力」之上加上否定詞成為「過高地估計自己」，沈家煊〔註61〕指出漢語中有兩種否定，一種是符合一般規則的，即否定下限義，表示「少於、低於」，這是語言的一般規則，英語中也是如此。如「不高」、「不暖和」，「高」和「暖和」在不同的語境使用中有不同的標準範圍，「不高」「不暖和」表示低於這個標準範圍。另一種是特殊的否定，即否定上限義，表示「多於、高於」。「不自量」中的否定便是這種特殊否定，通常這種否定的形式會被判定為詞而不是短語。「不自量」中「不」的否定表現出「多於、高於」的意義也與漢語文化傳統崇尚謙抑有關，一般來說，在「自量」上附加否定詞，語義應該是不能正確估計自己的能力，這種偏離或上或下，而漢語只取其上部分，只有對超出自己能力的估計才是不正確的，這是民族文化心理在語言中的表現。

　　有對應形式的三音節「不＋Ｘ」的多義都不是完全基於「Ｘ」的多義，產生的多義情況也不一。如：

　　【不得勁】①不順手；使不上盡頭。②不舒適。③〈方〉不好意思。

　　【得勁】形 ①稱心合意；順手。②舒服；合適。

　　「不得勁」的第三個義項「不好意思」是在方言層面上的語義，「得勁」沒有與之對應的語義。在現代漢語系統中，方言和通用語的詞彙差異不僅表現為用詞不同，有時還表現為同一個詞義項數量的不同。

〔註61〕沈家煊：《不對稱與標記論》〔Ｍ〕，南昌：江西教育出版社，1999 年版，第 59 頁。

【不得了】①表示情況嚴重。②表示程度很深。

【得了】形表示情況很嚴重（用於反問或否定式）。

【不像話】①（言語行動）不合乎道理或情理。②壞得沒法形容。

【像話】形（言語行動）合理（多用於反問）。

「得了」和「不得了」的第一個義項意義相同。這兩個詞在形式上是肯定和否定的對應，在意義上卻一致，表面上形式和意義發生脫節。其實，在語言的實際運用中，「得了」主要用於反問和否定，反問是用句法表示否定，所以，無論是「得了」還是「不得了」表示的都是「情況很嚴重」。「不得了」意義還發生了引申，表示程度深，不僅可以形容壞的一面，也可以形容好的一面，是詞義的擴大。「不像話」在第一個義項上意義發生了引申，表示壞得程度很深。

【不對勁】①不稱心合意；不合適。②不情投意合；不和睦。③不正常。

【對勁】形①稱心合意；合適。②合得來；相投。

【不是味】①味道不正。②不對頭；不正常。③（心裏感到）不好受。

【是味】形①（食品等）味道正；合口味。②（心裏感到）好受；舒服。

「不對勁」和「不是味」的「不正常」的意義都只存在於「不＋X」中，單獨的「X」沒有與之對應的意義，這跟「對」和「不對」的情況一樣，「不對」有「不正常」的意義，而「對」沒有與之對應的表示「正常」的語義。

【不要緊】①沒有妨礙；不成問題。②表面上似乎沒有什麼妨礙（下文有轉折）。

【要緊】①形重要。②形嚴重。

【不由得】①動不容。②副不禁。

【由得】動能依從；能由……做主。

「不要緊」和「不由得」第二個義項都發生了語法化，由實詞義引申出了意義比較虛化的義項，實詞的意義還保留在虛詞用法中。

綜上，三音「不＋X」的韻律結構有〔1＋2〕和〔2＋1〕兩種形式，兩種結構都屬於超音步，實現方式是不同的，根據「從右向左」的原則，〔1＋2〕式兩次實現，「X」形成一個音步後，再附加上左向的單音語素「不」形成詞或固定語。〔1＋2〕式一般有對應形式，「不」是附加在「X」上的。在超音步中，由於右向的兩個語素已經優先形成了音步，所以〔1＋2〕式在詞感上比較弱。〔2＋1〕式一般沒有對應形式，是整體一次形成的，在詞感上比較強。音步實現方式不同，「不＋X」與「X」的關係也不同，〔1＋2〕式一般有對應形式「X」，〔2＋1〕一般沒有對應形式「X」。單義沒有對應形式的「不＋X」，對應形式的「缺省」多可以從「常規」上來解釋。「常規」在人們的意料之中，無須用詞語表示出來就可以領悟到，只有違反常規的才需用詞語特意表示出來。有對應形式的三音節「不＋X」的多義產生的情況不一，或是基於「X」的多義產生多義，或是在基本意義上發生引申。

2.4 「不＋X」的色彩意義

上一節所討論的「不＋X」與「X」的語義對應，主要涉及的是詞的理性義，詞義除了理性義，還有色彩義。色彩義是詞義的附加意義，是附加在詞彙意義上的詞的表達色彩，是詞所表達的某種傾向或情調的意義，這種意義也是社會約定而成的。詞的色彩意義有很多種，一般將詞義色彩分為感情色彩、語體色彩、形象色彩等〔註62〕。楊振蘭在《現代漢語詞彩學》〔註63〕中對詞的色彩意義進行了系統而全面的論說，她提出「色彩意義是客觀對象的某種性質特點、形態特點、時代特點、外來特點、民族特點、地方特點及詞的運用中所表現出的傾向和格調的總和，既和詞表示的客觀事物、現象有關係，也與詞的構造及應用密切相連。」「不＋X」複合詞的色彩義表現較為明顯的是語體色彩和感情色彩。

2.4.1 「不＋X」與「X」的書面語色彩

現代漢語的書面語是一個異質系統，其中有不同的層次，郭銳〔註64〕指出，現代漢語書面語可以分出兩個歷史層次：現代白話文層次和文言層次，

〔註62〕葛本儀：《現代漢語詞彙學（修訂本）》〔M〕，濟南：山東人民出版社，2004 年版，第 148 頁。

〔註63〕楊振蘭：《現代漢語詞彩學》〔M〕，濟南：山東人民出版社，1997 年版，第 1 頁。

〔註64〕郭銳：《現代漢語詞類研究》〔M〕，北京：商務印書館，2002 年版，第 46 頁。

文言層次在現代漢語書面語中主要表現為兩種形式：一是夾雜於白話文的文言詞，如「茲」等，二是夾雜於白話文的文言用法。有些詞雖屬於現代白話層次，但仍有文言用法，如「兩車運動的速度是一致的」中「車」是一個屬於白話層次的詞，但是數詞直接在其前出現是使用了文言的規則，現代漢語中數詞是不能直接修飾名詞的，中間一定要有量詞。詞法規則是異質句法規則得以在共時平面共現的基礎。

《現代漢語詞典》中將「不＋X」標識為「書面語」的有

> 不才、不齒、不曾、不憚、不貳過、不遑、不諱、不惑、不羈、
> 不克、不敏、不佞、不特、不惟、不韙、不謂、不恤、不意、不虞、
> 不貲

這些詞中的「X」在現代漢語中都不能單獨使用，單獨的「X」都屬於文言詞彙，只能以構詞成分的形式出現在詞彙層面，這與漢語由單音節詞為主向雙音節詞為主的發展趨勢有關。

有的詞儘管《現漢》沒有將其標識為「書面語」，但由於「X」在文言系統中自由使用，而在現代漢語中借助「不」進入構詞中，在實際使用中也是表現出書面語色彩，如：

> 不暢　不予　不畏　不覺　不宜　不知　不佳　不妥

這些「X」董秀芳稱之為「半自由語素」〔註65〕。

2.4.2 「不＋X」的感情色彩

詞語的感情色彩意義主要包括褒義色彩、貶義色彩和中性色彩。在人們認知世界裏，肯定是正面的、褒義的，否定是反面的、貶義的，然而，在語言世界裏，由否定語素所構成的複合詞，其色彩義表現是什麼樣的呢？是否在褒貶上有傾向？那麼，傾向的原因是什麼？

在我們的統計中，占大多數的是「不＋褒義或中性成分」構成帶貶義色彩或負面色彩的詞，如：

> 不安、不便、不才、不成話、不齒、不揣、不當、不得勁、不
> 端、不對、不公、不顧、不開眼、不快、不克、不和、不賴、不力、
> 不利、不良、不滿、不敏、不名譽、不佞、不配、不平、不詳、不

仁、不善、不適、不軌、不舒服、不作為、不要臉

「不＋貶義或中性成分」構成帶有褒義色彩的詞比較少，如：

不錯、不凡、不苟、不賴、不愧、不吝、不屈

這種在否定構詞上所顯示的感情色彩的傾向性，在其他語言中也有例證Jespersen〔註66〕觀察到：英語和其他一些語言的共性是，附加否定詞綴後的形容詞大多是貶義的，如，undue 過分，unkind 不友善，unworthy 不值得的，等等。但是，不太可能在「foolish 愚蠢的，naughty 頑皮的，ugly 醜陋的，wicked 邪惡的」之類詞基上附加否定詞綴構成類似的否定形容詞。Zimmer〔註67〕也通過觀察對比指出在各種語言中，幾乎不能用「反面詞＋否定詞綴」來構成正面詞，但相反卻常用「正面詞＋否定詞綴」來構成反面詞，例如英語中有unhappy，unwise，unclean 等詞，但沒有相應的 unsad，unfoolish，undirty，並且也發現了漢語裏的「不高興」、「不舒服」、「不講理」等可以看作一個詞，而「不傷心」、「不難受」「不蠻橫」等只能是詞組這一構詞規律。還有一些語言，表示反面意義的概念必須有否定標記，如「短」的意思只能用「不長」來表示。法語、意大利語和西班牙語沒有單獨表示「淺」的詞，只能用相當於「不深」的複雜形式。當然，在這種現象之外可以找到大量反例，如 unblemished 無瑕疵的，unimpeachable 無懈可擊的，unerring 無過失的，unpainful 沒有痛苦的，這些詞的詞基都有明顯的負面意義。有的形態學家試圖設置鄰接條件來剝離這些反例，其條件參數也並不能自洽，在反例的解釋性上不具有周遍性。實際上，我們應該承認否定詞綴與具有正面意義或者中性義的詞結合是一種強傾向，而不是普遍意義上的限制。

我們需要解釋的是「不 X」詞義的感情色彩為何會表現出如此的傾向性，而體現感情色彩最為明顯的是形容詞，下面我們將以形容詞為例說明，從功能語言學來看，主要與語言交際中的三個原則有關。

一、「不＋X」委婉評價與禮貌原則

根據英國著名語言學家 Leech〔註68〕的論述，禮貌原則共有六條。他所提的

〔註66〕Jespersen: A Modern English Grammar on Historical Principles. Copenhagen: Einar Munksgaard, 1942.

〔註67〕Zimmer Karl: Affixal Negation in English and Other Languages，轉引自 Rochelle Lieber: Morphology and Lexical Semantics.

〔註68〕廖秋忠：《語用學的原則》〔J〕，《國外語言學》，1986 年第 4 期。

禮貌原則雖然是基於英國文化特點的，但具有較為廣泛的適用性。其原則的內容是：圓通準則（Tact Maxim）、慷慨準則（Generosity Maxim）、稱讚準則（Approbation　Maxim）、謙遜準則（Modesty Maxim）、順同準則（Agreement Maxim），同情準則（Sympathy Maxim）和反語原則（Irony Principle）。這六條原則所體現出的是交際雙方為達成一致而採取的努力，其目的是達到交際的和諧。而禮貌的方式則可以使對方得到尊重，自然，自己也可以由此獲得對方的好感。顧曰國〔註69〕根據中國文化的特性，提出了中國五條禮貌原則：「自卑而尊人、貶己尊人；上下有義，貴賤有分，長幼有親與稱呼準則；彬彬有禮與文雅準則；臉、面子與求同準則；有德者必有言與德言行準則。」曲衛國〔註70〕在《語用學的多層面研究》中則提出了兩條原準則：一個是親近準則，一個是社會關係準則。我們以「不起眼」舉例說明：

別看這人兒不起眼，人家可是一肚子學問呢。

例中「不起眼」，評價談論對象的外貌不引人注目。在相貌評價體系中有處於褒義端的「好看、漂亮、出眾」等，也有處於貶義端的「醜陋、難看」等，例句中採用委婉的表達，體現出說話者的禮貌。即無意刺激對方，引起矛盾和爭執。「起眼」量的表達上屬於表達極小量的詞，「不起眼」有的也稱之為否定極語〔註71〕，使用否定極語，可以使交際雙方在實際的交往中避免一些直接的表達。而避免直接表達，有利於雙方在認識上達成一致，同時，也體現出雙方的禮貌。交際的目的就是要達成共識，而非製造分歧。否定極語在很多情況下可以有效地達成此目的。否定極語的委婉表達功能使得它被大量地運用於語言實際，而語言實際中的大量運用反過來促使否定極語進一步發展。

語言中褒貶詞的用法跟「禮貌原則」有密切關係，如，漢語中「不大，不太，不怎麼，不很，不十分」這樣一些表示程度的詞語如果修飾褒義詞，往往是對不如意事情的一種委婉表達〔註72〕。

不大合適　不太禮貌　不很熟悉　不很投機　不怎麼喜歡　不十分高興　不很餓　不太矮　不大打我　不怎麼噁心　不十分粗俗

〔註69〕顧曰國：《禮貌、語用與文化》〔J〕，《外語教學與研究》，1992年第4期。

〔註70〕曲衛國：《語用學的多層面研究》〔M〕，上海：復旦大學出版社，2012年版，第94頁。

〔註71〕黃恩任：《現代漢語否定結構的認知研究》〔D〕，上海師範大學博士學位論文，2015年。

〔註72〕馬清華：《現代漢語的委婉否定格式》〔J〕，中國語文，1986年第6期。

「不大合適」、「不太禮貌」實際上都是出於「禮貌原則」，通過「否定＋褒義」的形式，縮小貶義，表達委婉的一種方式。

沈家煊提出，否定一個量「X」，往往意味著肯定一個接近「X」的量。「不禮貌」是接近「禮貌」，相較「失禮」在聽者的感覺裏批評的意味大大降低。「禮貌原則」是語言交際的重要原則，根據 Brown 和 Levinson 在《語言應用的普遍現象：禮貌原則》〔註 73〕中所論及「禮貌原則」可以表述為用言語進行評價，尤其是評價人的社會行為時，對壞的要說得委婉，對好的要說得充分。一般來說，對缺點的批評是一種有損對方面子的行為，不宜直接使用貶義詞，因而往往用「不」加相應的褒義詞來代替。例如，不直接說對方「蠻橫」，而說他「不講理」。相反，對優點的肯定應該直接使用褒義詞，不宜用「不」加相應的貶義詞，例如，對方如果是個通情達理的人，就不應該用「不蠻橫」來評價他。否定褒義的「講理」隱含著貶義的「蠻橫」，否定貶義的「蠻橫」隱含的卻是介於褒貶之間的中性意思。

受「禮貌原則」的支配，人們經常用「不講理」來評價蠻橫的人，結果是「不」和「講理」的結合變得很緊密，「不」逐漸變為一個「否定前綴」，由於人們不常用「不蠻橫」來評價講理的人，「不」和「蠻橫」保持鬆散的結合關係，「不」仍然是個句法上的否定詞。這裡還需要提到一點，一般這樣以否定語素構詞或否定詞修飾形容詞表達委婉一般用的是否定語素或否定詞「不」，「不」與形容性成分結合表達的是「量」的調整，而不是「質」的改變〔註 74〕。

　　　不—講理　不—安分（「不」相當於否定前綴）

　　　不　蠻橫　不　放肆（「不」是句法上的否定詞）

二、「不＋X」模糊性語言表達與迴避原則

「模糊性集合」最早應用於數學領域的研究，後來這一概念被引入到其他學科的研究。語言中的模糊語義對完成交際有重要的作用，在功能語言學背景下，強調語言的功能性，模糊性可以用於解釋交際中的很多語用現象。

在否定性表達中，模糊性語言體現出的是一種「迴避原則」，間接上可以

〔註 73〕陳融：《面子・留面子・丟面子——介紹 Brown 和 Levinson 的禮貌原則》〔J〕，《外國語（上海外國語學院院報）》，1986 年第 4 期。

〔註 74〕張國憲：《現代漢語形容詞功能與認知研究》〔M〕，北京商務印書館，2006 年，第47 頁。

達到禮貌的效果。一些否定語素構詞也屬於模糊性語言。比如，某人的行為有些過分，我們可以用「你有些過分」這樣直接的表達，但此時已有了明顯的批評意味。所以我們一般採用「你不像話」這樣含義模糊的否定形式來表達對他委婉批評。在這一過程中，由於說話人是用否定形式這樣的模糊語言傳達意圖的，聽話人就必然要通過自己的知識以及對說話人當時情狀的掌握來找出說話人的真實意圖。在交際中，我們使用「不道德」這樣的否定表述顯然比「骯髒」、「可恥」之類的表達更好。雖然這樣的表述比較模糊，甚至在一定程度上會引起誤解，但在給對方留有體面的前提下，這種表述無疑比直接表達更有效。

就否定後的肯定範圍來觀察，對「X」的否定往往是肯定了一個逼近 X 的較小的量。這個被肯定的量儘管是模糊的，一般不會無限地低於 X。

Jesperson 的名著 The Philosophy of Grammar 中有一章專門討論人類語言的否定問題，他在調查了大量語言之後，得出結論：人類語言中的否定詞含義都是「少於、不及（less than）」，換句話說，語言的否定不是完全否定，而是等差否定。譬如英語中的 not good 義為比 good 差的義項，如 inferior，但不會是「壞得無法忍受」；not hot 指出一個低於 hot 的溫度，即位於 hot 和 icy 之間的某一個溫度，不大可能是完全否定的結果 icy。表數量時 not much 與 a little 語義近似。

否定表達因其語義模糊，似乎不易從字面獲得其實際語義。從表面看，這限制了否定表達的傳達能力，但實際上，因為模糊反而使它獲得了更大的外延，比字面意義更加具體，更具有表達力，更能傳情達意。「不＋X」通過迂迴的方式表達批評，增加了聽話者的理解難度，從而達到了委婉的效果。

三、「不＋X」的積極表義與樂觀原則

根據樂觀原則，人總是傾向好的一面，積極意義的詞使用頻率高，從邏輯上講，褒貶義的擴大和縮小應該有四種可能：縮小貶義、擴大褒義、縮小褒義和擴大貶義。站在說話者的角度，縮小貶義符合「樂觀原則」，在語言中遵循這樣的原則使得語言表達委婉。如把「有病兒」說成「不舒服」，從這一點可以解釋「不舒服」與「舒服」的不對稱，「不舒服」有兩個意思，而「舒服」只有一個意思，「不舒服」表示「有病」的意思是在語言交際中產生的〔註75〕。

〔註75〕沈家煊：《不對稱與標記論》〔M〕，南昌：江西教育出版社，1999 年版，第 147 頁。

　　「不肖」「不孝」則是從反面遵循禮貌原則，在漢語文化裏，對自己貶低是對對方的一種尊重，因此用這樣的反面詞彙遵循的是「禮貌原則」和「謙虛原則」，由於文化傳統的差異，這一點並不具有跨語言的共性，是漢語語言的獨特現象。

　　而「擴大貶義」不符合「樂觀原則」和「禮貌原則」，在語言中很少使用，因此「不＋貶義性成分」難以在詞義演變中發生作用，也難以詞彙化進入到詞彙層面。

　　相對於其他否定語素構詞，「不X」往往具有更多的傾向性信息，能表示傾向性的主觀情態，所以主觀性較強。這種傾向性或主觀性是通過其語法化過程中「不」的否定沉澱來取得的。我們知道，否定形式往往是表述重點和信息焦點所在，它更能體現說話人的主觀態度。雖然「不X」類副詞中「不」的否定意味已經淡化，但由於「語義俯瞰」〔註76〕的作用，再加上漢字具有頑強的表義性，從而使得形式上保留的「不」仍然會誘導受眾進入某種否定的或逆反的心理狀態之中。所以當人們用「不X」來強調某種判定或推斷時，仍然習慣性地處於某種否定的心理狀態之中。「不」與具有褒義或者中性色彩的成分結合，「不」的凸顯，在理解上的迂迴，大大降低了貶義的程度。因此在實際的語言交際中，「不＋褒義或中性成分」形成貶義的構詞形式在數量上會大於「不＋貶義或中性成分」形成褒義的構詞形式。

　　「不錯」這類「不＋貶義或中性成分」形成褒義的構詞形式儘管存在的數量少，但是在交際中也具有其交際價值。「不錯」屬於稱讚語中的一種表達形式。施家煒〔註77〕《漢英文化稱讚語對比分析》從外國留學生漢語口語教材中搜集的 320 句語料，統計發現，稱讚語中有 12 個形容詞最為常用，即「好、不錯、漂亮、快、好看、高、美、聰明、流利、硬朗、好吃、乾淨」，尤其是其中的三個（好、不錯、漂亮），出現了 121 次，占形容詞出現次數的近一半。也就是說，「不錯」在稱讚語中是屬於高頻使用的詞。從形式上可以看出只有「不錯」是否定形式，其餘都是非否定形式的表示積極意義的形容詞。

　　在「不＋X」詞中，以「不＋貶義」表示褒義的形式表現出個性，在稱讚

〔註76〕儲澤祥、謝曉明：《漢語語法化研究中應重視的若干問題》〔J〕，《世界漢語教學》，
　　　　2002 年第 2 期。

〔註77〕施家煒：《漢英文化稱讚語對比分析》〔J〕，《漢語學習》，2000 年第 5 期。

文化用詞中，也以此與其他形容詞有所區別。那麼「不錯」為什麼會形成褒義詞且被高頻使用呢？沈家煊〔註78〕認為「不錯」是從反面遵循「樂觀原則」或「禮貌原則」，目的是為了達到擴大褒義的效果。「不錯」在稱讚評價體系中屬於低位評價用語，「好」是屬於高位評價用語。在具體語言使用中，「不錯」不能出現在晚輩對長輩的評價中，比如評價老師講課好，不能當面說「您講得不錯」，而反過來老師評價學生則可以用「這個問題你講得不錯」。「不錯」可以受「很」等的修飾，但是「很不錯」依然不能出現於下對上的評價中。究其原因，與「不錯」所在的「不＋X」結構有關，前文已經討論過語言的一般原則是用否定表達「少於、低於」，「不錯」不是完全的否定，只是「壞」的程度的降低，可以用於勉強性的正面評價中，比如某人唱歌水平一般，可以用「不錯」來表示正面評價，用低位評價詞，既遵循了禮貌原則，也不至於不恰當地使用高位評價詞顯得誇讚不符合真實情況。「不錯」的使用豐富了稱讚語系統，具有語言交際的價值。

2.4.3 「不 X 不 Y」與「不 A 而 B」構式的感情色彩

以「不」所構成的詞語具有明顯的色彩義，還體現在「不 X 不 Y」和「不 A 而 B」這樣的構式中〔註79〕。

「不 X 不 Y」是表達主觀性較強的成語，凸顯「X」和「Y」，表達說話的態度、評價、情緒等。「不 X 不 Y」的色彩義跟「X、Y」的色彩成相關性。

1. 當「X、Y」為褒義時，「不 X 不 Y」為貶義。如：

> 不乾不淨、不清不楚、不明不白、不痛不癢、不理不睬、不依
> 不饒

2. 當「X、Y」為貶義時，「不 X 不 Y」為褒義。如：

> 不偏不倚、不慌不忙、不屈不撓

3. 當「X、Y」感情色彩為中性時，「不 X 不 Y」的色彩義也表現出多樣性。

有的表示貶義，如：

〔註78〕沈家煊：《不對稱與標記論》〔M〕，南昌：江西教育出版社，1999 年版，第 189 頁。
〔註79〕劉洋：《漢語帶「不」成語的多維考察》〔M〕，武漢：華中師範大學出版社，2015 年版，第 82 頁。

不死不活、不生不死、不瞅不睬、不痛不癢、不古不今、不男

　不女、不三不四、不陰不陽

有的表示中性義，沒有感情色彩，如：

不茶不飯、不言不語、不折不扣

有的在不同的語境中表現不同的感情色彩，如：不慌不忙

有一個特殊的成語「不尷不尬」，尷尬是貶義詞，「不尷不尬」是尷尬的加強，也是貶義詞。

「不 A 而 B」融合了兩個有衝突的事件，前一事件下出現了逆轉的另一事件。

主要表現出中性和貶義兩種感情色彩義：

「不寒而慄、不勞而獲、不歡而散」帶有明顯的貶義色彩

「不期而遇、不言而喻、不期而然、不謀而合」表達的是中性義。

2.5　「不＋X」的詞彙化和語法化

2.5.1　關於詞彙化和語法化

「詞彙化」這一術語，不同的語言流派在不同的文獻中有不同的界定，總體來說，主要從共時和歷時兩個維度來把握這一概念。

1. 共時詞彙化。共時詞彙化關注的是在語言系統中概念如何編碼成詞，也有的學者稱其為「詞化」。通過跨語言的對比研究，Talmay 發現基於認知的不同，不同語言的詞彙化方式也不同，根據這種不同，可以將世界上的語言分為「謂詞框架語言和衛星框架語言」。除此之外，不同視角下的「詞彙化」定義也存在差異。梳理一下，共時語言學的研究主要有以下方面：

（1）語言系統中概念編碼為詞的過程和機制。

（2）從語言生成的角度來看，如何選用合適的詞表達意圖。

（3）在形式語法的框架中，如何用語音手段呈現顯性形式。

這三個維度的研究視角共性之處在於都力圖呈現語言由「隱」到「顯」的過程，具有語言類型學意義。

2. 歷時詞彙化。歷時詞彙化著眼於語言的演變，這類的研究成果十分豐贍。以 Traugott 為代表，總結之前的研究成果，在「Lexicalization and Language

Change」中清楚闡述了這一概念：在特定的語境下，語言使用者使用一種新的語義形式，這種語義形式是從句法結構或者構詞演變而來，其形式表達的語義不能從句法和構詞的結構中推倒出來，已經發生這種「詞彙化」的語言單位還會進一步弱化其內部的組構性，發生進一步的詞彙化。

從這段闡釋中可以看出，歷時詞彙化對「詞彙化」的理解是從非詞單位演變為詞，這一過程是漸變的、連續的。詞彙化的起點「非詞單位」在不同的語言中其主要的類型也是不同的。董秀芳〔註80〕在這樣的視角下，系統研究了漢語系統雙音節詞的衍化，通過考察發現，詞彙化主要類型是從短語或句法結構演變為詞。下文將要討論的「不＋X」的詞彙化是指歷時詞彙化。

與「詞彙化」密切聯繫的是語法化。一般認為「語法化」（grammaticalization）這一術語最早是由 Mille 使用，根據 Mille 的闡述，他認為語法化是指詞語演變為附著詞素，附著詞素演變為詞綴，再演變為不能再分的語素。在西方「語法化」研究之前，在漢語研究歷史上，已經由注疏經傳的訓詁學家提出了「虛詞」的概念，關注虛詞的來源，並由此發端出「實詞虛化」的語言研究思路，具有代表性的著作是成書於 1710 年的《虛字說》，作者是袁仁林，從意義變化出發，將實詞虛化為虛詞的過程概括為「實—半實半虛—虛」，這與語法化的研究視角有不謀而合之處，被稱為「語法化的先導性著作」〔註81〕。但是，「實詞虛化」並不等同於語法化，「實詞虛化」的提出基礎是以語義為本的訓詁學，是指由於詞語弱化消失而產生語法意義以及語義的抽象化、泛化等〔註82〕。「語法化」的概念內容更為豐富，「實詞虛化」可以併入到「語法化」的研究框架下。

詞彙化和語法化是密切聯繫的兩個術語，基於對詞彙化和語法化的界定不同，學者們對其關係的界定也不同〔註83〕。有的認為詞彙化是語法化的相反過程，這類學者認為如果語法化是詞彙形式〈較低語法性〈較高語法性，那麼較高語法〈較低語法性〈詞彙形式就是去語法化，也就是詞彙化。另有學者則指

〔註80〕董秀芳：《詞彙化：漢語雙音詞的衍生和發展》〔M〕，成都：四川民族出版社，2002年版，第32頁。

〔註81〕楊成虎：《袁仁林〈虛字說〉與語法化研究》〔J〕，《燕山大學學報》，2000年第4期。

〔註82〕吳福祥：《漢語能性述補結構「V得|不C的語法化」》〔J〕，《中國語文》，2002年第1期。

〔註83〕劉紅妮：《詞彙化與語法化》〔J〕，《當代語言學》，2010年第1期。

出語法化和詞彙化的過程是相互補充相互作用的。LaPolla、Lehmann、Wischer 等研究認為詞彙化和語法化在本質是相通的而不是對立的，二者是平行的。Brinton 和 Traugott 在有關研究的基礎上，從歷史、功能主義角度出發，對詞彙化與語法化的關係提出了一個綜合模式，認為二者具有一定的平行性。

董秀芳〔註84〕在闡釋「不」與所修飾的中心詞的黏合現象時迴避使用「詞彙化」和「語法化」這兩個術語。實際是，「不＋X」在演化過程中，有的發生了詞彙化，有的發生了語法化，而用「黏合」則是抓取了詞彙化和語法化過程的關鍵要素，用「黏合」來統攝「不＋X」由非詞機構演化成詞以及伴隨其中的語法功能的變化。

2.5.2　「不＋X」的成詞途徑

否定語素「不」與中心成分黏合的現象之所以這樣普遍，與否定性語素在語言中的特殊性質也有一定關係。

許多語言的事實都表明否定性語素在語音上缺乏獨立性，常需要其他詞彙性成分的支持。在語言發展史中否定性語素與其他語素發生貼附的例子是相當普遍的。從語音形式上來看，否定成分很容易和其修飾的成分發生語音融合。古漢語中的「弗」被認為是「不」與「之」的合音〔註85〕，「叵」是「不」與「可」的合音，現代漢語中的「甭」是「不」和「用」的合音，「別」是「不」和「要」的合音。從意義上，「不X」不同於一般的偏正短語，與後者相比，它有更大的意義完整性。呂叔湘〔註86〕很敏銳地指出，假如「X」沒有反義詞「Y」，那麼「不X」就是「X」的反義詞。「不X」在語義上構成一個整體，不僅僅是「X」這個概念的否定，「X」可以有程度的差別，「不X」也可以有程度的差別。如可以對「不樂意」加以限定，可以說「很不樂意」，也可以說「有點不樂意」等。這種意義完整性為「不」與中心詞的黏合創造了條件。

從歷時的角度看，實詞「不＋X」從非詞到詞經歷了詞彙化的過程。確定兩個形式具有歷時衍化關係，董秀芳〔註87〕提出了兩條標準：（1）能夠找到非詞

〔註84〕董秀芳：《「不」與所修飾的中心詞的黏合現象》〔J〕，《當代語言學》，2003 年第 5 期。

〔註85〕張玉金：《出土戰國文獻中「不」和「弗」的區別》〔J〕，《中國語文》，2014 年第 3 期。

〔註86〕呂叔湘：《「很不……」》〔J〕，《中國語文》，1965 年第 5 期。

〔註87〕董秀芳：《詞彙化：漢語雙音詞的衍生與發展》〔M〕，成都：四川民族出版社，2002 年版，第 28 頁。

形式在時間上早於或至少不晚於同形的作為雙音詞形式的例證。（2）非詞形式與詞形式必須有足夠的相關性。董秀芳〔註88〕舉例論證了「不」與所修飾的中心詞的黏合現象。「黏合」這一術語最先是由索緒爾〔註89〕提出的，「黏合是指兩個或者幾個原來分開的但常在句子內部的句段裏相遇的要素互相熔合成為一個絕對的或者難於分析的單位。」Langacker 在談到結構層次變化的類型時指出了這樣三種情況：（1）取消分界；（2）改變分界；（3）增加分界。索緒爾所定義的黏合現象就屬於取消分界這種結構變化，這種取消分界的變化使得一個句法結構轉變為了一個詞法結構。

這裡涉及詞和短語的劃分問題，這個問題引發了諸多討論，各家都給出了不同的界定標準，呂叔湘先生對漢語裏「詞」的問題進行概述，也指出了「如果我們企圖用一個並且只有一個手段來劃分所有的詞，顯然是不可能。」詞和短語的劃分不能憑藉單一的標準，而是要綜合語音、語義、語法各個要素。語音標準是指是否符合詞的重音特徵，趙元任〔註90〕指出北京話雙音節結構中有三種可能的重音模式：第一種兩個音節都重讀的重重格，重重格很少是結構詞，大部分是短語。第二種是一個強重讀音節接一個極輕的無調音節，稱作重輕格，重輕格始終是結構詞。第三種是兩個音節都重讀，第二個音節稍微重一些，可以看作是準輕重格，準輕重格通常是結構詞。

「不＋X」構式屬於第三種「準輕重」的音節結構，「不」作為修飾性成分，在音節上會輕於第二個音節，這一點從「不」與四聲調音節單位結合時會變調為二聲調可以看出。「不＋X」結構處於典型短語的重音模式和典型詞的重音模式之間。語法標準是指結構組成成分之間是否存在語法關係，如果是詞組，詞組的組成成分會參與句法，如果是詞，詞的組成成分則不會參與句法。語義標準是指詞義是否凝固。詞義是詞的核心，因此，詞義在劃分詞與短語中起著重要作用。朱彥〔註91〕在《複合詞語義的曲折性及其與短語的劃分》中提出了語義曲折性的概念，語義曲折性是針對漢語複合詞而言的，並指出曲折性是複合詞的首要語義特點。詞義曲折性是指兩個語素組成詞，

〔註88〕董秀芳：《「不」與所修飾的中心詞的黏合現象》〔J〕，《當代語言學》，2003 年第 1 期。
〔註89〕索緒爾：《普通語言學教程》〔M〕，北京：商務印書館，1980 年版，第 248 頁。
〔註90〕趙元任：《漢語口語語法》〔M〕，北京：商務印書館，1979 年版，第 23～27 頁。
〔註91〕朱彥：《複合詞語義的曲折性及其與短語的劃分》〔J〕，《世界漢語教學》，2005 年第 1 期。

詞義一般要在其成分義的基礎上發生一定的變化。合成詞中的派生詞其成分語義關係透明度較高，詞義大多是「詞綴義＋詞根義」，其語義的曲折性低，與短語的語義比較接近。

　　前文所述，「不」具有一定的詞綴性，趙元任稱之為「新興詞綴」，還有的稱為「半詞綴」。「不」是否可以稱為一個詞綴還有待於進一步的觀察，但可以說「不」具有部分詞綴性質。因此，「不＋X」既不是典型的複合詞，也不是典型的派生詞，界於兩者之間，「不＋X」的語義特點是有一定的曲折性也有一定的組合性，在「不＋X」詞語內部也存在曲折性程度高低和組合性程度高低的差異。

　　綜合三個判斷標準，「不＋X」詞是處於典型詞與典型短語之間的結構。

　　「不＋X」由短語轉變為詞所經歷的正是這樣一個取消分界從而發生黏合的過程，對其詞彙化過程考察的關鍵是確定由雙音短語向雙音詞的演變過程中分界的取消。董秀芳[註92]討論「不」與「X」的黏合時認為作為短語的「不＋X」與複合詞「不＋X」存在明顯的意義關係時，就可以認定兩者之間存在歷史演變關係，對其詞彙化的過程並沒有詳細地描寫。如：

不測：①難以意料，不可知。

　　陰陽不測之謂神。（《易·繫辭上》）

　　②料想不到的事情，多指禍患。

　　帝自出關，畏不測，常默坐流涕。（《新唐書·姦臣傳下·玄暉》）

不才：①沒有才能；

　　此子也才，吾受子之賜；不才，吾唯子之怨。（《左傳·文公七

年》）

　　②對自己的謙稱。

　　勝概唯詩可收拾，不才羞作等閒來。（宋·王安石《落星寺南康

軍江中》）

　　「不測」和「不才」作為短語時意義表示一種性質，作為詞時，意義轉指具有這樣性質的人或事。

〔註92〕董秀芳：《「不」與所修飾的中心詞的黏合現象》〔J〕，《當代語言學》，2003 年第 5
　　期。

　　「不測」、「不才」等詞彙化的主要促動因素是漢語的韻律結構。馮勝利〔註93〕運用當代語言學的韻律構詞學來研究漢語的構詞。在韻律構詞學中，最小的、能夠獨立運用的韻律單位是音步。漢語最基本的音步是兩個音節，韻律詞必須通過音步來實現，處於短語中的成分如果能滿足音步的要求形成音步單位，這些短語就自然地被分析為韻律詞。處於音步中的成分，開始的組合可能不是有意為滿足韻律需要或構詞需要而組成的短語，如「我們明年再見」中的「再見」，但是，只要符合音步要求，韻律系統就自動將其處理為韻律詞。

　　「不＋X」中的中心成分「X」和非中心成分「不」在以單音詞為主的古代漢語中是句法界限明確的兩個獨立成分。漢語的詞彙系統從上古發展到現在，發生了由單音節向雙音節的轉化，這在漢語學界已經達成了共識。東漢以來漢語雙音化的趨勢加快，漢語雙音化的趨勢與漢語語音系統的變化有密切的關係，大量的雙音詞是由短語降格來的，在變化過程中首先要形成音步，構成韻律詞。韻律詞不等同於一般意義上詞彙系統中的詞，韻律詞要求其中的兩個成分必須同時出現，出現的次數多便導致了凝固，凝固的結果就是詞彙化。「不」和「X」之間界限的取消就是因為處在一個音步之中，拉近了它們在句法中的距離，為進一步的詞彙化提供了現實基礎。

　　成為韻律詞為詞彙化提供了語音條件。雙音節衍生過程中，除了語音條件的限制，在語義上還要有一定的改造。「不＋X」雙音詞中的單義詞意義變化很小，詞的形式和意義對應關係很明確，發生詞彙化的主要因素還是韻律機制。漢語的基本音步是兩個音節，韻律詞的最小極限是由該語言的音步決定的，單音不成詞語素由於本身的黏著性很容易與其他的成分結合成雙音步，進而固化為詞。單音的成詞語素如果不與其他詞彙成分組成音步，在使用中也常常受到限制。因此，副詞「不」成為讓「X」在句法中自由使用的構詞手段之一。單音節語素「X」能夠與「不」組合成音步是因為音步的實現方式要求從最右邊的音節起向左數，直到一個音步的音節數量得到滿足為止。單音節「X」不能形成標準音步，根據「從右向左」的原則，「X」與處於同一線性位置中左向的修飾性成分「不」組成標準音步，構成韻律詞，由單音節語素「X」和副詞「不」組成

〔註93〕馮勝利：《漢語的韻律、詞法與句法》（修訂版）〔M〕，北京：北京大學出版社，1997年版，第3頁。

的短語逐漸詞彙化，在同一音步中逐漸固化成為詞。

　　多義「不＋X」的語義不同程度上發生了變化，變化的主要方式是轉喻引申。在「不＋X」中也存在部分語義弱化脫落引起的語義轉變。隨著「不＋X」在句法中的功能降級，「X」語義顯著度下降，發生語義的弱化，「不」是非中心語義成分，作為一個否定副詞，語義也經歷由凸顯到弱化的變化過程。

　　在「不＋X」形式的雙音結構中，有的「不＋X」成為雙音詞，有的還處於短語層面，這也顯示了詞彙化的特點，每一個經歷詞彙化過程的詞都有自己單獨的歷史，詞彙化涉及的是兩個特定的成分，詞彙化後的成分與相鄰成分的組配是有限的，詞彙化不造成某類組合的能產性的增強〔註94〕。

　　「不＋X」詞彙化除了受韻律機制的促動外，頻率也是一個很重要的因素。「不＋X」出現頻率比較高時，「不」與「X」之間的界限才容易被取消。可以想像，一個出現頻率較低的「不＋X」，雖然處在同一音步中，但只能作為一個韻律詞臨時出現，不可能發生詞彙化進入到詞彙層面。

　　在分析「不＋X」的語義時，我們將其分成單義詞和多義詞來進行考察。單義「不＋X」大多與「X」的某個義項形成對應，少數發生語義的變異。多義「不＋X」的多義有的是基於「X」形成的多義，有的是在基本義上發生引申，轉喻機制是發生引申的很重要的因素。在轉喻的作用下，「不＋X」由一個概念域轉指另一個概念域，語義上的這種變化也促動了詞彙化。有些「不＋X」發生轉喻還涉及到社會文化因素，如「不才」、「不肖」等。

　　由此可見，促使「不＋X」發生詞彙化的因素是多方面的，韻律結構和頻率是促動「不＋X」發生詞彙化的主要機制，有些詞還涉及認知中的轉喻機制以及社會文化因素等。「不」作為一個否定性的副詞只能與一小部分的單音語素「X」黏合成詞，所以現代漢語中雙音詞「不＋X」是一個有限的封閉類。

　　否定結構容易發生詞彙化，在一定程度上是因為否定成分與被否定成分在概念上關係緊密。從意義上看，「不X」雖然看起來類似於偏正短語，但實際上卻不同於一般的偏正短語。與後者相比，它有更大的意義完整性。「不＋X」的詞彙化類型主要是「黏合」類，在詞彙化語法化的過程中，「不」的語義和

〔註94〕董秀芳提出在變化過程中，詞彙化和語法化不同：詞彙化是在兩個特定成分的組配中發生的，詞彙化後的成分與相鄰成分的組配是有限的；而語法化往往是在某個特定成分與一類形式組配的環境中發生的，語法化後的成分與相鄰成分的組配能力強。

功能的變化表現在功能由獨立變為黏著，表達否定的語義弱化。「不＋X」後面的成分一般由名詞性成分向謂詞性成分轉化，重新分析後，「不＋X」的地位由承擔謂詞性功能下降到只是作為修飾性成分的地位。有的在此基礎上會進一步發展，進一步語法化為連詞、助詞等。姚小鵬、姚雙雲〔註95〕《「不X」類副詞的語法化與表義功能》對此有過詳細地考察。

2.5.3 「不＋X」的語法化——以「不但」類詞為例

「不但」類詞包括「不單、不但、不僅、不特、不惟、不只」等。

【不單】②連不但。

【不但】連用在表示遞進的複句的上半句裏，下半句裏通常有連詞「而且、並且」或副詞「也、還」等相呼應。

【不僅】②連不但。

【不特】〈書〉連不但。

【不惟】〈書〉連不但；不僅。

【不只】連不但；不僅。

關於「不但」的來源問題，我們贊同劉立成、柳英綠〔註96〕的如下分析：

不＋〔「但」類詞及其所限制的成分〕→〔「不但」類詞〕＋「但」類詞原限定成分。

他們認為連詞「不但」的成詞經歷了一個重新分析的過程，即「不」和「但」本來不處在一個句法層次上，但由於長期相鄰使用，同現的結果就使得二者被看作一體。如：

a. 可駭哉！可駭哉！卿不及天師詳問之，不〔但知是〕。(《太平經》)

b. 〔不但〕天愛之也，四時五行、日月星辰皆善之，更照之，使不逢邪也。(《太平經》)

從「不但」類連詞語法化的歷程可以看出「不」的否定轄域經歷了一個從大到小的過程，並且在這個過程中，「否定」義逐漸弱化，連接功能逐漸增強。

〔註95〕姚小鵬、姚雙雲：《「不X」類副詞的語法化與表義功能》〔J〕，《漢語學習》，2010年第4期。

〔註96〕劉立成、柳英綠：《「不但」類連詞的成詞》〔J〕，《漢語學習》，2008年第3期。

連詞的用法與其來源緊密相關，我們跳出傳統的句法驅動下語法化虛化路徑的局限，從不同的來源路徑就能找到不同連詞的用法理據，對漢語連詞也就會有更清楚的認識。

　　根據傳統的語法化闡釋，連詞「不但」的形成就是跨層結構的詞彙化，指的是這一類詞的形成需要滿足兩個條件：一個是不構成句法單位的成分在線性次序上要緊密相連；另一個條件是不構成句法單位的成分一定出現在某個特定的高頻使用的句法構式中。「不但」就處於「否定詞＋限定副詞＋被限定成分」這一句法構式中。經歷了「否定詞＋〔限定副詞＋被限定成分〕」重新分析為「〔否定詞＋限定副詞〕＋被限定成分」的過程。

　　這個問題進一步深化討論，〔否性語素＋限定性成分〕何以會發展成具有轉折意味的連詞。有的學者引入了「量」的研究視角，用「量」來解釋，石毓智、沈家煊都提出在語言分析中引入「量」的解釋角度，用「量」解釋具有類型學意義。李宇明〔註97〕指出量範疇是由若干次範疇構成的系統，並且總結出了六種量，物量、空間量、時間量、動作量、級次量和語勢。尹洪波〔註98〕發現否定詞和限定副詞共現（如「不但」）時，否定的作用是對已知量的校正和修補，會導致「增量」。而「量」的變化對複句邏輯關係有所制約，即「增量」往往隱含著「遞進」。所以，「否定＋限定（不但）」就只能用於語用否定的同質遞進。從量的角度來看，「不但」型副詞中的「僅、單、但、獨、光、僅、唯／惟、只」在句法中單獨做句法成分時表示的是極小量。石毓智認為表示級大量的詞多用於肯定句，表示極小量的詞語多用於否定句。當否定成分「不」與這些表示極小量的副詞性成分結合在一起使用時，「不＋X」表示對極小量的否定，在語義上表現為「增量」。

　　這種否定之後的「增量」沈家煊〔註99〕稱之為「語用否定」。「語用否定」是相對於「語義否定」而言的。語義否定是否定句子表達的命題的真實性，即否定句子的真值條件，狹義的語義學即是指這種真值條件語義學。例如沈家煊所舉的例子：

　　　　張三有三個兒子。

〔註97〕李宇明：《漢語量範疇研究》〔M〕，武漢：華中師範大學出版社，2000 年版，第 270 頁。
〔註98〕尹洪波：《否定詞與範圍副詞共現的語義分析》〔J〕，《漢語學報》，2011 年第 1 期。
〔註99〕沈家煊：《「語用否定」考察》〔J〕，《中國語文》1993 年第 5 期。

這個句子的真值條件是張三有兒子並且兒子的數量不小於三。對這句話進行語義否定「張三沒有三個兒子」，其否定的意義因為否定的真值條件不同而出現多種不同情況，其否定語義可以表示「張三沒有兒子，李四有三個兒子」、「張三有三個女兒」、「張三有兩個兒子」等。「語用否定」不是對真值條件的否定，而是否定句子表達命題的方式的「適合性」。這種「適合性」可以解釋為否定語句的「適宜條件」，「適宜條件」往往表示的是句子的「隱含意義」，是為達到特定的目的和適合當前的需要，句子在表達方式上應該滿足的條件。「語用否定」有多種類型，跟本節討論內容相關的是否定由「適量準則」得出的隱含義。Grice 提出會話原則中的「適量準則」，「適量準則」是要求說話人根據特定的目的和當前的需要提供足夠量的信息。這條準則涉及「量級」（scale）。否定性成分「不」與「限定性副詞成分」結合而成的複合詞就是對「量」的否定，準確得說是「修正」。如：

> 我來找你，沒有什麼要緊的事兒，只是拉拉家常罷了。

「只」出現在這語句中，表示的是極小量，「罷了」更是凸顯了量級的小。

> 他喜歡打麻將。

> 他不只是喜歡打麻將——都走火入魔了。

語句中的「不只」是對程度範疇的量進行的一種修正，Horn 指出，元語言否定的一個重要特點是不會觸發否定極性項，也就意味著對極小量或者極大量的否定都不會致成全量的否定。所以「不但」型副詞的否定是量的修正，這種修正是對量級的提高，表現出的量的變化是增量。

「不但」類連詞在語言單位中所起的連接作用是遞進連接。「增量」和「遞進」在底層邏輯上是順承一致的，「增量」的語義基礎是在語法上表現「遞進」的基礎。李宇明將這種否定稱之為「同緯度否定」，這種否定的作用不在於否定事物所具有的性質，而在於校正性質的級次。這也正說明了「增量」與「遞進」是本質一致的。「增量」與「遞進」也可以說是一種推理關係。

沈家煊〔註100〕《實詞虛化的機制——演化而來的語法》介紹已經發生虛化的機制有隱喻、推理、泛化、和諧、吸收。「不但」型結構語法化過程是功能的擴展過程，經過重新分析後，「不但」類詞在句中能夠修飾的範圍擴大，從修飾

〔註100〕沈家煊：《實詞虛化的機制——演化而來的語法》〔J〕，《當代語言學》，1998 年第3 期。

名詞性成分擴大到修飾謂詞性成分，進一步語法化為連詞，可以連接兩個具有遞進關係的句子。

「量」的變化對邏輯關係的制約，可以通過與「不但」類連詞語義相對的另一個詞「不過」平行來看，「不過」有三個義項：

①副詞，用在形容詞性的詞組或雙音節形容詞後面，表示程度最高。

②副詞，指明範圍，含有往小裏或輕裏說的意味；僅僅。

③連詞，用在後半句的開頭，表示轉折，對上半句話加以限制或修正，跟「只是」相同。

對比上文對「不但」類連詞的演變分析，可以推測「不過」義項②和義項③之間具有衍化關係。「過」本義是「經過」，例：

秦師將襲鄭，過周北門。（《國語》）

由表空間上的「經過」義，又引申出了「超過」義，例：

夫井植生梓而不容甕，溝植生條而不容舟，不過三月必死。（《淮南子・覽冥訓》）

從量範疇上看，「過」表示的是超量，「不過」就是對這種「超量」的修正，所以有往小裏說的意思，就是義項②的語義來源，義項③是連詞，虛化程度比副詞更高，具有往小處說的「減量」義，在邏輯上，這種表修正的減量又可以表示輕微的轉折，在語用推理的作用下，由此演變出了轉折義，減量與轉折在底層邏輯上是一致的。在此，可以總結出兩組在底層邏輯上具有一致性的關係：

增量——遞進　減量——轉折

通過對「不但」類詞的語法化分析，我們可以看出語法化的某些特點，正如吳福祥先生〔註101〕所總結的「語法化過程涉及的並非單個詞彙或語素而是包含特定詞彙或語素的結構式」。

最後，還需要指出一點，「不」的多義性對語法化也具有推動作用。張誼生〔註102〕總結「不」的基本表達功能是對事物、動作、性質、關係等的真實性、確切性、相關性加以否定。在具體使用中，「不」可以分別具有述無、指

〔註101〕吳福祥：《漢語語法化研究的當前課題》〔J〕，《語言科學》，2005 年第 2 期。

〔註102〕張誼生：《現代漢語副詞探索》〔M〕，上海：學林出版社，2004 年版，第 243 頁。

反、示否和禁阻等功能。在「不＋X」語法化過程中，「不」首先用於具有實際動作義或限制義的「X」，隨著「X」後接成分性質的變化，「X」的功能也弱化，在和諧機制作用下，「不」的否定功能也逐漸衰退。隨著 X 與後接成分關係由緊密到鬆散，「不＋X」逐步黏合，發生詞彙化，在「不＋X」中，「不」經歷了由實義詞到附著語素、由幫助構成否定轉向幫助表示情態的過程，其源概念在語義上逐漸弱化，其自主性逐漸消失〔註 103〕。「不＋X」在句法中的功能也發生了變化，由主要成分下降為句子的附屬成分。

2.6　本章小結

　　「不」是漢語否定詞系統中使用範圍最廣的一個否定詞，由「不」所構成的「不＋X」複合詞是「否定語素＋X」詞語中數量最多的一類。根據「不」的性質和功能，可以將否定語素複合詞中的「不」歸類為類前綴，「不」在複合詞中是修飾性成分，「不＋X」主要是偏正式複合詞，「不」在複合詞中體現出多義性的特點，「不」既可以表示一般性的否定，也可以否定存在，相當於「沒、沒有」，可以表示不合於某種範圍，相當於「非」，也可以構成表示委婉語氣的副詞，「不」的主觀性特點在構詞中得到體現。「不」對複合詞的詞內成分「X」的選擇具有傾向性，「不」是對性質的否定，與形容詞性成分的結合最為典型，其次是動詞性成分，與名詞性成分的結合最為特異，在「不＋名」構式中，名詞性成分受到構式壓制，在「不」的作用下被激活出語義中的描述性語義成分，因此，並不是所有的名詞性成分都可以進入「不＋名」構式中，能夠分析出連續性語義特徵的名詞性成分才能被「不」所修飾。「不＋X」表現出形容詞化的傾向，當「X」為動詞性成分或者名詞性成分時，「不」與「X」和諧互動，通過凸顯 X 的性質特徵，「不＋X」以概念結構為基礎，呈現出形容詞性。認知「不＋X」與「X」的關係，需要從實詞和虛詞、雙音節和三音節、單義和多義等多維度展開討論，「不＋X」與「X」的對應性在不同維度上表現不同，實詞「不＋X」經歷了詞彙化的過程，「不＋X」虛詞由實詞虛化而來，實詞虛化後還保留原來的語義特點，具有共同語義特徵的「X」一般虛化為同一類型的語法標記。單義「不＋X」與「X」的語義對應性強，

〔註 103〕姚小鵬、姚雙雲：《「不 X」類副詞的語法化與表義功用》〔J〕，《漢語學習》，2010年第 4 期。

而多義「不＋X」與「X」的關係則表現出複雜性，三音節「不＋X」有不同的韻律結構，從認知上我們可以找到某些 X 缺省的原因，這涉及到語言的標記性問題，以及語言與思維的關係等。

「不＋X」的色彩意義突出體現在兩個方面，一是有些「X」屬於文言詞，在現代漢語中已經不能單獨使用，「不」與這樣的構詞語素結合所形成的詞語具有較強的書面語色彩；二是「不」傾向與中性或者褒義性成分構成表示負面意義的詞，這樣的構詞形式具有普遍性，在其他語言中也表現明顯，究其原因，可以從影響語言的外部因素來解釋，在交際中人們普遍遵循禮貌原則、樂觀原則等，迴避表達負面意義詞彙，以否定性成分構成曲折表達負面意義的詞彙滿足了語言的交際功能。通過「不 X 不 Y」與「不 A 而 B」構式的色彩意義的分析，可以看出色彩意義不僅與構詞成分有關，同時還受到格式所施加的影響。

「不＋X」的詞彙化類型主要是「黏合」類，「不＋X」從短語黏合成詞，主要是在漢語詞彙雙音化的背景下，受到韻律機制和頻率的促動而發生詞彙化，這其中還涉及到認知中的轉喻機制以及社會文化因素的影響，有些「不＋X」詞語還繼續發生語法化，虛化為虛詞，以「不但」類詞語來看，在詞彙化語法化的過程中，在重新分析的作用下，「X」與後接成分的關係減弱，與「不」的關係增強，「X」的語義弱化，「不」由獨立走向黏著，否定義也由凸顯到弱化，「不＋X」整體性的功能下降，成為句子的附屬成分，在語法化的進行中我們還可以觀察到「X」的深層語義對「不＋X」虛化後意義以及句法功能的影響。

第 3 章 現代漢語「無｜沒＋X」複合詞研究

3.1 「無」和「沒」及其關係

從產生時間來看,「不、無、非、未」的產生時代較早,「沒」產生較晚,在中古後期才開始見到。「無」與「沒」語義和語法功能相同,具有歷時替換關係。它們的替換在唐時已露端倪,「沒」由「沉入水中」引申出「消失」、「失去」義,從而產生了「沒有」義,「沒」韻的舒聲化與「無」的文白異讀使得「沒」的讀音與「無」的白讀音趨於相似,進而逐漸形成了「沒」取代「無」的語義和語音條件〔註1〕。宋代「無」與「沒」往往並用,反映了「沒」取代「無」處在詞彙擴散的正變態〔註2〕,最終約在元明時完成了取代「無」的替換過程。

3.1.1 「無」的語義功能

「無」的出現時間很早,使用範圍很廣,漢語的否定詞系統經歷了多次的

〔註1〕 徐時儀:《否定詞「沒」「沒有」的來源和語法化過程》〔J〕,《湖州師範學院學報》,2003 年第 1 期。

〔註2〕 徐時儀:《詞彙擴散與文獻傳本異文》〔A〕,《中國語言學報》〔C〕,2008 年第 13 期。

歷時更迭，徐丹〔註3〕通過出土文獻和傳世文獻的對比發現，在戰國後期「無」代替了「亡」的否定詞功能。在被「沒」替代之前，「無」是使用範圍僅次於「不」的否定詞。

「無」在古漢語中的主要語義功能有：

1.「無」是名詞。如：

　　　天下萬物生於有，有生於無。(《老子》)

「無」的名詞性功能在現代漢語中已經消失，漢語裏具有名詞性功能的否定詞曾經有「亡、無、蔑、靡、罔、莫」等，一直沿用至今的只有「莫」。否定名詞在現代漢語中沒有對應的詞彙表達形式，「無」之類的否定名詞是「單個的語素以綜合的方式指稱一種純粹的空無物質」〔註4〕，「無」只能通過句法手段譯為「沒有誰、沒有什麼」等。這也是古代漢語否定詞系統和現代漢語否定詞系統一大區別所在。

2.「無」是動詞，否定名詞。這是「無」作為否定詞的主要功能。如：

　　　無，不有也。(《玉篇》)

　　　無名天地之始，有名萬物之母。(《老子》)

「無」否定名詞，是對存在的否定，對應於現代漢語中的「沒（有）」。

3.「無」是否定副詞，用於否定動詞或形容詞。如：

　　　臣是以無請也。(《韓非子》)

　　　可以無悔矣。(王安石《遊褒禪山記》)

「無」在《現代漢語詞典》中的解釋：①動沒有（跟「有」相對）。②不。③連不論。④〈書〉同毋①。⑤姓。

「無」在複合詞中一般是第①②義項所表示的意義，第③義項的意義一般出現在成語或者「無」所構造的短語中。

3.1.2 「沒」的語義功能

「沒」在《說文解字》中屬「水」部，解釋為「沉也」。《說文解字注》進一步解釋為「全入於水，故引申之義訓盡」。這個意思的「沒」在現代漢語漢

〔註3〕徐丹：《漢語史學報》〔M〕，上海：上海教育出版社，2005年，第64～72頁。

〔註4〕張新華、張和友《否定詞的實質與漢語否定詞的演變》〔J〕，《中國人民大學學報》，2013年第4期。

語中讀作「mò」，表示「沉沒、消失、漫過」等意義。作為否定詞的「沒」讀作「méi」有否定動詞和否定副詞兩種詞性。

呂叔湘先生在《現代漢語八百詞》中總結「沒（有）」的用法主要有：

一、作為動詞，是「有」的否定。

　　1. 對領有、具有的否定。如：一時嚇得他沒了主意。

　　2. 對存在的否定。如：裏面沒人。外面沒風。

　　3. 表示數量不足，形式為「沒（有）＋數量」。如：

　　他走了還沒兩天呢。

　　跑了沒幾步就站住了。

　　4. 表示不及，用於比較。如：

　　問題沒那麼嚴重。

　　我弟弟沒他聰明。

二、作為副詞，否定動作或狀態已經發生。

　　1. 否定動詞。如：沒收到回信，他可能出差了。我沒看見你的鋼筆。

　　2. 否定形容詞。如：衣服沒乾。我沒著急，只是有點擔心。

　　3. 用於問句中。如：看見沒？幹了沒？

　　4. 用於回答。如：他走了嗎？──沒。你聽說了嗎？──沒。

「沒」的語義特點是在與「不」的對比中凸顯出來的。根據結構主義的原則，任何語言成分都只能在系統中決定其關係，在特定的關係中決定其交際價值。「沒」可以作為動詞否定名詞，也可以作為副詞否定動詞和形容詞，從更本質的角度來看，「沒」的這兩種詞性可以統一起來，「沒」是對存在的否定，否定事物的存在是動詞性否定詞，否定事體的存在是副詞性否定。在時制上，「沒」一般用於過去時制。在表達主客觀上，「沒」不帶有主觀意願，用於表達客觀事實。在量的劃分上，「沒」否定的是具有連續量特徵的詞。同時，從另一個角度講，「沒」的口語性較強，一般形成的四字格式也具有口語性的特點，如「沒頭沒腦、沒大沒小」等。

漢語歷史上否定詞不斷更替，但是不管哪個時期總是有否定詞既否定名詞又否定動詞，在詞法上的表現是「不＋動」「不＋名」與「沒＋動」「沒＋名」結構的詞彙在現代漢語詞彙裏共現。

3.1.3 「無、沒」的歷時替換過程及「沒」的演化

　　「無」和「沒」屬於否定存在類的否定詞，根據 W.Croft〔註5〕對普遍語言現象的考察，提出了否定存在類副詞在否定詞系統中處於樞紐的地位。他根據否定存在類否定詞的存否情況對語言進行分類，而漢語在否定詞系統上顯然表現出了更為豐富和複雜的情況，漢語不僅有否定存在類否定詞，而且這類否定詞在歷時變化中發生了更替。

　　「沒」的本義是指浸沒到水中，由此引申出了「消失、隱藏」義，在唐代發展出表示否定的意思。蔣冀騁、吳福祥〔註6〕認為否定詞「沒」由「陷沒」義發展而來，最早見於唐代文獻。「沒」演變為否定詞在唐代的用例如下：

> 1. 白雲嶺上漸生，紅日看將欲沒。(《敦煌變文集》卷五《維摩詰經講經文》)
> 2. 唯怕村中沒酒沽。(唐・羅鄴《自遣》)
> 3. 誰道小郎拋小婦，船頭一去沒回期。(唐・白居易《雜曲歌詞浪淘沙》)

　　「沒」由普通動詞發展為否定動詞的時代也是「沒」逐漸開始替代「無」的時代。「沒」取代「無有」的現實條件，一是「沒」與「無」的白讀音相近〔註7〕，二是「沒」的「消失、隱藏」義很容易發展出與「無」相同的意義。因此，在語音和語義條件具備的前提下，「沒」在通俗性和口語性較強的文獻中開始替代「無」的用法。例 1 中的「沒」可以理解為「消失」，也可以理解為「沒有」。例 2 中的「沒」處於連動結構「沒酒沽」中，「沒」和「沽」都是動詞，而「沒」的動作性弱於後一動詞「沽」，在這樣的句法環境中，「沒」容易發生功能降級，由謂詞性成分降級為另一謂詞性成分的附屬性成分，即成為狀語修飾另一動詞，由否定動詞演變為否定副詞。根據吳福祥〔註8〕的考證「沒」的副詞性用法最早可以確詁到南宋，最早的用例見於《永樂大典戲文三種》的《張協狀元》，如：

〔註5〕 W. Croft: The Evolution of Negation〔J〕，Journal of Linguistics, 1991（1）.

〔註6〕 蔣冀騁、吳福祥：《近代漢語綱要》〔M〕，長沙：湖南教育出版社，1997 年版，第 446～447 頁。

〔註7〕 徐時儀：《否定詞「沒」、「沒有」的來源和語法化過程》〔J〕，《湖州師範學院學報》，2003 年第 1 期。

〔註8〕 吳福祥：《否定詞「沒」始見於南宋》〔J〕，《中國語文》1995 年第 2 期。

1. 獨自做人了，渾沒投奔。

2. 沒瞞過我實是你災。

3. 音書斷，沒成虛假。

　　長期以來，漢語的言與文（口語與書面語）屬於兩個體系，至唐宋發展出大量的古白話作品，唐代的變文以及宋代的話本小說都是口語性較強的通俗文學作品，漢語的詞彙和語法面貌在這一時期發生了大的變革，「沒」對「無」的替代也正是在這樣大的語言背景下發生在否定詞系統中的演變現象。「沒」與「無」的更替形成口語和書面語的差異，其詞義色彩在構詞中也得以凸顯。

3.2 「無｜沒＋X」的語義

3.2.1 「無＋X」的語義

　　「無」在《現漢》中的義項有 5 個，作為否定語素參與構詞的義項是兩個，即義項①動沒有（跟「有」相對）和義項②不。

　　《現漢》中，「無＋X」雙音複合詞共 95 個，其中，單義詞 73 個，多義詞 22 個。

　　單義詞「無＋X」除了意義有所虛化的副詞以及虛詞無法分析「無」和「X」的語素義外，其餘的大部分實詞「無＋X」中的「無」都是「沒有」的意思，如：

　　　　【無法】動沒有辦法。

　　　　【無誤】動沒有差錯。

　　這些詞的詞義和語素義的關係比較明晰，詞義是語素義按照構詞方式所確定的關係組合起來的意義。「無＋X」是支配式，即詞義是由語素義按照支配關係組合而成的〔註9〕。

　　只有 5 個實詞「無＋X」中「無」的意義不是「沒有」。如：

　　　　【無恥】形不顧羞恥；不知羞恥。

　　　　【無方】動不得法（跟「有方」相對）〔註10〕。

　　　　【無及】動來不及。

〔註 9〕符淮青：《現代漢語詞彙》〔M〕，北京：北京大學出版社，2004 年版，第 214 頁。
〔註 10〕「有方」是「得法」的意思。

【無視】動不放在眼裏；漠視；不認真對待。

【無私】形不自私。

「無」的中心意義是「沒有」，在「無＋X」構詞中，「無」在詞義中顯示的主要也是「沒有」的意義，在這例外的 5 個詞中，「無私」可以釋義為「沒有私心」，但「無私」是形容詞，如果釋義為「沒有私心」的話，是動詞性強，因而釋義為「不自私」，更能與其形容詞性相匹配。其餘 4 例「無」的意義既不是「無」，也不完全是「不」，「無」和「X」黏合在一起，融合了其他的語義成分，所以這些詞的詞彙化程度也更高。

多義「無＋X」的分為多種情況：

第一，「無」在構造「無＋X」時分別顯示出「沒有」（跟「有」相對）和「不」兩種意義。如：

【無妨】①動沒有妨礙；沒有關係。②副不妨。

「無妨」的義項①「無」是表示動詞性成分「沒有」。「無妨」的義項②在「不妨礙」的意義上虛化為副詞。有些詞典也將「無妨」在句末的用法認定為語氣詞。

【無間】〈書〉動①沒有間隙；②不間斷。

「無」在「無間」的兩個義項中分別表示「沒有」和「不」。由於「沒有」和「不」本身使用範圍的不同，「無」能否定名詞，「不」在現代漢語中一般不能否定名詞，所以在「無間」的兩個義項中，「間」的語素義也是不同的，分別是名詞性的「間隙」和動詞性的「間斷」。

「無名」也是這樣的情況：

【無名】形屬性詞。①沒有名稱的。②姓名不為世人所知的。

③說不出所以然來的；無緣無故的（多指不愉快的事情或情緒）。

第二、「無＋X」中，「無」的語義不變，「X」在不同的義項中顯示出不同的意義。如：

【無損】動①沒有損害。②沒有損壞。

【無味】①動沒有滋味。②形沒有趣味。

【無業】動①沒有職業。②沒有產業或財產。

【無力】動①沒有力量（多用於抽象事物）。②沒有氣力。

　　「無力」的兩個義項分別顯示了「力」的兩個義項，義項②「力量；能力」和義項③「特指體力」。由於「力」的兩個義項本身具有抽象和具體的分別，所以「無力」的兩個意義也顯示出了這樣的差別。

　　第三、「無＋X」詞義發生了轉化。

　　　　【無辜】①形沒有罪。②名沒有罪的人。

　　　　【無賴】①形放刁撒潑，蠻不講理。②名游手好閒、品行不端的人。

　　在表示性質的詞義基礎上轉指具有這一性質的人。「無賴」的本義是沒有依靠，「放刁撒潑，蠻不講理」這種形容詞性是在「沒有依靠」義基礎上引申出來的，成為「無賴」的基本義，又在基本義基礎上發生轉化，轉指具有這類性質特點的人。

　　「無＋X」複合詞中，「無＋名詞性成分」是最典型的構詞形式，「無」作為動詞性否定語素，否定名詞性成分是其原型功能。如：

　　　　無邊、無物、無誤、無暇、無瑕、無藝、無理、無量、無力、無度、無際、無價、無疆、無間①、無端、無味、無題、無望、無條件、無法、無方、無線、無效、無心、無行、無形、無羔、無業、無敵、無辜、無故、無數、無華、無名、無能、無聲、無益、無意、無垠、無緣、無知、無情、無著

　　「無＋X」的意義比較簡單，表示沒有「X」，詞義的透明度較高，其中「X」多不能單用，與「無」構成雙音節詞。

　　「無＋動詞性成分」在「無」的否定框架中，一類「X」發生語義的調整，在「X」的壓制下，被激活其概念化特徵，發生名物化。如：

　　　　無償、無賴、無畏、無謂、無干、無成、無妨、無缺、無損、無疑、無遺、無餘、無援、無阻

　　另一類「無＋動詞性成分」構式是「無＋所＋動詞性成分」中的「所」字脫落。雷冬平〔註11〕以「無以」、「無由」、「無從」的內部結構為切入點，用演繹法來探討「有／無＋Prep／V」類詞的成詞及其動因，文章認為「無以」、「無由」、「無從」的成詞是由「無＋所＋Prep／V」格式脫落「所」而形成的，

〔註11〕雷冬平：《現代漢語「有／無＋Prep／V」類詞的詞彙化及其動因》〔J〕，《漢語學習》，2013 年第 1 期。

文章認為「所」在此格式中的脫落是功能重疊所形成的成分羨餘造成的。在第一類中我們提到，在「無」的壓制下，「無＋動詞性成分」中的動詞性成分會在「無」的框架下被壓制，發生名物化，而「所」字也具有使謂詞性成分名詞化的功能，王力先生〔註12〕曾指出「所」字的轉指功能，「常常用在介詞『從』『以』『為』『與』等字的前面，指代介詞所介紹的對象，表示行為發生的處所，行為賴以實現的工具手段和方式方法，產生某種行為的原因，以及與行為有關的人物，等等。」在「無」和「所」功能重合的情況下，漢語的雙音化促動了「所」的消失，從而形成了雙音詞「無以」、「無由」、「無從」的形成，演繹法是以現有的語言事實尋求合適的認識途徑，實際上，從詞彙的意義來看：

【無從】 副 沒有門徑或找不到頭緒（做某事）。

【無由】〈書〉副 無從

「從」和「由」並沒有表示方式的語義成分，即使在「無」的壓制下，也難以激活出表示門徑方法的語義成分，而「所」字結構能夠表示行為實現的工具手段和方式方法，這也從深層詞義生成上佐證了「無從」「無由」等詞的產生經歷了「所」字的脫落。在「無＋動詞性成分」構詞中，經歷「所」字脫落而形成的詞還有「無求、無悔、無告、無稽、無措、無為」等。從釋義來看：

【無悔】沒有什麼可以後悔的；不後悔。

【無告】有痛苦而無處訴說。

【無為】順其自然，不必有所作為。

【無稽】無從查找；毫無根據。

這些詞中加入「所」字能更好地理解詞義。漢語史上也都出現過「無所悔、無所求、無所告、無所為」等形式，這些帶有「所」的三音形式和沒有「所」的雙音形式之間是否存在演化關係，還需要更加嚴密的論證，但是從深層語義結構來看，「無求、無措」等詞與「無所求、無所措」等三音形式具有同構性。

三音節「無＋X」多為〔2＋1〕式，表達比較正式、謹嚴，具有專名性質。如：

〔註12〕王力：《古代漢語》〔M〕，北京：中華書局，1998 年版，第 365 頁。

無產者、無底洞、無紡布、無花果、無機物、無價寶、無理式、無理數、無名火、無名氏、無名帖、無名指、無明火、無窮大、無窮小、無神論、無聲片、無霜期、無頭案、無線電、無煙煤、無翼鳥、無影燈、無用功

這些詞中，有的存在對應形式「有＋Ｘ」，「無＋Ｘ」與「有＋Ｘ」對應嚴整，如：

無理式—有理式　無理數—有理數　無神論—有神論

無霜期—有霜期　無機物—有機物　無線電—有線電

還有一些「無＋Ｘ」不存在「有＋Ｘ」的對應形式，如：

無紡布、無花果、無價寶、無名火、無名氏、無名帖、無頭案、無翼鳥、無影燈、無用功

這些詞之所以沒有對應的「有＋Ｘ」形式，是因為「有＋Ｘ」表示的是常規，無需標記，如常規的「布」一般是經過紡織過程的，而「無紡布」是通過機械或化學方法而不經過紡織過程，是有標記性的。常規的鳥都是有翅膀的，「無翼鳥」的翅膀退化，不符合典型鳥類的特徵，「無翼」是有標記性的。「燈」下一般都是存在陰影的，但是由於手術的特殊需要，「裝有幾個或十幾個排列成環形的特殊燈泡，燈光從不同位置通過濾色器射向手術臺，不會形成陰影」[註 13]無影的燈是特殊的，有標記性的。

四字成語「無＋Ｘ」式，表達文雅，一般出現於書面語中，如：

無出其右、無地自容、無的放矢、無動於衷、無獨有偶、無惡不作、無功受祿、無關宏旨、無關痛癢、無疾而終、無計可施、無機可乘、無濟於事、無盡無休、無精打采、無拘無束、無可非議、無可奉告、無可厚非、無可奈何、無孔不入、無米之炊、無冕之王

還有一些四音節或多音節詞具有專名性質，如：

無產階級、無產階級革命、無產階級專政、無定形物、無軌電車、無機肥料、無機化合物、無機化學、無記名投票、無名腫毒

3.2.2 「沒＋Ｘ」的語義

關於「沒」的性質，一種認為在名詞前的是動詞，在動詞前的是副詞；另

〔註13〕《現代漢語詞典》（第 7 版）中對詞條「無影燈」的釋義。

一種認為都是動詞。「沒」在歷史上產生的時間較晚，「沒」產生時，漢語的雙音化已經比較成熟，「沒＋X」要成詞，有兩種情況，一個是與不成詞語素結合，處在同一音步中固化為詞；一個是「沒＋X」整體的語義必須發生一定的變化，才能從短語層進入詞彙層。因為「沒」是一個在白話文句法中常用的能自由使用的句法成分，如果沒有語義的變化，很難與其後的成詞語素形成詞。

雙音「沒＋X」23 個，單義詞 14 個，多義詞 9 個。單義「沒＋X」意義在短語義上發生了引申。如：

【沒詞兒】〈口〉 動 沒話可說（指理由被駁倒）。

【沒跑兒】〈口〉 動 表示必定如此；無疑。

【沒底】 動 沒有把握；沒有信心。

【沒挑兒】 動 沒有可指謫的毛病。

這些「沒＋X」在現代漢語中都存在同形短語，但是意義不同。如：複合詞「沒詞」的語義不僅僅是沒有話說，聯帶意義附加上了「理由被駁倒」；「沒跑兒」發生了隱喻，短語義的「沒跑」就是表示「跑」這種行為沒有實現。

> 不同士兵們亂竄亂逃的時候，誰還顧得上他啊？只有一個牽著
> 他的鬼子兵沒跑。〔註14〕

「跑」行為的主體一般是具有生命的人或物，在隱喻的作用下，沒有生命力的事物也能用「沒跑」，表示對一種事實的認定，用「沒跑」是很形象的說法。從語用學的角度來說，這種隱喻的說法開始肯定只出現在個別人的口中，是一種新異的表達形式。在交際中，這種表達被更多的人所接受，於是，「表示必定如此；無疑」作為詞義固定下來，「沒跑」也固化為詞。這種形象的表達，口語色彩很濃，帶有兒化，更是表現出了輕鬆隨意的色彩。

> 榮聽了多少回，準記得住鸚鵡跟黃鸝，甭管哪種鸚鵡，一看那
> 嘴那神態就錯不了，再有那黃鸝是黃的也沒跑兒。

「沒底」作為短語時，「底」表示物體最下面的部分。

> 這個盒子被撕壞了，沒底了。

「沒底」在隱喻的作用下，「底」由表示「物體最下面的部分」引申表示「把握」。這是基於性質的相似性，由具體轉為抽象，「沒底」表示沒有把握，沒有

〔註14〕例句來自北京大學 CCL 語料庫，下同。

信心。

「沒挑」作為短語義是「沒有挑剔」。

> 是一輩子伺候人的命，忠心耿耿，沒挑過吃，沒挑過穿，沒撒
> 過謊，沒攤過災。

「沒挑」由短語固化為詞，意義發生了轉喻。「沒有挑剔」是一種行為，「沒有可挑剔的毛病」附帶上了行為的受事，這樣詞義就發生了變化，由沒有一種行為轉變為沒有這種行為的受事。

> 定莎娜早給咱們準備好了奶茶、酥油，還有香噴噴的手扒肉，
> 沒挑了，她可是世界上最好的女人。

多義「沒＋X」基於「X」的多義而形成多義的有 2 個，即「沒勁」和「沒事」。

> 【沒勁】①（～兒）動沒有力氣。②形沒有趣味。
>
> 　勁：名①（～兒）力氣。④趣味。

> 【沒事】動①沒有事情做，指有空閒時間。②沒有職業。③沒
> 有事故或意外。④沒有干係或責任。
>
> 　　事：①（～兒）名事情。②（～兒）名事故。③（～兒）名
> 　　職業；工作。④名關係或責任。

「沒勁」第二個義項中「勁」表示趣味，是語素義。

「沒事」四個義項中的「事」都是詞義。

其他多義「沒＋X」在基本義的基礎上發生了意義引申。如：

> 【沒影兒】動①沒有蹤影。②沒有根據。

第一個義項是字面義，第二個義項是隱喻作用下的引申，詞義由表示具體概念引申為表示抽象概念，「沒有根據」和「沒有蹤影」是基於性質的相似性。

> 【沒邊兒】〈方〉動①沒有根據。②沒有邊際。

跟「沒影兒」情況一樣，字面義是「沒有邊際」，基於相似性發生隱喻，引申出比較抽象的意義「沒有根據」。

「沒」在複合詞中沒有顯示出「不」的意義，這與「沒」產生時代較晚，與「不」分工明確有關。

3.3 「無＋X」與「沒＋X」的對比及二者與「不＋X」的對比

3.3.1 「無＋X」與「沒＋X」的對比

「無」和「沒」是具有歷時替換關係的兩個詞，「無」的產生早於「沒」，「無」文言色彩較濃厚，「沒」產生時間較晚，產生之初主要用於口語中，在語體色彩上，「無」和「沒」的差別非常明顯。

「沒＋X」和「無＋X」中「X」為同一形式的只有兩組：

　　　　沒邊—無邊　沒緣—無緣

　　　　【無邊】動沒有邊際

　　　　【沒邊兒】〈方〉動①沒有根據。②沒有邊際。

「沒邊兒②」和「無邊」釋義相同，但實際意義差別比較大，使用也非常不同，如：

　　　　①吹牛吹得沒邊兒了。

　　　　②在我們生活著的地球之外，是一個廣闊無邊的星星世界。

這兩個例句中的「無邊」和「沒邊兒」都表示「沒有邊際」，但不能互相替換。①中的「邊際」是抽象的，「沒邊兒」表示「過頭」的意思；②中的「邊際」是具體的，「無邊」表示「很大，無法界定出邊界」。

　　　　【無緣】①動沒有緣分。②副無從。

　　　　【沒緣】動沒有緣分；無緣。

「無緣」義項①與「沒緣」意義相同，在有些情況下也可以相互替換，如：

　　　　①網絡曾被認為是年輕人的時尚，似乎與老人無緣｜沒緣。

由於「無緣」和「沒緣」語體色彩的差異，有些情況下不能相互替換，如：

　　　　②水星雖然距離太陽最近，但水星兩極大環形山的內部卻永遠
　　　　　與陽光無緣，那裏的恒定溫度在攝氏212度以下。

　　　　③平時人與人見面相互致意，彬彬有禮，可是只要一談錢，就
　　　　　沒緣，誰也不想看別人的愁眉苦臉，所以誰有了難處也只好
　　　　　啞巴吃黃連。

例句②中的「無緣」不能替換成「沒緣」，例句③中的「沒緣」不能替換成「無緣」，「沒緣」的獨立性較強，在句子中能自由使用，「無緣」一般出現在「與……無緣」這樣的格式中，或者是「無緣得見」搭配中。

3.3.2 「無＋X」與「不＋X」的對比

「無」和「不」是在古代漢語系統中就存在的兩個否定詞，它們之間的差別主要是語法性質的不同，「無」的中心意義是動詞，「不」是副詞。「無」在「無＋X」中主要是做動詞性成分表示「沒有」，當「無」表示「不」時語義就發生了變異或者產生了多義。英國語言學家裏奇在《語義學》〔註15〕中對「意義」劃分為七種類型，即理性意義、內涵意義、社會意義、感情意義、聯帶意義、搭配意義和主題意義，其中與詞義有關的是前六種，這六種意義其實也是進行詞義對比時可選取的觀察角度。「無」和「不」作為否定性成分參與構詞，其同素構詞有的理性意義一致，但其他意義表現不同，有的是理性意義不一致。

「無＋X」和「不＋X」的主要不同表現在「無＋X」中的「X」主要是名詞性成分，「不＋X」中的「X」主要為謂詞性成分。《現漢》中，「無＋X」和「不＋X」的同素構詞（「X」為同一形式）有 15 對：

$$\begin{array}{llll}
\text{不比—無比} & \text{不成—無成} & \text{不端—無端} & \text{不法—無法} \\
\text{不及—無及} & \text{不愧—無愧} & \text{不力—無力} & \text{不論—無論} \\
\text{不日—無日} & \text{不如—無如} & \text{不謂—無謂} & \text{不暇—無暇} \\
\text{不行—無行} & \text{不妨—無妨} & \text{不賴—無賴} &
\end{array}$$

由於「無」和「不」性質的差異，「無｜不＋X」同素構詞在詞義的理性意義上差異非常明顯。如：

【不比】動 比不上；不同於。

【無比】動 沒有別的能夠相比（多用於好的方面）。

「不比」與「無比」的理性意義完全不同。「不比」的兩個並列釋義包含兩種意義。同樣表示比較，「不比」可以用於 A 與 B 的比較中，無比則不能直接用在兩者的比較中，一般出現在「威力無比、英勇無比、無比幸運、無比強大」這樣的固定搭配中。

【不法】形 屬性詞。違反法律的。

【無法】動 沒有辦法。

「不法」與「無法」的理性意義完全不同。「不法」中的「不」顯現的是

〔註15〕〔英〕傑弗里·利奇《語義學》〔M〕，上海：上海外語教育出版社，1987 年版，第13 頁。

「違反、不遵守」的意義,「法」是「法律」。由於「不」一般否定的是動詞或形容詞,「不＋X」具有形容詞性的傾向,「不法」的詞內成分「不」發生語義調整,「不法」表現為形容詞性,能夠起到分類或區別的作用,屬於形容詞中的附類屬性詞。「無法」中的「無」是「沒有」,「法」是「辦法」,「不法」與「無法」只是在形式上對應,兩個詞中的「法」不具有同一性。在成語「無法無天」中「法」是「法律」的意義,但是這是在成語中整體使用的,不能單獨使用。

【不成】①動不行①。②形不行②。

【不行】①動不可以;不被允許。②形不中用。

【無成】動沒有做成;沒有成就。

「不成」和「無成」的理性意義完全不同。「不成」中的「成」在兩個義項中顯示的都是詞義,有對應形式「成」單獨使用。「無成」中的「成」顯示的是語素義「成果,成就」,現代漢語中在這個意義上「成」已經不能單獨使用。

【不端】形不正派。

【無端】副沒有來由地;無緣無故地。

「不端」和「無端」理性意義完全不同,兩個「端」是同音形詞,不具有同一性。

【不力】形不盡力;不得力。

【無力】動①沒有力量(多用於抽象事物)。②沒有氣力。

「不力」和「無力」理性意義完全不同。「不力」中的「力」顯示的是語素義「盡力」,「無力」中的「力」分別對應「力」的兩個語素義「力量」和「氣力」。

【不日】副要不了幾天;幾天之內(多用於未來)。

【無日】副「無日不…」是「天天都…」的意思,表示不間斷。

「不日」和「無日」都是副詞,都表示時間範疇,理性意義完全不同。「不日」中的「不」語義弱化,已經不顯示否定意義。

【不如】動表示前面提到的人或事物比不上後文所說的。

【無如】連無奈②。

「不如」和「無如」的理性意義完全不同,詞性也不相同,「不如」表示比較義,「無如」虛化,沒有比較義。

【不行】①動不可以；不被允許。②形不中用。③動接近於死亡。④形不好。⑤動表示程度極深；不得了。

【無行】〈書〉動指沒有善行，品行不好。

「不行」和「無行」的理性意義完全不同，兩個「行」是同音形詞。

【不謂】〈書〉①動不能說（用於表示否定的語詞前面）。

【無謂】形沒有意義；毫無價值。

「不謂」和「無謂」的理性意義完全不同。「不謂」的「謂」顯示的是其常用義「說」。「無謂」意義發生融合。

有 6 對詞在理性意義上基本相同，但是有的搭配意義〔註16〕不同。如：

【不及】動①不如；比不上。②來不及。

【無及】動來不及。

「不及」的義項②和「無及」相同，都表示「來不及」，但是，「無及」的搭配範圍非常小，並且只用於雙音詞後，如「後悔無及」。「不及」的搭配範圍大，可以用在雙音節前也用於雙音節後，如「後悔不及、躲閃不及、不及細問」等。

【不論】①連表示條件或情況不同而結果不變，後面往往有並列的詞語表示任指的疑問代詞，下文多用「都、總」等副詞跟它呼應，②〈書〉動不討論；不辯論。

【無論】連表示在任何條件下結果都不會改變。

「不論」的義項①與「無論」相同，且都是連詞。「不論」的義項②「無論」不具備，「不」否定動詞性語素「論」。

【不妨】副表示可以這樣做，沒有什麼妨礙。

【無妨】①動沒有妨礙；沒有關係②副不妨。

《現代漢語虛詞釋例》〔註17〕將「不妨」和「無妨」列為同一條目下，並認為這兩個詞的語義一致，「不妨」和「無妨」這兩個詞作為副詞都有表達委婉性的特點。「不妨」中的「不」和「妨」以及「無妨」中的「無」和「妨」最初結

〔註16〕根據蔣紹愚《古漢語詞彙綱要》，搭配意義是指一個詞經常和哪些詞搭配而體現出來的意義。

〔註17〕北京大學中文系 1955、1957 級：《現代漢語虛詞釋例》〔M〕，北京：商務印書館，1982 年版，第 99 頁。

合在一起表示的都是「沒有妨礙」，屬於「行域」，而經過語法化成為副詞後用在言語表達中表達建議等，這是屬於「言域」，從「行域」到「言域」，詞的意義虛化，詞的主觀性也在這個過程中增強。「不妨」比「無妨」口語性更強，更為常用。「無妨」的副詞義項②和「不妨」理性意義基本相同，但是「不妨」使用範圍比「無妨」廣，一般「無妨」後接雙音成分，如：

　　　你無妨直說。

「不妨」後的成分不受音節限制，如：

　　　你不妨去試一試。

「不妨」和「無妨」形式上是否定形式，但意義卻是以委婉的方式表達建議，否定義弱化以至隱藏。

　　　【不愧】副當之無愧；當得起（多跟「為」或「是」連用）。

　　　【無愧】動沒有什麼可以慚愧的地方。

「不愧」和「無愧」理性意義大體相同，但詞性不同，搭配範圍差別很大。「不愧」與「為」或「是」搭配，用於句子中，如：

　　　無愧為一名民族英雄。

「無愧」一般用在「問心無愧、無愧於心」等固定搭配中，使用範圍受限。

　　　【不暇】動沒有時間；忙不過來。

　　　【無暇】動沒有空閒的時間。

「不暇」和「無暇」的理性意義基本相同，在與其他成分搭配使用上差別很大，「不暇」一般用在雙音成分之後，如「迎接不暇、自顧不暇」等，「無暇」一般用在雙音成分之前，如「無暇過問、無暇顧及」等。

有一對「不＋X」和「無＋X」意義完全沒有關聯。

　　　【不賴】〈方〉形不壞；好。

　　　【無賴】①形放刁撒潑，蠻不講理。②名游手好閒、品行不端的人。

「不賴」和「無賴」意義沒有聯繫，兩個詞中的「賴」是同音形詞，「不賴」中的「賴」是「賴²」表示「不好，壞」，「無賴」中的「賴」由「賴¹」表示「依賴、依靠」的意義發展而來。「無賴」本義為「無正當職業，無依靠」，轉指為放刁撒潑，蠻不講理等不端行為及具有這種行為的人。

3.3.3 「沒＋X」與「不＋X」的對比

　　沈家煊﹝註18﹞認為「不」和「沒」的區別根本上是「是」和「有」的區別。漢語裏「有」是「有」，「是」是「是」，「有」和「是」是兩個分立的概念，所以否定「有」有否定「有」的否定詞「沒」，否定「是」有否定「是」的否定詞「不」。「是」的概念在漢語裏通常不用「是」來表達，如「今天星期一」，可以不用「是」，表示否定時就必須用「不是」來表示，如：今天不是星期一。由於「不」和「沒」作為否定語素構詞，二者在否定詞系統中明顯對立，否定的概念域完全不同，所以「不＋X」和「沒＋X」沒有同素構詞，即不存在「X」為同一形式的「不＋X」和「沒＋X」。「不」是對「是」的否定，在肯定表達中「是」一般情況下省略，所以「不＋X」存在對應形式的，其對應形式一般為「X」。而「沒」是對「有」的否定，所以「沒＋X」一般存在的對應形式是「有＋X」，這點將在下一節中集中論述。

　　「不＋X」與「沒＋X」相比更容易發生詞彙化，比如與「成文」的結合：

　　　　【成文】①名現成的文章，比喻老一套。②動用文字固定下來

　　的，成為書面形式。

　　「成文」在義項②上與「不」發生黏合，「不」與動詞性成分「成文」黏合後形容詞化，並且具有分類和區別功能，成為屬性詞。這與「不」的性質有關，「不＋X」的構式容易使「不＋X」發生功能上的轉化和語義上的調整，更具有詞感。

　　　　【不成文】形屬性詞。沒有用文字固定下來的。

　　而「沒成文」只能作為短語使用，「沒」是對「成文」存在的一種否定，作為臨時組合在句中使用。

3.4 「無｜沒＋X」與「有＋X」的關係

3.4.1 「無有」和「沒有」的產生

　　根據「無」的甲骨文、金文字形，「無」與「舞」是同源，在篆文裏才分化，「無」借代引申為表示否定，意思是「沒有」。「無」的概念在中西哲學中

﹝註18﹞沈家煊：《英漢否定詞的分合和名動的分合》〔J〕，《中國語文》，2010 年第 5 期。

具有重要的地位，「無」是對所有本質或實體的否定〔註19〕，「無中生有」和「有無相生」中的「無」和「有」都屬於名詞性範疇。以老子為代表的中國傳統哲學，以「無」為基礎，對「無」和「有」的關係做出了本源性的闡釋：

天下萬物生於有，有生於無。（《道德經》第 40 章）

而西方的哲學傳統並不存在這樣表示本質概念的「無」，趙廣明〔註20〕在對中西哲學中的「無」的概念進行對比後提出，古希臘哲學所開創的是存在論的哲學傳統，是關於「存在」而非「無」的形而上學。存在論關注的是「存在」與「非存在」，「非存在」是存在的喪失和否定，不存在絕對純粹的「無」，「無」先於「有」，「有」被置於「無」的框架下的「無中生有」是不能被接受的。哲學和語言學之間有密切的關係，通過「否定」概念可以探求二者之關係，而肯定範疇和否定範疇的「有」和「無」的辯證存在是認識哲學和語言學關係的重要視角。「有」和「無」在哲學範疇中的名物化對語言中「無」和「有」的構詞和意義演變提供了認知基礎。

「無」最初是名詞，表事物本體否定，與「物」相對〔註21〕。「無」作為動詞否定存在時，表示「事物本體」的意義便脫落，「無」成為表示否定存在的一般性的否定詞，「無」可否定的範圍擴大。在「無＋X」構詞中比較特殊的是「無有」，在哲學範疇中，「無」和「有」是對立的名物化的概念，而「無有」構詞中，「無」是脫落「本體」意義的否定性成分，否定表示存在的「有」，在這個構式中，「有」發生了名物化，「無有」的產生過程中，「有」的動詞性逐漸減弱，物性逐漸增強，才能具備「無」否定轄域的條件〔註22〕。沈家煊指出〔註23〕漢語的實詞，不管是表示事物還是表示動作，都天然地具有名詞性。「無有」中「有」的名物化，一方面是在「無＋X」的構式框架下，「X」在否定動詞「無」的激活下，表現出名物性特徵，另一方面，與漢語的名動關係有關。沈家煊〔註24〕

〔註19〕劉素民：《「無中生有」與「有無相生」——從愛留根那之「無」看「存有」的絕對性與非限定性》〔J〕，《哲學研究》，2016 年第 4 期。

〔註20〕趙廣明：《論「無」的先驗性》〔J〕，《哲學研究》，2016 年第 11 期。

〔註21〕張新華、張和友《否定詞的實質與漢語否定詞的演變》〔J〕，《中國人民大學學報》2013 年第 4 期。

〔註22〕王文斌、張媛：《從「沒有」的演化和使用看漢民族空間的空間性思維特質》〔J〕，《當代修辭學》2018 年第 6 期。

〔註23〕沈家煊：《「名動詞的反思」：問題和對策》〔J〕，《世界漢語教學》2012 年第 1 期。

〔註24〕沈家煊：《英漢否定詞的分合和名動的分合》〔J〕，《中國語文》2010 年第 5 期。

通過對比英語和漢語的否定詞發現，英語裏的否定注重否定名詞還是否定動詞，而漢語則注重「有」的否定還是「是」的否定，英語裏的名詞和動詞是分立的兩個類，漢語裏的名詞則包含動詞，動詞是名詞的一個次類。漢語的名動包含關係對漢語否定詞系統的影響是，漢語中沒有單純否定名詞或者單純否定動詞的否定詞，不同否定性成分在與「X」構詞時，對「X」的選擇會有所傾向，當「X」不屬於其傾向的典型詞類範疇時，「X」就會在否定語素的壓制下，激活出其他詞義成分，比如前文所討論的「不＋名詞性成分」，名詞性成分被激活出其表示性質的詞義成分，從而發生形容詞化。「無＋X」中「X」為動詞性成分時，在「無」的壓制下，「X」的動作性減弱，從而發生名物化。「無有」便是在這樣的機制下產生的，「沒有」是在「無有」產生之後，隨著「沒」替代「無」而產生的雙音詞。

　　太田辰夫〔註25〕認為大概在宋元時期，「沒」替代「無」而產生了「沒有」的用法。而根據王紹玉、魏小紅〔註26〕的考證，「沒有」的用法在唐代就已經出現，如：

　　　　　獨房蓮子沒有看，偷折蓮時命也拌。（《唐·裴諴·新添聲楊柳

　　枝詞》）

　　隨著白話作品的繁盛，「沒」逐漸替代「無」，「無有」的用法也逐漸消失，「沒有」的使用頻率越來越高，根據文獻顯示，「沒有」的大規模使用是在元明時期。

3.4.2　「無＋X」和「有＋X」的關係

　　雷冬平〔註27〕指出「有｜無」的語義是「存在或不存在某種人、物或者事情」，某地出現某物其實就是領有了某物，存現和領有是兩個具有引申關係的意義。「有｜無」這兩個動詞無論是用在某地存在某物還是某人領有某物，其後的賓語都是事物名稱，當然都是名詞。因此，在「有｜無 X」構式複合詞中，「X」傾向於是一個名詞性成分，即使「X」是由一個動詞或者動詞性詞組

〔註25〕太田辰夫：《中國語歷史文法》〔M〕，北京：北京大學出版社，2003 年版，第 275 頁。
〔註26〕王紹玉、魏小紅：《從歷時的角度看「沒有」對「無有」的替代》〔J〕，《宿州學院學報》，2017 年第 5 期。
〔註27〕雷冬平：《現代漢語「有／無＋Prep／V」類詞的詞彙化及其動因》〔J〕，《漢語學習》，2013 年第 1 期。

充當，也會在構式壓制下發生名物化。由於「有｜無」的「存在｜不存在」義，使得其後的動詞或者動詞性詞組的陳述性弱化，因此這個「X」不表達原來的動作行為義，在「有｜無」的壓制下發生轉指，整個動作行為發生概念物化。認知主體對這類詞進行識解時，「有｜無」後的動作及其所涉及的論元角色作為一個整體得到凸顯。因此，在「有｜無＋動詞性成分」構式中，「有｜無」兩個動詞具有強制後面謂詞性成分名物化的功能，使得「有｜無＋動詞性成分」結構詞彙化而形成的複合詞的內部結構是動賓式的。

「不＋X」與「無｜沒＋X」中，否定語素對「X」的識解不同，激活的語義成分不同，也反映出漢語詞類的特點，詞類沒有嚴格的界限，表示事物或抽象概念的名詞在一定條件下可以被激活出性質特徵，發生形容詞化；表示動作或性狀的謂詞性成分在一定條件下可以發生名物化。「有」和「無」的對立集中體現了語言中肯定和否定的關係，肯定是否定的前提。

本文第 2 章所述，「不＋X」與「X」在意義上存在著錯綜複雜的對應性，而「沒｜無」是對存在的否定，與其相對應的一個詞便是「有」，由此，「沒｜無＋X」與「有＋X」之間存著對應性。相比於「不＋X」與「X」的關係，「沒｜無＋X」與「有＋X」之間的對應關係比較明確。

「有」是肯定系統裏的詞彙，意義比較豐富。在《現代漢語詞典》第 7 版中有 10 個義項。

①動表示領有（跟「無、沒」相對）。

②動表示存在。

③動達到一定的數量或某種程度。

④動表示發生或出現。

⑤動表示領有的某種事物（常為抽象的）多或大。

⑥動泛指，跟「某」的作用相近。

⑦動用在「人、時候、地方」前面，表示一部分。

⑧用在某些動詞的前面組成套語，表示客氣。

⑨書面語，前綴，用在某些朝代名稱的前面。

⑩姓。

「有」的前 9 個義項都能形成「有＋X」構詞形式。我們本章的重點不是分析「有＋X」構詞的問題，而是關注「無｜沒＋X」與「有＋X」的對應關係。

「有＋X」與「無＋X」分單義和多義兩類來看：

1. 單義「有＋X」與「無＋X」意義是對應的，如：

有愧—無愧	有素—無素
有益—無益	有神—無神
有限—無限	有償—無償
有形—無形	有望—無望
有禮—無禮	有機體—無機體
有理式—無理式	有聲片—無聲片
有機質—無機質	有用功—無用功
有神論—無神論	有方—無方
有軌電車—無軌電車	有氧運動—無氧運動
有價證券—無價證券	有機農業—無機農業
有性生殖—無性生殖	有期徒刑—無期徒刑
有形損耗—無形損耗	有形資產—無形資產
有產階級—無產階級	有罪推定—無罪推定
有線通信—無線通信	有限責任公司—無限責任公司

「有＋X」是對存在的肯定，「無＋X」是對存在的否定，這類詞都是單義詞，兩者在意義上形成比較嚴整的對應性。如：《現代漢語詞典》中對這類詞的釋義

【有方】動得法（跟「無方」相對）。

【無方】動不得法（跟「有方」相對）。

【有償】形屬性詞。有代價的；有報酬的。

【無償】形屬性詞。不要代價的；沒有報酬的。

在釋義方面也採取了對應性的釋義。

2. 多義「有＋X」與「無＋X」的對應性比較複雜。如：

【有數】①動指知道數目，瞭解情況，有把握。②形表示數目不多。

【無數】①動不知道底細。②形難以計數，形容極多。

「有數」和「無數」的義項①形成語義對應，「有」表示肯定，「無」表示否定，「數」發生了意義的引申虛化。在實際語言交際中，在這個意義上的「有

數」對應的是「沒數」，但「沒數」還沒有詞彙化。「有數」的義項②和「無數」意義都發生了虛化，表示數量、程度，意義基本對應。

【有為】①動有作為。

【無為】①動沒有作為。②順其自然，不必有所作為。

「有為」和「無為」的義項①形成語義對應。「無為」的義項②是基於漢語傳統語境下的一種哲學概念所形成的詞彙，而並不存在與此相對應的「有為」這樣的概念所形成的詞。

【有心】①動有某種心意或想法。②形有心眼兒；心計多。③副故意。

【無心】①動沒有心思。②副不是故意的。

「有心」義項①③和「無心」兩個義項①②基本對應。構詞位置相同的複音動詞成分之間形成的語義關係，它們之間主要也是同／近義關係或反義關係，如「有（心）—無（心）」。由具有特定語義關係的詞際同位成分構成的一組複音動詞，其虛化的方式基本都是同向引申，即同／近義複音動詞發展出的虛詞義仍是同／近義的，反義複音動詞發展出的虛詞義仍是反義的〔註28〕。「有心」義項①③和「無心」兩個義項①②之間體現出了語義的反義對應關係，以及詞義變化上所發生的同向引申。「有心」的義項②體現的是「有」與中性名詞結合不是表達具有義，而是整體語義出現偏向，這在下文中會有論述。

【有餘】動①有剩餘，超過足夠的程度。②有零。

【無餘】動沒有剩餘。

「有餘」義項①和「無餘」語義對應。「有餘」的義項②用於整數後面，表示有零。而在這個意義上無須出現對應的「無＋X」詞彙形式，因為如果沒有零，就不需要標記出來。

【有味】①有氣味、味道（不好的）。②指食品滋味好。③有意思，有情趣。④有興頭，有興致。⑤有利益，得益。

【無味】①沒有氣味、味道。②平淡無奇，不含深致。③沒有滋味，沒有興味。

「有味」的義項①與「無味」的義項①並不完全對應，「有味」的義項①

〔註28〕孟凱：《現代漢語複音動詞虛化的語義條件》〔J〕，《語文研究》，2018 年第 2 期。

除了表示具有，還發生了意義偏指，指出所具有的味道是不好的一面，這個味道是超出正常感知所能接受的範圍。根據在一般情況下能否刺激交際的行為，可以把信息分為有標記信息和無標記信息。有標記信息是在同類事物或者現象中，一些新發生的、有異於其他成員的信息，這樣的信息能夠刺激交際動機〔註29〕。「有味」的義項①正是能夠刺激交際的新異的、有異於其他成員的有標記信息。義項②中，「味」是食品的滋味，指的是好的一面，這個義項中的「有」表示達到一定程度，有與中性名詞「味」結合發生了語義偏指。「有味」義項③④⑤是發生隱喻進一步引申出的意義，由具體的可以感知到的嗅覺上的味道隱喻引申到精神層面上的抽象的感覺，表示「情趣、興致」等。「有味」的義項③在語義上對應於「無味」的義項③，「有味」的義項④在語義上對應於「無味」的義項②，「有味」還引申出了「有利益」的意思，在這個意義上，「無味」沒有相對應的義項。

　　　　【有感】 動①有所感觸；有感想（多用於詩文標題）。

　　　　【無感】 動①不為情感所動；沒有感觸。

　　「有感」和「無感」的義項①語義對應。「有感」的義項中「多用於詩文標題」是基於有感想而寫作的一種文體。而不會在沒有感觸的情況下生成「無感」寫作，自然沒有與之對應的一種文體，因此無需標記。

　　　　【有知】 動①有知覺。②有知識。

　　　　【無知】 形①指缺乏知識和重要常識，不明事理。②新生兒的

　　懵懂狀態。

　　「有知」的兩個義項是基於「知」的多義，在義項①中，「知」是知覺，在義項②中，「知」是知識。「無知」的兩個義項實際也是基於「知」的多義，只是在構詞時，意義發生了一定的調適。「無知」義項①不是完全沒有知識，這是不合常理的，而是缺乏重要的常識以致於不明事理。義項②也是知覺的不敏感所形成的懵懂狀態，而不是完全沒有知覺。

3.4.3 「沒＋X」和「有＋X」的關係

　　「沒＋X」有25個，有對應形式的「有＋X」有15個，如下：

〔註29〕 石毓智：《論社會平均值對語法的影響——漢語「有」的程度表達式產生的原因》〔J〕，《語言科學》，2004 年第 6 期。

沒底—有底	沒勁—有勁	沒來由—有來由
沒臉—有臉	沒門—有門	沒譜—有譜
沒趣—有趣	沒事—有事	沒戲—有戲
沒意思—有意思	沒影—有影	沒緣—有緣
沒轍—有轍	沒治—有治	沒有[1]—有

有 10 個「沒+X」沒有對應形式「有+X」：

沒邊兒、沒詞兒、沒命、沒跑兒、沒挑兒、沒羞、沒有[2]、沒樣兒、沒準兒、沒完。

這 10 個「沒+X」詞義在語素義的基礎上發生了融合，有的在「有 X 沒 X」形式中，可以出現「有+X」，但「有+X」一般不能單獨使用。如：

這件事你還有完沒完啊？

這麼大的姑娘了有羞沒羞啊？

「有完」和「有羞」不能單獨出現在其他句法環境中。

最後，有必要闡述一下「有+中性名詞」構式產生意義偏指的問題，因為這也影響到了與「沒、無+X」的對應性。「有+中性名詞」在漢語表達中有的會產生特殊構式義，「有」不是表達「具有、存在」等意義，「有+X」整體表達有所偏向，偏向「正面」或「積極」的意義，如「有身材、有學識、有悟性、有效率」等，也有少數偏向「負面」或「消極」的意義，如「有意見、有情緒」等，鄒韶華[註30]也曾指出這一現象，中性詞的語義偏移絕大部分是偏向積極意義，偏向消極意義的數量很少。沈家煊[註31]在梳理這類現象時，認為可以從語言內部和語言外部共同加以解釋，從語言本身來說，表示積極意義的詞彙使用頻率比表示消極意義的詞彙使用頻率高，在語境中，中性詞由於常常與表示積極意義的詞彙共現，就獲得了含積極意義的性質特徵；從語言外部來看，這實際上體現了社會心理的「樂觀原則」。「有+X」在這種構式下所產生的意義，不能與「沒、無+X」完全形成語義對應，「有+X」有語義的偏移和程度的強化，這正是構式理論所強調的構式義是整體意義大於部分意義之和，具有不可預測性。

〔註30〕 鄒韶華：《名詞在特定環境中的語義偏移現象》〔J〕，《中國語文》，1986 年第 4 期。

〔註31〕 沈家煊：《不對稱標記論》〔M〕，南昌：江西教育出版社，1999 年版，第 186～187 頁。

3.5　本章小結

　　在否定詞系統中，「沒」和「無」具有明確的歷時替換關係，「沒」對「無」的替換影響到漢語的否定詞系統成員的更迭及其成員之間的關係，也影響到「沒」和「無」在句法和詞法中的表現。「無」產生時間較早，在「沒」產生之前，使用範圍僅次於「不」。「無」的主要功能是否定名詞。「沒」在本義的基礎上引申出「消失」義，在語音和語義的雙重促動下由普通動詞發展為表示否定的動詞，「沒」對「無」替換發生於唐宋古白話興盛的語言背景下，最終完成在元明時期。「無＋X」中「無」主要有表示否定存在的「沒有」義，和表示一般性否定的「不」義兩種。多義「無＋X」一種是基於「無」的兩種語義表現，一種是基於「X」的多義，「無＋名」是最典型的構式，當「X」為動詞性成分時，在構式壓制下，「X」被「無」激活出概念化特徵，發生名物化。由於「沒」表否定義主要是出現於白話性作品中，「沒＋X」也主要是口語性較強的詞彙，「沒」在複合詞中語義主要是表示否定存在，沒有顯示「不」的意義，凸顯出與「不」的分工。由於「沒」和「無」的替換關係，「沒＋X」與「無＋X」的差異主要表現為語體色彩的差異。「不」與「無」構詞的不同主要是二者功能不同，對「X」選擇的傾向不同，「不＋X」中「X」主要是謂詞性成分，「無＋X」中「X」主要是名詞性成分，「不＋X」和「無＋X」同素構詞在詞的理性意義上差異非常明顯。由於「不」和「沒」在否定詞系統中明顯對立，「不」和「沒」作為否定語素構詞，否定的概念域完全不同，所以「不＋X」和「沒＋X」沒有同素構詞，即不存在「X」為同一形式的「不＋X」和「沒＋X」。「不＋X」與「沒＋X」相比更容易發生詞彙化，「不」對「X」的否定容易發生詞義的融合，「沒」對「X」否定時獨立性更強，與「X」的詞義融合度低。漢語中的名動關係促動了「無有」的產生，「無」和「有」是對立的名物化概念，「無」最初是名詞，表示事物本體否定，在「無有」中，「無」脫落「本體」意義，「有」可以表示本體的存在本身，也可以表示動詞性的存在，在「無有」的黏合中，「有」的物性增強，一方面是受到「無」對其物性的激活，另一方面是漢語的名動包含關係使得名動之間可以實現轉化。隨著「沒」替代「無」，「沒有」取代「無有」成為高頻使用的詞彙。「無｜沒」和「有」在構詞中的功能相同，都有強制後面謂詞性成分發生名物化的功能，

「無｜沒」和「有」的對立集中體現了語言中肯定和否定的對立，「無｜沒＋X」是對存在的否定，「有＋X」是對存在的肯定。「有＋X」構式下，會產生語義的偏移，主要是向積極、正面義的偏移，個別向負面義偏移，這種意義的偏移會造成某些「無｜沒＋X」與「有＋X」的不對應性。

第4章　現代漢語「非｜未＋X」複合詞研究

4.1 「非」的語義功能

　　「非」是否定詞系統裏一個比較有特點的詞，從古沿用到今，有學者認為〔註1〕，在語言表達方面，正概念前面加上「非」等限制就成為負概念。而實際上，「非」表達負概念在邏輯上是行得通的，而在實際語言運用中，「非」的意義更為豐富和複雜。我們知道，邏輯學與語言學有著密切的關係，而「非」是考察二者關係一個小而重要的視角。石開貴〔註2〕指出在形式邏輯中的「肯定判斷」和「否定判斷」與語言中的「肯定句」和「否定句」中的「肯定」概念和「否定」概念具有相同的涵義，「非」是否定判斷在語言中的詞彙表現形式。

　　「非」在《現代漢語詞典》中有 8 個義項：

　　　　①錯誤（跟「是」相對）。

　　　　②不合於。

─────────────

〔註1〕諸葛殷同、張家龍、周雲之、倪鼎夫、張尚水、劉培育：《形式邏輯原理》〔M〕，北京：社會科學文獻出版社，2007 年版，第 32 頁。

〔註2〕石開貴：《肯定和否定概念在在邏輯學中的涵義》〔J〕，四川師範大學學報，1989 年第 3 期。

③不以為然；反對；責備。

④ 動 不是。

⑤前綴。用在一些名詞性成分的前面，表示不屬於某種範圍。

⑥ 副 不。

⑦ 副 跟「不可、不成、不行」呼應，表示必須（口語中「不可」
等有時可以省略）

⑧〈書〉不好；糟。

「非」作為構詞語素參與構詞，主要是義項②和⑤的意義，語義是「不、
不合於、不屬於某種範圍」，「非」很突出的一個功能是可以用來辨別形容詞
和屬性詞（也稱為非謂形容詞、區別詞），一般能用「非」否定的是屬性詞，
不能用「非」否定的是形容詞。如「西式」「軍用」等用「非」修飾，所以是
屬性詞。在構詞層面，「非＋X」屬性詞有四個，即「非常」①、「非法」、「非
分」、「非人」。

關於「非」的性質，王力先生〔註3〕給過界定，他認為在古代漢語中「非」
雖然與繫詞「是」相對，可以對譯為「不是」，但「非」仍不能被認為是繫詞，
它屬於否定副詞。呂叔湘先生〔註4〕在《現代漢語八百詞》中將其歸為前綴。在
四種情況下使用，構成名詞。

1. 非＋名　如：非會員、非黨員、非晶體。

2.〔非＋名〕＋名　如：非金屬元素、非條件反射、非人生活。

3.〔非＋動〕＋名　如：非賣品、非導體、非生產開支。

4.〔非＋形〕＋名　如：非正常情況、非熟練勞動、非一般事故。

在此，「X」與「非＋X」是同一屬概念下處於同一層級具有對立關係的兩
個類別。在《漢語語法分析問題》〔註5〕中，呂叔湘先生又將「非」界定為「類
前綴」，可見「非」的性質在「前綴」與「類前綴」之間難以明確歸類，本文
傾向於認為「非」跟「不」的構詞功能一致，一方面具有前綴的性質，另一方
面又因為語義不夠虛化而不能成為嚴格意義上的前綴，只能歸為「類前綴」。
在第二章中我們曾討論了「不」與名詞性成分的結合，指出進入「副＋名」這

〔註3〕王力：《漢語史稿》〔M〕，北京：中華書局，1980年版，第408頁。

〔註4〕呂叔湘：《現代漢語八百詞》〔M〕，北京：商務印書館，1980年版。

〔註5〕呂叔湘：《漢語語法分析問題》〔M〕，北京：商務印書館，1979年版，第48頁。

一組合中的名詞具有描述性語義特徵，而這一特徵正是在這樣的組合中被提取顯現出來。「不」用於名詞性成分前並不多見，而「非」在名詞性成分前的能產性很高，能比較自由地用在名詞性成分前，比「不」的詞綴化程度更高。

4.2　「非＋X」的語義

4.2.1　「非＋X」中「非」的語義表現

「非＋X」單義詞有 20 個，單義詞中名詞占多數，在這些詞中有的「非」表示不合於某種性質，如「非晶體、非金屬」等，有的則不表否定意義，如「非命」等。「非」雖然可以用來辨別屬性詞和非屬性詞，但是由「非」構成的屬性詞數量很少，單義的只有「非人、非法」，多義的「非常」義項①是屬性詞（這在下文將會詳細闡釋）。「非」構成的連詞有 4 個：

　　　　【非特】〈書〉連不但。

　　　　【非徒】〈書〉連不僅（常跟「而且」呼應）。

　　　　【非獨】〈書〉連不但。

　　　　【非但】連不但。

在這些連詞中「非」的意義與「不」相同，「特、徒、獨、但」都具有限制義，與「非」結合形成意義一致的連詞。

有些「非＋X」從詞典釋義上看並不表達否定概念而表達肯定概念，也就是說，「非」並不表示否定意義，如：

　　　　【非命】名遭受意外的災禍而死亡叫死於非命。

　　　　【非刑】名為逼取口供施行的殘酷的肉體刑罰。

　　　　【非議】動責備。

　　　　【非笑】動譏笑。

　　　　【非難】動指謫和責問。

這些不是表達否定概念的「非＋X」詞義和語素義之間的關係很模糊，詞義不能通過語素義顯現出來。這類詞的存在也是「非＋X」與其他「否定語素＋X」相比比較特殊的地方。「非命、非刑」語素義與詞義之間的關係比較模糊，詞義融合度高，但是整體也具有可理解性，「非命」是以不合常規的方式遭受意外而失去生命，這也是一種通過規避表示災難的詞彙委婉表達災禍的

詞彙手段。從表層詞義上看，「非命」沒有否定義，但在深層語義上，「非」表示「不合於」的否定性意義仍有存留。「非刑」也是如此，「非刑」所施行的刑罰是在法律之外的，不合乎法律規定的，在《現代漢語詞典》（第 5 版）中「非刑」的釋義是「非法施行的殘酷的肉體刑罰」，這樣的釋義可以看出「非」的否定義，《現代漢語詞典》（第 7 版）的釋義將「非法」隱去，添加了表示目的義的成分，但是，在整體深層詞義中仍有否定義的存在。與此不同，「非難」是並列結構，「非」表示「不以為然；反對；責備」，如：

> 嬰聞之，是而非之，非而是之，猶非也，孔丘必據處此一心矣。

（《晏子》）

「非難」中「難」有詰責、質問之義，如「發難」，「非難」是兩個近義的並列成分黏合而形成的，「非議、非笑」也是如此。

「非＋X」多義詞有 3 個，即「非常、非分、非禮」。

【非常】①形 屬性詞。異乎尋常的；特殊的。②副 十分；極。

「非常」成詞具有認知基礎，石毓智認為[註6]，「量」的特徵與肯定和否定有深刻的關係。在表示事物一般屬性時「常」是屬於程度較低的，往往用於否定形式，否定形式的「不常」沒有成詞，「常」在「不常」中表示的是頻率高的意義，「非常」的第二個義項是在第一個義項基礎上虛化而來的。「非常」在詞彙化語法化過程中伴隨否定意義的弱化以致消失。「非常」的兩個義項之間存在虛化關係，第二個義項是在第一個義項基礎上的虛化，也是「非常」進一步語法化的過程。對於「非」和「常」由獨立成分黏合成為雙音節詞，薛玉彬[註7]對其過程有過比較詳細的勾勒。最初「非」與「常」在線性序列上出現是偶發的，如《道德經》中「道可道，非常道；名可名，非常名」，「非常道」和「非常名」的內部結構形式是〔非＋常道〕、〔非＋常名〕，而同時存在著「非常之＋名詞」的結構形式，如《周易》中「屯，動乎險中，非常之時也，有非常之才」，「非常」中「非」是否定詞，修飾表示「常規、常法」的形容詞性成分「常」，並且「非」激發了「常」所具有的屬性，而「之」作為虛詞性成分阻隔了「常」與其後名詞性成分的連接，「非」與「常」在這樣

〔註6〕石毓智：《漢語語法》〔M〕，北京：商務印書館，2010 年版，第 260 頁。
〔註7〕薛玉彬：《「非常」的語法化歷程及其動因》〔J〕，《難西大學學報》，2016 年第 1 期。

的結構之中黏合更加緊密，成為表示「異乎尋常的；特殊的」雙音節詞，在這個過程之中「非」的否定義弱化。而「非常」又進一步虛化。「非常」的詞彙化是在「非常」與名詞性成分線性結合的基礎上發生的，不管是〔非＋（常＋名詞性成分）〕還是〔非常＋之＋名詞性成分〕，「常」都是具有修飾後面名詞性成分功能的形容詞性成分。而隨著「非」和「常」的緊密結合，常與後面名詞性成分的關係鬆散以致在重新分析的機制下與「非」黏合後再與後面成分發生關係，這樣「非常」之後開始出現其他性質的成分，如形容詞性成分，唐宋時期的口語文獻中已經有「非常好」、「非常痛」等形式，「非常」用於修飾形容詞，成為副詞，由形容詞向副詞的發展是「非常」功能降級、語義虛化的過程，「非常」語法化進一步深化，「非常」成為程度副詞。在這個過程中「非」由表示否定判斷，到判斷義消失，只存在否定義，最後否定意義也弱化以致消失。

　　【非分】形 屬性詞。①不守本分。②不屬自己分內的。

　　「非分」多義是基於「非」的多義形成的。第一個義項「非」表示一般性的否定，第二個義項「非」表示「不屬於某一範圍」。

　　【非禮】①形 不合禮節；不禮貌。②動 指調戲；猥褻（婦女）。

　　第二個義項在第一個義項基礎上發生了轉喻。「不合禮節」表示的是一種性質，在轉喻作用表示具有這種性質的行為，即「調戲」，符合「性質—行為」的認知轉喻框架。

　　「非＋X」構詞不同於其他否定語素構詞的一個特點是「X」多為成詞語素，這與「非」的特點有關。「非」的典型功能是否定屬性詞，「非＋X」一般表示的是不具備「X」屬性特徵的。如果「X」是屬性詞，那麼這個「非＋X」結構是符合常規的結構，如果「X」不是屬性詞，那麼在「非＋X」的構式壓制下，「非」會激活「X」的某些屬性，表現出對屬性的否定。如「非常①」和「非分」中的「常」和「分」很難界定為具有屬性詞性質的成分，而在「非＋X」的構式下，激活出某方面的屬性，「非常①」和「非分」成為屬性詞。

　　在本文的第 1 章已經討論過語言中的否定與邏輯中的否定是不一樣，邏輯中的否定簡單明確，而語言中的否定則更為複雜。而「非」是語言否定詞系統中表達否定比較明確的一個否定詞，與邏輯中的否定有對應性。邏輯學中將表

達否定的概念稱為負概念，負概念總是相對於某個特定範圍而言的，這個範圍在邏輯學上被稱為是論域〔註8〕。「非＋X」的論域明確，所以「非＋X」的語義透明度也高，如「非金屬、非黨員、非正義戰爭」等。從語義上來看，名詞性詞根前的「非」與英語中的 non-最為接近，常常用來互譯，如「非人類的」：nonhuman，「非會員」：non-member。

4.2.2 「非＋X」的流行性

「非＋X」構詞中，「非」與名詞性成分所構成的詞彙如「非金屬、非晶體」等，「X」是名詞，附加「非」後不改變詞性，仍然是名詞。「X」是表專業術語的名詞。「非＋X」結構中更多的是還處於短語層面的結構，如「非再生資源、非政府組織、非致命武器」。根據呂叔湘先生的總結，「非」除了可以直接附加在名詞前，還有「〔非＋名〕＋名、〔非＋動〕＋名、〔非＋形〕＋名」等結構形式，其中「〔非＋名〕＋名」中的「〔非＋名〕」可以單獨使用，如「非金屬元素、非條件反射、非人生活」中的「非金屬、非條件、非人」語義是自足的。而「〔非＋動〕＋名、〔非＋形〕＋名」中的「〔非＋動〕、〔非＋形〕」則不能獨立使用，如「非賣品、非導體、非生產開支、非正常情況、非熟練勞動、非一般事故」中的「非賣、非導、非生產、非正常、非熟練、非一般」則在使用中需要後接名詞性成分。這也能說明「非＋名」是「非＋X」結構中的典型成員，「非＋名」對「X」選擇有傾向性，「X」主要是專業術語名詞。

「非」在現代漢語中作為類前綴結合範圍很廣，可以與不同的詞根結合構成一個表示否定意義的結構，組合能力非常強大，出現了一些「非＋X」形式短語，如「非主流」「非經典」「非人類」「非宗教」「非正常」等，類詞綴「非」後通常加中性或褒義色彩的詞彙，其意義帶有流行的色彩，該結構具有類推性和能產性。「非＋X」的流行與新事物、新現象的不斷湧現有關，這些新生事物在還沒有被普遍認知並給以分類命名的情況下，先以「非＋X」的形式出現在語言表達中，適應了語言交際的需要，很多具有臨時性，能否經過選擇進入詞彙還有待於時間的檢驗。由此也可看出在新詞語生成上「非＋X」構詞形式與其他否定語素構詞相比所具有的優勢，新生事物及現象的出現是新詞新語產生的重要動力，當面對新生事物時，人們往往會與現有存在的事物現象比較，

〔註8〕吳家國：《普遍邏輯原理》，北京：高等教育出版社，2000 版，第 35 頁。

舊事物是新事物認知的基礎，當沒有獨立的詞彙形式表達時，「非＋X」便成為一種選擇，「非」表示「不合於」的表否定區別的語義正是適應了這樣的需求。通過「非＋X」形式構詞體現了語言的經濟性原則，在原有語言材料的基礎上，通過附加「非」構成新的語言形式，這種產生方式既具有經濟性又貼近人的認知，具有可理解性。同時，附加「非」的構詞方式也符合人們一分為二地認知世界的思維方式，語言是思維的工具〔註9〕，語言的表達方式也受思維的影響，「非＋X」的構詞方式，體現了對立對比、一分為二看問題的思維方式。人類的思維方式具有普遍性，如在英語中以「non-」為前綴的構詞也具有相當的能產性，這種構詞方式也為名詞的命名提供了可供選擇的方式，增強了詞彙的多樣性。「非」通過否定外延比較大的事物，從而可以突出與之相對的事物的個性，把暗含的顯著特徵激活出來，通過否定所激活出的事物的屬性比較模糊〔註10〕。而這個模糊性也正體現了認知上的不明確性，符合對新事物的認知規律。

4.3 「非＋X」與「不＋X」的對比分析

「不＋X」與「非＋X」為同一形式的有 6 對，如：

不但—非但　不獨—非獨　不徒—非徒　不特—非特

不凡—非凡　不法—非法

「不但—非但、不獨—非獨、不徒—非徒、不特—非特」這 4 組對應對理性意義基本相同。一般而言，「不＋X」使用的頻率更高一些，主要是因為「不」作為最常用的否定語素，其使用較為自由，使用頻率較高，在口語和書面語中都較為常用。「非」主要是書面語詞彙，使用頻率較低，「不徒」和「非徒」都是文言性強的書面語詞彙，「徒」表「只」的意思在現代漢語中的使用較少。「不法」和「非法」都是屬性詞，「不法」的意義是「違反法律的」，「非法」的意義是「不合法」，兩者理性意義基本相同，在使用中也可以互相替換，如「不法｜非法行為、不法｜非法收入」等，但有些地方不能替換，如「倒賣文物是非法的」，「非法」不能替換為「不法」。在「不凡—非凡」對應對中，「不

〔註9〕葛本儀：《語言學概論》〔M〕，濟南：山東大學出版社，2000 年版，第 19 頁。

〔註10〕張東贊：《否定語義對謂語形容詞程度屬性的激活機制——以「非常」為例》〔J〕，《魯東大學學報》，2016 年第 4 期。

凡」主要充當謂語，可以構成「出手不凡、自命不凡」等；「非凡」的語法功能比較靈活，既能充當謂語，如「市場上熱鬧非凡」，也能充當定語，如「非凡的組織才能」，但以充當定語為多。

「不＋X」與「非＋X」對應對較少，但 6 組對應對的意義相似性較高，這是與「不、無、沒等否定語素＋X」與「不＋X」相對比所不同的，「不但—非但」「不獨—非獨」「不凡—非凡」「不徒—非徒」「不徒—非徒」5 組中，「非」表示一般性的否定，與「不」的主要功能相同，所以意義相似度比較高。「不法—非法」中，「不」表示不屬於某一範圍，與「非」的主要功能相同，所以都是屬性詞，意義也基本相同。「不」和「非」作為否定語素與名詞性成分「法」結合，都激活出了「法」的屬性，「不法」和「非法」都是屬性詞。

4.4 「未」的語義功能

「未」在《說文解字》裏是象形字，「象木重枝葉也」，被借用為地支用字，在春秋時期借用為否定副詞，意義相當於「沒、沒有」。《現代漢語詞典》中，標注「未」是副詞，釋義採用同義釋義的方式，有兩個義項，分別用「沒」和「不」釋義：

    1. 沒（跟「已」相對）。

    2. 不。

單從釋義來看，「未」與否定詞系統中的兩個主要否定詞都具有同義關係。在實際的語言使用中，「未」表現出自己的特點，「未」與「沒」的意義相同，都是表示已然的否定，「未」與「不」相比，在表達上更委婉。《古漢語虛詞通釋》〔註11〕中對「未」的釋義是「用在動詞前，起修飾作用，否定動作行為已經發生。」邢公畹〔註12〕中指出「未」是一個與時間相關的否定，表示對以往（過去以迄現在）的否定，而對將來卻表示可能或願望的副詞。「未」的這些語義特點也都體現在了詞彙層面。李佐豐〔註13〕認為「未」「表示一種持續性的否定，有時還預示著未來有出現的可能」。

〔註11〕何樂士等：《古漢語虛詞通釋》〔M〕，北京：北京出版社，1985 年版，第 589 頁。
〔註12〕邢公畹：《〈論語〉中的否定詞系統》，《邢公畹語言學論文集》〔C〕，北京：商務印書館，2000 版，第 174 頁。
〔註13〕李佐豐：《古代漢語語法》〔M〕，北京：商務印書館，2004 年版，第 191 頁。

4.5 「未＋Ｘ」的語義

4.5.1 「未＋Ｘ」中「未」的語義表現

　　「未」具有「沒有」和「不」兩種語義。「未」包含時間信息，既可以表示一般性的否定，也可以表示對已然的否定以及對將來的判斷和推測。「未＋Ｘ」副詞有 7 個：未必、未便、未曾、未嘗、未幾、未免、未始。副詞「未＋Ｘ」具有書面語色彩，口語中較少使用。「未必」、「未嘗」、「未免」、「未始」表示否定時語氣較為委婉。

　　《現代漢語詞典》（第 7 版）「未＋Ｘ」單義詞有 18 個。

　　單義副詞「未＋Ｘ」中「未」表示一般性的否定，與「不」相同，與「不」所構成的「不必」「不便」「不曾」，理性意義等值。如：

　　　　【未必】副 不一定。

　　　　【未便】副 不宜於；不便。

　　　　【未曾】副 沒有（「曾經」的否定）。

　　「未＋Ｘ」所構成的動詞中，「未」不是表示一般性的否定，而是表示具有時制信息的「還沒有」，一般用於書面語中，「未卜、未央、未果」詞典標注了書面語的符號，「未了、未然、未遂、未詳、未竟」雖然沒有標注書面語的符號，但是也是屬於較為文雅的表達，一般用於書面語中。

　　　　【未卜】〈書〉動 不能預料；不可預知。

　　　　【未央】〈書〉動 未盡。

　　　　【未果】〈書〉動 沒有結果；沒有實現。

　　　　【未了】動 沒有完結；沒有了結。

　　　　【未然】動 還沒有成為事實。

　　　　【未遂】動 沒有達到（目的）；沒有滿足（願望）。

　　　　【未詳】動 不知道或沒有瞭解清楚。

　　　　【未竟】動 沒有完成（多指事業）。

　　《現代漢語大詞典》中還收錄「未平」，也是屬於書面語性質的表達。

　　單義「未＋Ｘ」名詞，內部結構是〔（未＋動詞性成分）＋名詞性成分〕，如「未成年人、未成年犯、未婚夫、未婚妻、未決犯、未亡人」等。《100 年

漢語新詞新語大辭典》〔註14〕還收錄「未男」「未女」，是「未婚男子」「未婚女子」的省稱，「未＋X」所構成的名詞特點是表達較正式，屬於書面語。

總體來說，「未」所構成的詞彙數量較少，「未＋X」結構中，在詞彙層面中沒有形容詞，像「未飽和、未成熟」等屬於短語層。

「未＋X」多義詞有 5 個。

【未嘗】副①未曾。②加在否定詞前面，構成雙重否定，意思

跟「不是（不、沒）」相同，但口氣比較委婉。

「未嘗」義項①是一般性的否定，義項②語法位置固定在否定詞前，構成語氣較為委婉的雙重否定格式，與義項①相比，主觀性增強。

【未幾】〈書〉①副沒有多少時候；不久。②形不多；無幾。

「未幾」中的語素「幾」一般表示數量少，「未幾」用作副詞表示不久，這也與「未」能表示時制信息有關。

【未來】①形屬性詞。就要到來的（指時間）。②名時間詞。現

在以後的時間；將來的光景。

「未」作為構詞語素構成的屬性詞很少，只有在「未來」的義項①上是屬性詞，屬性詞是表示人、事物的屬性或特徵，具有區別或分類的作用〔註15〕。「未」的否定域比較寬泛，否定的外延也較難界定，所以很難形成特徵區別明顯的屬性詞。

「未來」中「未」的否定義消失，從「未來」的詞彙化過程來看，「未來」由短語發展為詞，不僅是「未」和「來」的關係更為緊密，「未來」整體本身的語義也發生了重要的變化，由表示動作行為義發展出表時間義。「未來」作為短語時，「未」是否定副詞，否定動作「來」的發生。如：

1. 楚王使人絕齊，使者未來，又重絕之。(《戰國策》卷四)

2. 荊軻有所待，欲與俱，其人居遠未來，而為治行。(《史記》
   卷八十六)

3. 孔子先知當知顏淵必不觸害，匡人必不加悖，見顏淵之來乃
   知不死，未來之時，謂以為死 (《論衡》卷八十六)

例 3 中，「顏淵之來」與「未來之時」相對舉，可以看出短語「未來」所

〔註14〕宋子然：《100 年漢語新詞新語大辭典》〔Z〕，上海：上海辭書出版社，2015 年版。
〔註15〕《現代漢語詞典》（第 7 版）對「屬性詞」的解釋。

表示「還沒有完成」的行為義。這個意義一直在文言語境中使用。「未來」由行為域到時間域的發展過程中，「未」所表示的時間義得到凸顯，而「來」所表示的行為義弱化。根據張長永〔註16〕的研究，「未來」詞義的變化是在佛教詞彙的影響下發生的語義突變。佛教的時空觀將時間分為「三世」，即「過去世、現在世、未來世」，在使用中，也可以略去「世」，以「過去、現在、未來」的詞彙形式指代。在佛教語言裏，「未來」是表示時間概念的名詞，隨著佛教滲入日常生活，佛教詞彙也進入一般詞彙，「未來」成為常用的表示以後時間的詞彙。我們認為，佛教詞彙中「未來」作為表時間概念的名詞使用，可以作為「未來」詞彙化結果的佐證，但是並不能說「未來」是在佛經語言的影響下發生突變而產生出了時間義。「未來」的詞彙化不是孤立的，「X 來」表示時間義的詞在漢語史上曾出現過多個，如「方來、將來、後來、當來、未來、甫來」等〔註17〕。梁銀峰〔註18〕將現代漢語「X 來」式分為四類：「古來」類、「從來」類、「後來」類、「想來」類，其中「未來」所從屬的「後來」類是直接由動詞性偏正短語詞彙化而來。王雲路〔註19〕認為單音節副詞與「來」構成的雙音節詞中，「來」的意義已經虛化，「來」是雙音節的後綴附加成分，其主要作用是構成雙音節時間詞。「未來」的詞彙化過程中，「未」的時間義得到凸顯，而「來」的位移義弱化，以致消失。

　　【未免】副①實在不能不說是…（表示不以為然）。②不免。

　　「未免」義項②中「未」表示一般性的否定，義項①主觀性較

強。

　　【未知數】名①代數式或方程中，數值需要經過運算才能確定

的數。如 3X＋6=27 中，X 是未知數。②比喻還不知道的事情。

　　「未知數」本是一個數學術語，基於性質的相似性發生隱喻引申，表示還不知道的事情，由具體轉化為抽象，「未知數」由專業詞彙進入一般詞彙。

〔註16〕張長永：《現代漢語表時雙音詞「X 來」的詞彙化及語法化問題研究》〔D〕，上海師範大學學位論文。

〔註17〕何亮：《中古漢語雙音節「X 來」式時間詞語再考察》〔J〕，《勵耘學刊》，2005 年第 1 期。

〔註18〕梁銀峰：《現代漢語「X 來」式合成詞溯源》〔J〕，《語言科學》，2009 年第 4 期。

〔註19〕王雲路：《中古漢語詞彙史》〔M〕，北京：商務印書館，2010 年版，第 290～295 頁。

4.5.2 「未＋X」表委婉的語義特點

否定語素複合詞中有一些詞如「未必」等具有委婉用法，楊榮祥等將其歸為表委婉的語氣副詞。「表委婉的語氣副詞，語義上表示對某種事情或情況的肯定、否定、強調或決斷變得婉轉，不顯得生硬」〔註20〕。

呂叔湘〔註21〕曾指出在漢語中有一類「未＋X」式的半否定，所謂半否定就是「不是乾乾脆脆的否定，而是比較委婉的否定」，也就是說否定語素的否定意義在這類複合詞中有所弱化，帶有委婉的語氣。這些詞與 X 在語義上都不能構成反義關係。具有委婉用法的複合詞列舉如下：

> 不妨、不必、不便、不免、無須、無妨、未必、未便、未嘗、未始、未免

根據「X」的同一性，有四組形成對應：

> 不妨—無妨　不必—未必　不便—未便　不免—未免

表委婉的複合詞中「未＋X」的數量最多，表現最為明顯，是「未＋X」構詞的一個重要特點。我們舉例來體會在語言使用中「未＋X」所表現出來的委婉性：

（例句來源於「語料庫在線」）

1. 他說出來的話一定是真誠的——雖然，未必都是動聽的。（《少年艾青》）

2. 蝙蝠指點小鷹的胸脯，說：「你的眼睛是好，能在千米的高空看清草裏的田鼠，但你未必能奪得全部冠軍哩！」

【未必】副 不一定。

用「未必」表示一種帶有評價性質的判斷，這種判斷在「未必」的語義幫助下帶有不確定性，模糊性，表現出了委婉性的特點。

3. 內子不敢冒險，我也未便勉強。（《又是橙黃橘綠時》）

4. 袁世凱政府可一下變得「開明」起來，他回答說：籌安會乃績學之士所組織，所研究君主制與民主制之優劣，不涉政治，苟不擾亂國家治安，則政府未便干涉。（《袁世凱》）

〔註20〕李素英：《中古漢語語氣副詞研究》〔M〕，濟南：山東大學出版社，2013 年版，第 81 頁。

〔註21〕呂叔湘：《疑問‧否定‧肯定》〔J〕，《中國語文》，1985 年第 4 期。

【未便】 副 不宜於；不便。

「未便做某事」是不做某事的一種委婉性表達，以「未便」為語義基礎，達了不需要提供確切理由而不做某事的正當性。

5. 例如我的家鄉說「不藏干兒」，是「不多時候」的意思，那就不如乾脆改成「一會兒」；再如說餓了叫作「饑困」，比較容易懂，也未嘗不可以保留原詞。(《花雨集》)

6. 雖然衣服倒還有幾件，拿去當幾個錢來應急，也未嘗不可；只是從未試過這種玩意，究竟有些羞愧和膽怯，這也不是辦法。(《紅豆》)

【未嘗】 副 ②加在否定詞前面，構成雙重否定，意思跟「不是（不、沒）」相同，但口氣比較委婉。

「未嘗不」是以雙重否定的形式提出一種看法，雙重否定一般是表達肯定，並且是有強調意味的肯定，但「未嘗不」表達的是一種程度量較小的建議性的肯定，以「未嘗不」的形式提出建議，使得在進退之間留有餘地，避免了生硬性，增加了可接受性。

7. 我們呢，在記憶冊子上只有「過去」，而日日憧憬著那不可測的「將來」，對於當前的現實，偏最不能把握，如叔本華所說的，悲哀一定比預期的更多，快樂卻反比預期的更少，這是我們人類比萬物可憐之處；當然，要當作可以驕傲之處，也未始不可。(《別懋庸》)

8. 同理，那被抑的經驗若得復入意識，也未始不可恢復原來的心境的秩序。(《現代語言學》)

「未始」同「未嘗」②，與「不」等連用，以雙重否定的形式委婉表達意見、觀點和看法等。

9. 不過你對黨派來的代表也抱著這樣懷疑的態度，未免有些神經過敏。(《紅岩石》)

10. 有人認為雙子唐突神仙過甚，所以一病不起，這也未免太迷信。(《老北京的生活》)

【未免】 副 ①實在不能不說是…（表示不以為然）。②不免。

「未免」用在表示負面性的評價前，降低了負面性評價所帶來的刺激性，在「未免」的作用下，使得語氣溫和而有禮貌，更容易被讀者或聽者接受。

為什麼含有否定語素的這些詞會有具有委婉語氣，李宇明〔註22〕提出從量的角度來認識，量有客觀量和主觀量之分，邏輯世界裏只有客觀量，而語言世界中同時存在著主觀量和客觀量，主觀量的存在是邏輯和語言的一個重要區分，主觀量可以分為異態型主觀量、直賦型主觀量、誇張型主觀量和感染型主觀量，「未＋X」式表示委婉義的副詞表達直賦型主觀量，直賦型主觀量是通過詞語、格式等方式直接賦以主觀量的色彩，「未必、未嘗、未始」等這些詞是表委婉語義的詞語標記，其表達委婉的方式是通過主觀減量的途徑實現的，李宇明〔註23〕認為說話人把語義量往「小」裏改變，儘量往「少」、「輕」裏說，以這種方式減少主觀情感量，從而達到以委婉的方式表達認知的效果。「無＋X」、「不＋X」形式能夠表達委婉的詞較少，只有「不妨、無妨、不免、不便」等，而「未＋X」式表達委婉的否定副詞則較多，如「未免、未嘗、未必、未始」等。否定詞在語言中具有對客觀量進行減量評價的作用。張誼生〔註24〕以「不」和「沒」為例說明否定詞的減量作用，如「沒幾天」、「不一會兒」中的「沒」和「不」並不具有真值否定的作用，去掉「沒」和「不」對短語的意義影響很小，「沒」和「不」是羨餘否定，用「沒」和「不」表達比預期的時間要短，是主觀上的一種減量表達，這種表達所表現出的語義量是模糊的，而模糊也是表達委婉的一種手段。

否定詞的這種減量功能在類型學上具有普遍性，Jespersen 提出語言的一般規則是，否定詞表示「少於、低於」，相當於減量。減量包括客觀性的減量和主觀性的減量。客觀性減量包括時間量和空間量的減少，主觀性減量則表現為情感量的降低，弱化評價語勢以完成交際。以「不免—未免」為例來說，呂叔湘〔註25〕認為「未免」表示對某種過分的情況不以為然，側重在評價，「不免」則表示客觀上不容易避免，兩者可以換用。但從主觀性來看「未免」的主

〔註22〕李宇明：《漢語量範疇研究》〔M〕，武漢：華中師範大學出版社，2000 年版，第 115～117 頁。

〔註23〕李宇明：《漢語量範疇研究》〔M〕，武漢：華中師範大學出版社，2000 年版，第 68～72 頁。

〔註24〕張誼生：《試論主觀量標記「沒」、「不」、好》〔J〕，《中國語文》，2006 年第 2 期。

〔註25〕呂叔湘：《現代漢語八百詞》〔M〕，北京：商務印書館，1999 年版，第 554 頁。

觀性高於「不免」的主觀性，陳軒〔註26〕在考察「不免」和「未免」的主觀性差異時，找到了可以作為判斷的外顯的標誌，「太、有點兒、有些」這幾個詞可以用來表示說話人的態度或者情感，具有增強說話人所表達的主觀性的作用，那麼與這幾個詞的結合頻率高低便可以作為判斷主觀性程度的參考之一，通過考察發現「未免」與程度副詞的結合頻率高於「不免」，由此可以推論「未免」的主觀性高於「不免」。董秀芳〔註27〕指出「未免」的委婉性用法最早出現在宋代。「未免」中的「免」表示強動作行為義，「未免」從表示不能避免某件事的發生，到「免」的動作行為義減弱，「免」的功能降級，與「未」結合成「未免」成為修飾性成分，表示不能避免消極性的評價，在這個過程中，語義功能由「行域」擴展到「言域」和「知域」，「行域」、「知域」和「言域」是概念系統中三個不同的概念域，詞語的「行域」義是基本的，「言域」義和「知域」義是經過「行域」義引申擴展而來〔註28〕，在這個擴展過程中「未＋X」主觀化增強，「主觀化」既是一個共時概念又是一個歷時概念，一個時期說話人採取什麼樣的結構或形式來表現主觀性，是「共時」的，主觀性的結構經歷不同的時期通過其他結構或形式演變而來是「歷時」的〔註29〕。語言的主觀性主要體現於說話人的視角、情感、認識，以上文所舉例句來看，例1～例10中「未必、未便、未嘗、未始」等表達的是站在說話人角度的一種評價或認識，而這種評價和認識以減量的方式表達出來的。

「未＋X」與其他否定語素構詞相比，更具有委婉性，這與「未」本身的特點也有關係，一方面，「未」是文言詞，在現代漢語中已經不能自由使用，通過構詞形式保留下來的「未＋X」形式中，「未」體現了其文言性，在語言使用中具有書面語特點，其文雅的表達特點也增強了「未＋X」副詞的委婉性。另一方面，「未」是具有時間性的否定詞，「它對過去以至現在表示否定，對將來表示願望或可能，強調動作行為的可變性」〔註30〕，「未」所否定的是到現在為止的情況，不關涉將來，並強調其可變性，將來的變化存在空間，這樣留

〔註26〕陳軒：《「難免」、「不免」和「未免」的主觀性差異考察》〔D〕，北京語言大學學位論文，2006 年。

〔註27〕董秀芳：《「未 X」副詞的委婉用法及其由來》〔J〕，《語言科學》，2012 年第 5 期。

〔註28〕沈家煊：《複句三域「行、知、言」》〔J〕，《中國語文》，2003 年第 3 期。

〔註29〕沈家煊：《語言的「主觀性」和「主觀化」》〔J〕，《外語教學與研究》，2001 年第 4 期。

〔註30〕張亞茹：《先秦否定詞研究》，《語言研究論叢》〔C〕，天津：南開大學出版社，1999 年。

有餘地的表達也是其委婉性的依據。

在此，我們還可以拓展談一下漢語中的顯性否定和隱性否定問題。在現代漢語中詞彙表達否定意義有兩種手段，一種是本文所討論的具有形式共性的，以否定語素構成的詞彙，這是顯性否定；另一種是沒有否定語素但是可以分析出否定意義的詞彙，這是隱性否定，袁毓林〔註31〕將其分為八類：「防止、避免」類、「欠差」類、「拒絕、抵制」類、「否認、抵賴」類、「小心、注意」類、「後悔、懊悔」類、「責怪、埋怨」類、和「後悔、懊悔」類。其中，表示「後悔」類和表示「懷疑」類的詞隱含有否定意義的詞，與否定語素「不、無」結合構成「不悔—無悔」「不疑—無疑」，具有明顯的強調意味，顯性否定和隱性否定的結合，以雙重否定的形式達到強調的效果。還有一類是「防止、避免」，如「防止」類常用動詞有「妨礙、阻礙、防止、防備、防範、制止、禁止」等，「避免」類常用動詞有「避免、以免、免得、難免」等。它們的詞彙意義中都含有某種否定性語義，其共同的意義都包含「使某種事情不發生」，表示為「不＋使某種事情發生」。如果對這種隱性否定動詞進行否定，那麼外部和內部兩種否定意義正好互相抵消。於是，「不＋隱性否定動詞」這種否定格式的意義就是「使某種事情發生」。如「不防止」、「不避免」的意思就是「對某種事情的發生不採取防範措施，從而使其發生」，否定語素複合詞我們可以找到「不免—未免」「不妨—無妨」等，這兩對詞是顯性否定和隱性否定所構成的雙重否定，這樣的雙重否定構式在意義表達上具有曲折性，從而形成了委婉表義的表達效果。「未嘗」「未始」中，沒有表達隱性否定的詞，在使用中，一般與「不、不是」等連用，在句法層面形成雙重否定，也是以曲折的方式達到了委婉表義的效果。

4.5.3 「未＋X」與「不＋X」的對比分析

「不＋X」與「未＋X」有6組對應對，如：

　　不必—未必　不便—未便　不曾—未曾

　　未免—不免　不遂—未遂　不詳—未詳

　　【不必】副表示事理上或情理上不需要。

　　【未必】副不一定。

〔註31〕 袁毓林：《動詞內隱性否定的語義層次和溢出條件》〔J〕，《中國語文》，2012 年第 2 期。

「不必」對應「必」的義項②副必須；一定要。「未必」對應「必」的義項①副必定；必然，對應不同的語素義，所以「不必」和「未必」意義不同。

「未便」理性意義與「不便」的義項①和義項②意義基本相同，但是詞性不同，使用範圍也不同。

【不曾】副沒有²②（「曾經」的否定）。

【未曾】副沒有²②（「曾經」的否定）。

「不曾」和「未曾」意義和詞性都相同。「未」表示一般性的否定，在使用中可以相互替換。

【不免】副免不了。

【未免】副①實在不能不說是…（表示不以為然）。②不免。

「未免」義項②與「不免」意義和詞性都相同，在使用中可以相互替換。「未免」義項①是「不免」所不具備的。「不免」和「未免」的形成過程一樣〔註32〕。

【不遂】動①不如願。②不成功。

【未遂】動沒有達到（目的）；沒有滿足（願望）。

「未遂」與「不遂」義項②理性意義基本相同，但在使用中往往所搭配的成分有所區別，「未遂」一般用於負面行為後，如「搶劫未遂」中「未遂」不能替換成「不遂」。

【不詳】①形不詳細；不清楚。②動不細說（書信中用語）。

【未詳】動不知道或沒有瞭解清楚。

「未詳」與「不詳」義項①意義基本相同，詞性不同，但是由於形容詞和動詞都可以作謂語，所以在有些情況下兩者可以替換，如：本書作者不詳｜未詳、病因不詳｜未詳等。但語義稍有差別，「不詳」是一般性的否定，「未詳」包含時制信息，「不詳」表現的是一種狀態，「未詳」表示行為未完成。「不詳」義項②是書信中的固定用法，「未詳」不具備這種用法。從「未詳」和「不詳」的對比中，可以看出「未」和「不」在構詞中的詞義特點。語素「詳」有三個義項：①詳細（跟「略」相對）。②說明；細說。③（事情）清楚。義項①和義項③是形容詞性語素，義項②是動詞性語素。「不」表示一般性的否定，與

〔註32〕金穎：《漢語否定語素的形成演變研究》〔M〕，廣州：廣東人民出版社，2011 年版。

形容詞性成分結合最相宜，「不詳」的義項①糅合了「詳」的兩個形容詞性義項。「詳」的義項②不能單用，一般出現在書信或說明性的文字中，如「不詳」「內詳」等。否定詞「未」構詞中，多與動詞性成分結合，「未詳」中「詳」的意思在語素「詳」的義項③的形容詞性語義上動詞化。體現出了「不」和「未」與不同詞性成分結合時的傾向性。「未」沒有與表示義項②的「詳」相結合，書信以及說明性語言中需要的表達的是一般否定的狀態而不是一種未完成的行為，體現了語言表達所需要的精確性原則。

「否定語素＋X」構詞中，由於否定語素「不、沒、非、未、無」性質的不同，與「X」構詞後產生的意義和語法功能也顯示出不同程度的差異。通過同一形式「X」（有的是同一語素，有的是同音形語素）與不同否定語素結合構詞的對比分析可以看出，否定語素不同，同一形式「X」在構詞中的表現也不同。「無＋X」和「不＋X」的主要不同表現在「無＋X」中的「X」主要是名詞性成分，「不＋X」中的「X」主要為謂詞性成分。「不」和「沒」作為否定語素構詞，否定的概念域完全不同，「不」是對「是」的否定，「沒」是對「有」的否定，所以「不＋X」和「沒＋X」沒有同素構詞，即不存在「X」為同一形式的「不＋X」和「沒＋X」。「不＋X」與「非＋X」對應對較少，但對應對的意義相似性較高，原因是「非」在構詞中表示一般性的否定，或「不」表示「不屬於某一範圍」。「未」包含時制信息，在有的構詞中也有所體現。

4.6　本章小結

「非」是漢語否定詞系統中特色比較明顯的否定詞，在邏輯上可以用於表達負概念，在語言中「非」的語義相對複雜，「非」在名詞性成分前的能產性較高，可以將其歸類為類前綴。「非」可以用來辨別屬性詞和非屬性詞，但是由「非」構成的屬性詞數量很少，「非＋X」單義詞中名詞占多數，「非」表示不合於某種性質的事物，如「非晶體、非金屬」等，有的則不表否定意義，如「非命」等。在「非常」一詞的詞彙化和語法化過程中，「非」經歷了由表示否定判斷，到判斷義失落只存在否定義到否定義也弱化以至消失的過程。「非」可以直接加在名詞前，並不改變名詞的性質。「非＋X」形式與其他「否定語素＋X」形式相比具有產生新詞的優勢，當面對新生事物時，人們往往會與現有存

在的事物現象比較，舊事物是新事物認知的基礎，當沒有獨立的詞彙形式表達時，「非＋X」便成為一種選擇，「非」表示「不合於」的表否定區別的語義正是適應了這樣的需求，大多「非＋X」還是處於短語層，能否進入詞彙層還有待於時間的檢驗。「不＋X」與「非＋X」對應對較少，但僅有的對應對的意義相似性較高，這是與「無、沒、未＋X」與「不＋X」相對比所不同的。這些對應詞主要是虛詞，在虛化的過程中，「非」語義特性隱藏消失，類化為表示一般性的否定，與「不」的意義基本相同。

「未」的主要特點是包含時間信息，既可以表示一般性的否定，也可以表示對已然的否定以及對將來的判斷和推測。「未」的時間義在「未來」由行為域向時間域的發展中得到了凸顯，在這個過程中，「來」的位移義弱化以至消失。「未」具有文言性，「未＋X」一般也多用於書面語中。「未＋X」最主要的表義特點是具有委婉性，「未＋X」表達委婉義來源於多方面的因素，一方面「未」的文言性使得「未＋X」表義比較文雅，另一方面「未」作為否定性語素，在「未＋X」中主要表現為主觀性減量，起到弱化語勢的作用，在表達評價或提出意見的語句中，「未＋X」的使用，降低了語義的情感量，在交際中留有餘地，從而體現出委婉性的特點。「不妨—無妨」「不免—未免」等詞的委婉性還可以從隱性否定與顯性否定的結合中尋找原因，「妨」和「免」具有隱性否定義，與否定語素結合構成了雙重否定，雙重否定在理解上的曲折性在表達上取得了委婉的效果。同樣具有委婉義的「不＋X」與「未＋X」相比，「未＋X」的主觀化程度更高。

第5章　現代漢語含否定成分的成語研究

　　成語是熟語中的一種類型，是眾所周知、日常習用且意義精善、結構定型化的固定短語，也是現代漢語詞彙的重要組成部分。對於成語是詞彙的組成部分，學界有不同的意見，葛本儀先生在《現代漢語詞彙學》中將其歸類為詞彙，「是一種具有固定的結構形式和完整意義的固定詞組」〔註1〕。這樣的固定詞組具有相當於詞的作用。本文採取將成語歸為詞彙的觀點，主要基於兩點考慮，一是形式上成語與一般短語不同，成語的形式固定，一般不會隨意調整，如本章要討論的包括含有否定語素的成語，其文字的順序具有定型化特點，如「不稼不穡」，便不可以任意寫作「不穡不稼」。二是意義上不是字面直接組合的意義，而是更為深層融合的意義。成語在語言中作為整體使用，相當於詞的功能，因此，將成語歸為詞彙是合理的。成語具有文化的傳承性，學者們一般認為成語主要來源於寓言、神話、歷史故事、古詩文（包括截取文中原句或凝縮、改造名句等）、外民族語言（如佛教語）、市井口語和現代創新成語〔註2〕。

　　前文四章，所討論的「否定語素＋X」構詞，大都是雙音節詞，兼顧少量

────────────

〔註1〕 葛本儀：《現代漢語詞彙學（修訂本）》〔M〕，濟南：山東人民出版社，2004 年版，第 17 頁。

〔註2〕 劉洋：《漢語帶「不」成語的多維考察》〔M〕，武漢：華中師範大學出版社，2015年，第 13 頁。

三音節詞，本章則集中研究四字含有否定語素的詞彙，並且將含有否定語素的成語作為主體的研究對象。如前文所述，否定副詞在副詞中相對比較特殊，「因為它不是從語法功能而是從邏輯的角度劃分出來的。」〔註3〕本章所討論的成語含有否定性構詞語素「不」「無」等，按否定語素出現的位置，又可析分如下：

> 首字：不以為然、不甚了了、非分之想、無可奈何
>
> 次字：讚不絕口、肆無忌憚、羌無故實、答非所問
>
> 三字：源源不斷、方興未艾、默默無聞、滔滔不絕
>
> 四字：可有可無、物是人非、口是心非、文過飾非
>
> 兩處：無微不至、無遠弗屆、攻無不克、無奇不有

有關否定語素的四字成語，劉洋在專著《漢語帶「不」成語的多維考察》中進行過全方位的討論〔註4〕，涉及帶「不」成語的形成和發展，帶「不」成語的音節結構、語法結構、特定格式，帶「不」成語的語義特性、演變、類聚，帶「不」成語的性質和功能，帶「不」成語的色彩與修辭，帶「不」成語的運用、文化內涵、翻譯與教學等多個方面。對否定語素在四字成語構詞中的功能分析，不僅是語義解釋層面上的要點，也牽涉到在語言事實層面與理論分析上需要獨立自主的根據，以及在語言現象的詮釋上是否做到明確的條理化的問題〔註5〕。金穎指出，「語言形式功能的演變是在一定的系統中完成的，原本處於同一系統中的成員卻朝著不同的方向發展，整體上反而有助於系統的優化和完善，豐富了語言的表達手段。短語的詞彙語法化便是實現這一轉變的重要途徑。」〔註6〕

現代漢語和古漢語有著絲絲縷縷的沿承關係，詞彙中的成語、熟語，更是鮮明地體現了這一點。有一些我們從感知上會認為是完全從屬於古漢語的範疇，實際上卻也有著現代漢語的應用實例，比如在結構上接近獨立的否定小句：

〔註3〕王毅：《〈西遊記〉語法研究》〔M〕，上海：上海三聯書店，2015年，第186頁。

〔註4〕劉洋：《漢語帶「不」成語的多維考察》，武漢：華中師範大學出版社，2015年，第1～5頁。

〔註5〕湯廷池：《否定詞首「不—」的語意功能與共起限制》〔J〕，《東吳外語學報》，2008年第27期，第137頁。

〔註6〕金穎：《副詞「無非」的形成和發展》〔J〕，《古漢語研究》，2009年第1期。

君不見，黃河之水天上來，奔流到海不復回。（李白《將進酒》）

君不見孟夫子早就告誡說：「民以食為天」；君不見今哲李澤厚視吃飯為人生最大的哲學。（李學功、祝玉芳《被改變的思考——基於史學視閾的隨想與探究》）

君不聞胡笳聲最悲？（岑參《胡笳歌送顏真卿使赴河隴》）

君不聞唐詩能恢復錯亂的神經。（劉章《驕傲吧，中國的詩人》）

在現代漢語四字否定副詞中，有很大一類屬於詞內否定中的語素否定，即包含了否定性語素「不、沒、無、否、非、未」的構詞。這類構詞在漫長的、廣泛的語言應用過程中，逐漸習用化、凝固化，「其中的一部分會轉化為主要表語用功能的話語標記，同時，否定副詞或否定語素的否定功能也就會從基本功能轉向元功能，其否定效果也就逐漸羨餘化了。」〔註7〕很多否定語素是負面語義或消極語義的負載者或標記，比如學界常討論的「別」：

猶大，你別躲！（張展《在那美麗的地方》）

歲月，你別傷害她。（瑞卡斯《我把我的好朋友們都拉黑了》）

但有時否定語素的加入，卻能強化語義表達的正面語義或積極語義，這從具體進入現代漢語詞彙庫的「自強不息」等表達便能看得出。

5.1　含否定成分的成語的並列形式及構造機制

許多成語是「二二」式結構，溫端政稱之為「二二相承的描述語和表述語」，〔註8〕前二后二的用字組合，很容易造成形式的並列，使得成語本身具有「對稱性」的特點。

5.1.1　並列式的兩種基本結構

一、合掌式並列

「合掌」是指在詩詞講求對仗的一聯之中出現的意義相同的現象，表達十分形象，這裡借用來指含有否定語素的成語的一種形式類型。在四字成語的構造中，一個較為常見的構詞類型便是「否定語素＋A＋否定語素＋B」型。例

〔註7〕張誼生：《從否定小句到話語標記》〔J〕，《語言研究輯刊》第十二輯，第 31 頁。
〔註8〕溫端政：《漢語語彙學教程》〔M〕，北京：商務印書館，2006 年，第 225 頁。

如，不A不B，A、B具有同向近義的屬性。有些成語具有久遠的典故來源，追本溯源，可發現在其成語化的源頭便已經形成了完全近似的表達，例如「不忮不求」，典出《詩經‧邶風‧雄雉》：「百爾君子，不知德行。不忮不求，何用不臧。」指不妒忌，不貪得無厭。「不日不月」，典出《詩經‧王風‧君子于役》：「君子于役，不日不月。」在這類構詞中，「否定語素＋A＋否定語素＋B」裏的A、B往往同向近義，「否定語素＋A」同「否定語素＋B」聯用，表達的是比「否定語素＋A」或「否定語素＋B」更為強烈的傾向性。

> 不明不白、不聲不響、不矜不伐、不三不四、不倫不類、不慌不忙、不驕不躁、不聞不問、不驚不怕、不稂不莠、不依不饒、不仁不義、不知不覺、不蔓不枝、不折不扣、不稼不穡、不衫不履、不愧不怍、不疼不癢

> 無影無蹤、無憂無慮、無時無刻、無法無天、無窮無盡、無緣無故、無掛無礙、無聲無臭、無聲無息、無始無終、無冬無夏、無依無靠、無牽無掛、無親無故（非親非故）、無根無蒂、無邊無際（無邊無沿）、無拳無勇、無父無君、無影無形、無偏無黨、無休無了

> 沒完沒了、沒頭沒腦

這些成語中的「A」和「B」有的形成雙音節詞，如「明白、聲響、矜伐、慌忙、驕躁、仁義、知覺、折扣、稼穡、愧怍、蹤影、憂慮、時刻、窮盡、緣故、掛礙、聲息、始終、依靠、牽掛、親故、根蒂、邊際」等，而這類成語的展開順序，與AB原詞的順序是一致的，先有「明白」一詞，然後才有「不明不白」的表達。「不理不睬」基於現成的雙音節詞「理睬」；「不瞅不睬」，「瞅」則是「睬」的同義復現。非A非B式古漢語構詞，在現代漢語能夠留存且使用的，只有「非親非故」「非驢非馬」二詞。需要注意的是，這兩個詞都是典故的固化所形成的，前者見於唐‧馬戴《寄賈島》詩：「佩玉與鏗金，非親亦非故。」後者見於《漢書‧西域傳下》：「驢非驢，馬非馬，若龜茲王，所謂騾也。」由於此類構詞左右對稱，表義均等，從而會影響其呈現的一慣性，使得「否定語素＋A＋否定語素＋B」常常也以「否定語素＋B＋否定語素＋A」的形式出現，比如「無憂無慮」，成語詞典也收「無慮無憂」；「無拘無束」，成語詞典也收「無束無拘」；「無影無蹤」，成語詞典也收「無蹤無影」。這種構詞顛

倒之所以成為可能，很重要的因素與書面語寫作過程中對用詞聲韻的把握有關，押韻、平仄等角度，常常能促使使用者改換既有成語「否定語素＋A＋否定語素＋B」的書寫秩序，從而呈現出「否定語素＋B＋否定語素＋A」的調整。

另外，類似構詞中的否定語素也偶有代換的情況，出現以「少」代「否定」的例子，如「無情少面」意思是不講情面，但這樣的例子並不多見。

在另一種「否定語素＋A＋否定語素＋B」的結構裏，A、B 具有反向對立之義。

　　　　不冷不熱、不緊不慢、不即不離、不徐不疾、不上不下、不偏不
　　倚、不卑不亢

反向對立的兩個成分嵌入到「不……不……」構式中，表達的是取中合適之義，這樣的成語具有明顯的褒義色彩，這與中國傳統講求中庸之道有關。

在方向對立的兩極之間尋找到平衡點，達到恰好的狀態。其實，在現代漢語中，類似的結構如「不寒不熱」，卻並未沉澱固化為成語，其中緣由，很值得思考。需要尤其關注的是，幾個只存在於成語詞典卻很少進入現代漢語應用的詞例，比如「不夷不惠」，典出漢・揚雄《法言・淵騫》：「不夷不惠，可否之間也。」意謂折衷而不偏激。「不吐不茹」，典出《詩・大雅・烝民》：「人亦有言，柔則茹之，剛則吐之。維仲山甫，柔亦不茹，剛亦不吐，不侮矜寡，不畏彊禦。」形容人正直不阿，不欺軟怕硬。類似詞例，A、B 倘承載著用典的功能，A、B 的理解在現代漢語的語境下可理解性不高，則「不＋A＋不＋B」一般只在文言中應用，難以過渡到現代漢語之中。

需要尤其關注的是「無適無莫」，典出《論語・里仁》：「君子之於天下也，無適也，無莫也。」指的是待人處事不分厚薄，沒有偏向。在所有的「無＋A＋無＋B」中，只有「無適無莫」中的「A」和「B」具有反向對立之義，另外，「無可無不可」中的「可」與「不可」也有反向對立的語義，但在構造形式上屬於變式。同理，「似 A 非 A」格式成語，如「似懂非懂、似醒非醒、似醉非醉」等，表達一種介於「懂」與「不懂」、「醒」與「不醒」、「醉」「不醉」之間的模糊狀態，「非」的語義是「不、不合於、不屬於某種範圍」，「似 A 非 A」的狀態處於兩個範圍交界的模糊地帶，「非」在此格式中是表示對某種判斷的否定，「非」表判斷是文言用法，只存在於古漢語中遺留下來的詞彙形式中，在現代漢語中「非」不能自由地表示判斷。

雙向否定構式的表達究竟具有怎樣的優越性呢？學界已有學者結合構式理論、「三個平面」等理論，對雙向否定構式進行過研究，主要包括以下幾個角度：「不Ａ不Ｂ」的結構形式、「不Ａ不Ｂ」的語義以及在句法中的表現等。從語義的實用功能來看，我們在使用語言表意時，有兩種傾向，或者是偏向某一個褒、貶的極端，或者是取一個折衷，不走向語義的兩極。這兩種語義的表達方式是互補的，共同構成語言表意的豐富性、準確性。

第三類別的「否定語素＋Ａ＋否定語素＋Ｂ」構造形式，「否定語素＋Ｂ」相比較「否定語素＋Ａ」而言，具有深化、遞進屬性，一般「否定語素＋Ａ」是「否定語素＋Ｂ」的前提條件。如：

> 不破不立；不打不相識；不在其位，不謀其政；不憤不啟，不悱不發

還有「無」「不」兩個否定語素往往互相配合，同步出現的情況，其中，像「無毒不丈夫、無風不起浪、無巧不成書（無巧不成話）、無事不登三寶殿、無所用用其極」等成語，「否定語素＋Ａ」和「否定語素＋Ｂ」具有前後因果的聯繫。

有兩個特例需要專門加以解析。首先是「不尷不尬」，典出宋代吳泳《賦半齋送張清分教嘉定》：「道如大路皆可遵，不尷不尬難為人。」《朱子語類》卷三四：「聖人全體極至，沒那不間不界底事。」「不間不界」實際上也是「不尷不尬」，這一成語屬於在連綿詞中加入「不」字以進行成語建構。除此之外，很少有連綿詞中插入否定語素的情況，連綿詞是由音節連綴而成的只有一個語素的詞，拆開則不能表達意義，因此連綿詞中不能插入其他成分，特例「不尷不尬」中的兩個「不」也消解了其否定義，整體還是表示「尷尬」。其次是「無規矩不成方圓」，本於古文名句「不以規矩，不能成方圓」，典出《孟子·離婁上》：「離婁之明，公輸子之巧，不以規矩，不能成方圓。」「無」字代換前一「不以」，「不」是副詞，「規矩」表示的是工具，「不」不能直接修飾典型性名物詞「規矩」，而「無」有動詞用法，可以修飾名詞，便演化成了今天的成語「無規矩不成方圓」。

另外，有否定語素參與其中的並列對偶式成語，其實詞部分也可能在語用過程中發生變更，有一個顯著的例證便是「不郎不秀」演化成「不稂不莠」。明田藝蘅《留青日札·沈尤之秀》：「元時稱人以郎、官、秀為等第，至今人之

鄙人曰不郎不秀，是言不高不下也。」到了清代的白話小說代表作《紅樓夢》：「第一要他自己學好才好，不然，不稂不莠的，反倒耽誤了人家的女孩兒，豈不可惜？」這一現象便涉及到了同音字的訛變現象，因非本文的論述範圍，就不再展開了。

二、反合式並列

所謂「反合式並列」是借鑒格律詩中的相反相合，指在含有否定語素的四字成語中，前二字與後二字形成相反相合的表達張力。比較典型的例證如「無獨有偶、非此即彼」，前後兩部分的語義存在遞進深化關係，與否定語素對稱處的文字，可以是否定語素的反義字，也可以是「即」「則」類的轉折字，比如「非昔是今」「非愚則誣」。這類並列反合式構詞，儘管前後兩部分仍具有相當的獨立性，但前一部分需要在後一部分的參照下才能形成圓足的意義呈現，比如：

> 可是這個風聲出去，人家一定說是無私有弊，況且以後，你們
>
> 頭兒們捉到了人，都來照顧小店裏，小店還能開得下去麼？（李寶
>
> 嘉《活地獄》第二十六回）

因處在嫌疑之地，雖然沒有私弊，但容易被人猜疑。因此，「無私」和「有弊」，具有相反相合的語義屬性。另有一類詞，具有更加明顯的對偶式轉折屬性：

> 未風先雨、未老先衰、未卜先知、未明求衣

「未」是表示包含時制信息的否定語素，表示到現在為止的情況，「未」的語義特點在這些詞中得到了明顯地體現。

5.1.2　並列結構成語的特徵與功能

成語一般以四字格為主，因此很容易析分為「二二」式並列結構。早在成語的確立之前，老子就以近似成語的形式指出了「有無相生，難易相成，長短相形，高下相傾，音聲相和，前後相隨」的駢偶思想。總的來看，並列結構成語具有以下幾點主要特徵：

一、對偶化、有規律的節奏

漢語本身具有明顯的雙音節化特點，所謂陰陽、日月、山水、明暗等等，

皆對偶而出。在現代漢語詞彙化的過程中，單音節的字也往雙音節黏合，並且從本義、反義兩方面進行。比如「悅」字，黏合成「喜悅」，反義則加否定語素成為「不悅」。以雙音節為單位，可以形成比較有規律的節奏，使得否定語素所參與的成語在某種意義上具有了音樂性。正如吳敏潔、朱宏達所指出的：「形成節奏的要素，一是對立因素，二是週期性序列。語音的對立因素成週期性組合的結果就形成了節奏。」〔註9〕

二、對稱化的美感。

對稱本身就具有形式美的特徵，甚至在中國語文史上，曾一度出現過駢文所主導的形式表達。以「否＋A＋否＋B」為代表的否定語素成語，其並列結構所表現的音義對稱，其實也是中華文明對偶性審美思維的一種形象化呈現。為了呈現這種對稱，有些成語的構造甚至不惜重複冗餘，像「無獨有偶」即為一例。對稱有時是對多種形式的極簡化處理，有時則是對相對簡約的形式進行的繁縟化修飾。對稱形成一種平衡、和諧的審美體驗，也符合早期中華文明對天地、自然、人體的直觀認知。前舉例證中比較典型的如：不聞不問、不衫不履、不愧不怍、無影無蹤、無緣無故、無牽無掛、沒完沒了、沒大沒小、沒好沒歹，皆能體現一種對詞彙構造「穩定感」的追求。這裡所說的「穩定感」，並不只是一種籠統的體驗，其實可以憑藉節奏的支撐點來把握。例如，同樣以農事造詞，「不稼不穡」要比「不辨菽麥」的信息識別、獲取更為精準且輕鬆。因此，對稱化的美感，其背後實際有著詞義透明度、表義精準度的內在追求。

三、對立調和的效用

在漢語的語言結構系統中，多處都有基於對立調和的立論言說，甚至諸多從古形成的語言理論，如陰陽、清濁、平仄、聲韻、同義反義、肯定否定，也打上了深刻的二元論烙印，「漢語中對偶的形成，尤其是漢語詞彙的對稱結構和音節的偶化，與這一思想不無關係。」〔註10〕徐通鏘也認為：「不用兩點論的精神去考察漢語的各個層次的結構，我們就很難把握漢語結構的實質。」〔註11〕

〔註9〕吳敏潔、朱宏達：《漢語節律學》〔M〕，北京：語文出版社，2001年，第294頁。
〔註10〕常敬宇：《漢語詞彙與文化》〔M〕，北京：北京大學出版社，1995年，第6頁。
〔註11〕徐通鏘：《語言論：語義型語言的結構原理和研究方法》〔M〕，長春：東北師範大學出版社，1997年，第50頁。

5.1.3　作為成語孳生形式標記的否定成分

就如同漢字造字有部首、構詞有詞綴一樣，四字成語等熟語的構造，由於有了否定語素的存在，也便有了可以依託的形式標記。有此基礎，從理論上說，成語便可以通過同構的形式批量地「製造」出來。比如「無言」一詞，表述的是一個人無話可說的狀態，但這種狀態的現場情態，仍需要新的語素的附著，才能有比較到位的表達。從經典的成語「啞口無言」來看，「口」字是不可或缺的實詞，但「啞」字作為謂詞性成分，卻很容易尋得近似的形容詞、動詞進行代換，如「緘口無言」。以「無常」為例來看可孳生出同構的成語：

> 變化無常、變幻無常、出沒無常、作輟無常
> 反覆無常、翻覆無常、反覆無常、喜怒無常
> 貴賤無常、禍福無常

「無常」的意思是「時常變化、變化不定」，那麼出現於「無常」前的都是一些表示變化不定詞，或是「變化、變幻」之類直接表示變化的詞，或是以反義形式構詞的雙音形式間接表達這種變化，如「貴賤、喜怒、禍福」等。

這裡面比較典型的例證是「反覆無常、翻覆無常、反覆無常」，其孳生機制只不過是通假、同義字的前後代換。而近似同構的「非常」，構詞能力卻顯得很弱，只有放在詞首構有「非常之謀」一式，「非常」在其中表示的是「超出一般」的意思。「無常」所能構造的成語數量較多，與人們對生活的體驗有關，人所處的世界是變動不居的，人時刻處於變化之中，並且感受著這些變化所帶來的影響。「無常」本是佛教詞彙，進入到一般詞彙中表示「變化不定」，很多成語在此基礎上得以產生。

成語中有一系陣容齊整的「疊音詞＋不＋V｜Adj」結構，雙音節疊詞修飾的是「不 V」的整體語義，在這一模式下，產生了「惴惴不安、孜孜不輟、孜孜不懈、嘵嘵不休、剌剌不休、喋喋不休、侈侈不休、格格不入、戀戀不捨、悶悶不樂、鬱鬱不樂、悒悒不樂、怏怏不樂、依依不捨、念念不忘、滔滔不絕、娓娓不倦、源源不斷」等成語，疊音的構詞形式是漢語詞彙所具有的一類比較有特色的現象，用疊音的方式形象地描繪一種狀態，起到描摹的效果，如「嘵嘵不休、剌剌不休、喋喋不休、侈侈不休」等，用不同的疊音詞展現了「不休」的不同狀態。有的疊音詞還起到表強調或者加深程度的作用〔註12〕，如「依依

〔註12〕張桂英：《再談疊音詞的表達效果》〔J〕，《成都大學學報》(社科版)，2009 年第 2 期。

不捨、念念不忘」等。由此擴展的,「連綿詞＋不＋V｜Adj」的模式也可以產出很多成語,比如「忐忑不安、倜儻不羈、威武不屈、形影不離、鄙夷不屑」。另外一些比較有活力的孳生形式便是:

「不＋V｜Adj＋不＋V｜Adj」:

　　　不卑不亢、不蔓不枝、不聲不響、不慌不忙、不瞅不睬、不忙不暴、不撓不屈、不撓不折、不存不濟、不打不相識、不當不正、不得不爾、不豐不儉、不饑不寒、不緊不慢、不禁不由、不愧不怍、不冷不熱、不涼不酸、不了不當、不磷不緇、不仁不義、不塞不流、不止不行、不僧不俗、不上不落、不聲不吭、不聲不氣、不聲不響、不問不聞、不鹹不淡、不言不語、不做不休

「不蔓不枝、不仁不義、不僧不俗、不聲不響、不聲不氣」中的「蔓、枝、仁、義、僧、俗、聲、響、氣」是名詞性成分,進入「不……不……」構式中,受到構式的壓制,語義發生調整,提取名詞中的性質狀態義或動作行為義,表現出形容詞化或動詞化。

「V｜Adj＋虛詞＋不＋V｜Adj」:

　　　秘而不宣、謔而不虐、苗而不秀、引而不發、確乎不拔、疏而不漏、習焉不察、語焉不詳、卓爾不群、慘然不樂、超然不群、視而不見、求之不得、卻之不恭、群而不黨、鍥而不捨、述而不作

當否定語素的形式標記確定後,再引入確定成語語義基調的關鍵字,便搭建起了成語的基本框架,近似的孳生性成語便可以根據規律推出,比如形容一個人猶豫沒有決斷力,首選的成語為「猶豫不決」,但孳生的成語還有「遲疑不決」「遲徊不決」、「躑躅不決」等等。如果將「決」字近義代換,又會孳生出「遲疑不定」、「遲疑不斷」等成語。又如相較於「非凡」,「不凡」更具有構詞的活力,可以生成自命不凡、抱負不凡、楚楚不凡、豐標不凡、舉止不凡、磊落不凡、器宇不凡、自負不凡等系列成語。數詞、量詞和「不」的組合,也是否定語素成語孳生的一種經典模式,典型者如:

「一」字:一病不起、一塵不染、一成不變、一丁不識、一定不易、一介不取、一蹶不振、一毛不拔、一瞑不視、一錢不值、一竅不通、一物不知、一字不苟、一字不易

「百」字:百世不易、百折不摧、百折不屈、百折不移、百足

不僵

　　「萬」字：萬劫不復、萬死不辭

　　「半」字：半面不忘、半三不四、半生不熟、半癡不顛、半低不

高、半懂不懂、半文不白、半新不舊、半信不信

　　值得討論的是，在同一模式下，也有造詞活力的高下之分，比如「一絲」形容細微少量，便可孳生出「一絲不苟、一絲不掛、一絲不紊」等適用語境各異的成語。當形容某人心中無愧時，「心」「無」「愧」便固化為成語構詞的必要部件，這樣便僅剩一字的位置可供騰挪，實際上成語詞典的收錄也證實了這一騰挪的可能性，至少「捫心無愧」、「問心無愧」、「於心無愧」這三個成語便是在同一模式下構造的。

5.1.4　以豐富性為追求原則的成語微變

　　語言反映人類族群的心理，也在很大程度上承載著人類對多樣性自由的追求。就如同人的審美一樣，人類很難接受作為遮體防寒基本功能的衣服僅僅具有單一的設計；語言詞彙也類似，在基本的表義功能之外，語言詞彙也內在地追求豐富性、多樣性。

　　在研究這一課題時，我們可以發現，如果單單從表意而言，一個否定語素參與構詞的成語已經能夠滿足需要，但事實上在語言體系裏已然產生了多個成語表達。例如，要對「不樂」進行修飾，在「悶悶不樂」之外，尚有成語如下：

　　　快快不樂、悒悒不樂、鬱鬱不樂、慘然不樂、忽忽不樂、愀然不

　樂、怏怏不樂

　　查檢數據庫，我們可以發現這些成語具有多樣來源出處，大都是四部基本典籍如《史記》《魏書》《舊唐書》《舊五代史》《資治通鑒》等書。之所以出現諸多類似的微變化成語，其主要原因還在於書寫者在運用詞彙時的個體獨創性：他們不滿足於受到既有詞彙框架的限定，有意無意地會在造詞機制的允許範圍之內進行「造詞」實踐。既以此例而言，我們也可以另造新語如「快然不樂」「鬱然不樂」「悵悵不樂」「忡忡不樂」，儘管無法稱其為成語，但其形式和意義的表現與進入成語庫的成語表現是一致的。

　　當然，有些成語的微變也確實有著表義功能的優化，「茶飯不思」最早見於宋詞：

茶飯不思常是病，終朝如醉如癡。（陳妙常《臨江仙》）

到清代則出現了另一微變化成語「茶飯無心」：

前五月相見，已知其茶飯無心。（王闓運《湘綺樓箋啟》）

其實在元代即已經出現了雙否定語素參與構詞的成語「不茶不飯」：

害的我不茶不飯，只是思想著你。（關漢卿《救風塵》三折）

「不茶不飯」比喻的是心事重重，茶飯不進。這要比「茶飯不思」「茶飯無心」表義更加委婉，「茶飯不思」「茶飯無心」將「不思」「無心」的心理狀態直白地呈現。而「不茶不飯」則隱藏了這層心理的示現。「A 口無言」的構造機制也是近似的情況：

頓口無言、閉口無言、杜口不言、緘口無言、直口無言

如果「無言」被用來指稱兩個人共同的沉默，則可用「相對無言」；當將「無言」的功能進一步拓展，其實亦可進行擬人化表達，便出現了「桃李無言」「落花無言」等成語。

5.2　四字否定成語的幾種特殊形式

學界共知，語言是有主觀性的，「說話人在說出一段話的同時，表明自己對這段話的立場、態度和感情，從而在話語中留下自我的印記。」「主觀化」是作為言說的個人對語言創造性運用的體現，在這一運用過程中「採用相應的結構形式或經歷相應的演變過程。」〔註13〕也正是因為這個原因，詞彙在構造過程中常會由於「主觀性」「主觀化」而出現特殊的成詞形式，四字成語的構成也概莫能外。

5.2.1　冗餘否定

所謂「冗餘否定」，是指「在一個句子或短語中，表達否定的標記成分（『不、沒、別』等）不是理解該句子的意義所必須的。」〔註14〕就學界研究來看，基本上達成共識，冗餘否定有絕對、相對之分，比如，「差一點＋沒 V」是絕對冗餘否定，而「小心＋別 V」是相對的冗餘否定。在現代漢語中，冗餘否定

〔註13〕沈家煊：《語言的「主觀性」與「主觀化」》〔J〕，《外語教學與研究》，2001 年第 4 期。
〔註14〕侯國金：《冗餘否定的語用條件——以「差一點＋（沒）V、小心＋（別）V」為例》〔J〕，《語言教學與研究》，2008 年第 5 期。

具有多種結構形式，比如「差一點＋（沒）V、小心＋（別）V、（在）＋（沒）V 以前、好＋（不）A、（不要）＋太 A、難免＋（不）V、V 了＋（不）一會兒、怪某某（不該）V、就差＋（沒）V、拒絕／（不）V、後悔＋（不／沒）V、懷疑＋（沒／不）V／S、非＋V（不可／不行）、除非 V1，（不）／才／就 V2」等等〔註 15〕。不過，學人關注很少的是，在四字詞語（成語、熟語）中，也存在著冗餘否定這一現象，比如「半長不短、半明不暗、半飽不饑、半饑不飽、半三不四、半生不熟、半死不活、半低不高、半文不白、半新不舊」等等，酌舉用例如下：

> 聽了喬泰這一遍半文不白的話，那女子猶豫起來。（《狄公案‧四漆屏》）

> 想跑，水裏住他的腳，他就那麼半死不活的，低著頭一步一步的往前曳。（老舍《駱駝祥子》十八）

> 勾引得官家一心在你身上，就在我身邊，也是半三不四。（《西湖二集‧李鳳娘酷妒遭天譴》）

> 五個中間的老徐能說幾句半生不熟的廣府話。（茅盾《過封鎖線》）

> 我們行戶人家，到是養成個半低不高的丫頭。（馮夢龍《醒世恒言》第三卷）

> 鄧秀梅看他頭上戴一頂淺灰絨帽子，上身穿件半新不舊的青布棉襖。（周立波《山鄉巨變》）

根據呂叔湘先生的研究，「『半＋量』常和否定詞語配合使用，表示量很少。有誇張的意味。」〔註 16〕所舉例證如「他連半句話都不說；連半個影子都沒見到；他說的全是實話，沒有半點兒虛假」，都可見出「半」本身所具有的「量少」意味。

以「半飽不饑（半饑不飽）」「半冷不熱」為例來看，前者語義可約等於「半飽（半）饑」或半饑（半）飽」，而後者則不可以簡單地代換為「半冷半熱」。

〔註15〕侯國金：《冗餘否定的語用條件——以「差一點＋（沒）V、小心＋（別）V」為例》〔J〕，《語言教學與研究》2008 年第 5 期。

〔註16〕呂叔湘：《現代漢語八百詞》〔Z〕，北京：商務印書館，1999 年版，第 60 頁。

「半飽不饑」之所以能和「半饑不飽」形成等量代換，其中的「不」字，其實是具有相對性質的冗餘否定。而「半冷不熱」卻很少有人會用「半熱不冷」來代換，且此詞也不見於詞典的收錄，究其原因，是由於其中存在著比較隱蔽的「冗餘否定」。「半飽不饑」「半冷不熱」前後兩半具有不平行性，即以「半飽不饑」為例，其語義重心在「饑」，「半飽」其實表達的是「饑」「未飽」的意思，而非通常我們所使用的「食宜半飽無兼味，酒至三分莫過頻」那樣具有養生積極意味的表達。正相反，具有冗餘否定特性的否定語素四字構詞，往往具有「消極意義」[註17]，「一般涉及『不如意的事情』」[註18]，這與「差（一）點兒＋（沒）V」等冗餘否定是相通的。呂叔湘先生對這一問題也進行過分析，在他看來：「半 A 不 B。AB 為意義相反的單音節形容詞、動詞或名詞。表示某種中間的性質或狀態，含有厭惡的意思。多為熟語。」[註19]

值得關注的是，近似同構的表達，有些具有非消極意義，我們可舉「半新不舊」為例。「半新不舊」是來自近代漢語的成語，清·西周生《醒世姻緣傳》第三回：

> 只見一個七八十歲的白鬚老兒，戴一頂牙色絨巾，穿一件半新
> 不舊的褐子道袍。

在此例中，「半新不舊」的情感色彩接近中性，如果要為其尋找替代詞的話，可能「半新半舊」要比「不新不舊」更為貼切。

綜上，如果要對這類構詞進行概括的話，可認為「半 A 不 B」＝「半 A 半不 A」，比如「半新不舊」即等於「半新半不新」。「半 A 半不 A」的結構在現代漢語構詞中也有留存，只不過為了四字詞的整齊，這類結構通常都省略了後一個「半」字，例如「半信不信」「半懂不懂」「半新不新」一類的熟語，呂叔湘先生認為「意思跟『半 A 不 B』相同，較少用。」[註20]因此，含有否定語素的冗餘否定，其實也存在著語義脫落的現象：「在構詞造句的過程中，或義素、或詞素、或單詞甚或數個單詞都會臨時脫落（在句子中）或永久脫

〔註17〕石毓智：《肯定與否定的對稱與不對稱》〔M〕，北京：北京語言文化大學出版社，2001 年版，第 218 頁。

〔註18〕沈家煊：《不對稱和標記論》〔M〕，南昌：江西教育出版社，1999 年版，第 120 頁。

〔註19〕呂叔湘：《現代漢語八百詞》〔Z〕，北京：商務印書館，1999 年，第 61 頁。

〔註20〕呂叔湘：《現代漢語八百詞》〔Z〕，北京：商務印書館，1999 年，第 61 頁。

落（在詞中）。」〔註21〕范繼淹認為：「少部分雙音節動詞還有『知道不知道：知不知道』、『認得不認得：認不認得』兩種說法，後者是音節的縮略形式。」並對這一問題展開了細緻的分析〔註22〕。由此，後續如果再深入探討否定語素構成的四字成語的語法問題時，可以將冗餘否定與音節縮略的研究範式相融合，當能提供更進一步的解釋。

5.2.2　作為「否定小句」的成語

從話語標記的角度考慮，否定小句也具有表提醒的功能，並且在現代漢語中的應用更加靈活，「這些或固化或省略的小句，最主要的作用就在於，在不同的語言環境中，根據具體的情況或對方的態度，充當各種隨機應變的話語輔助與調節手段。」〔註23〕

> 上回有「美國加州蒙古烤肉」的招牌；無獨有偶，大街上又見有另一個「北京加州」招牌。（塵元《在詞語的密林裏》）

> 是的，毋庸置疑，莫奈只有卡米爾一個模特。（鄒蔚昀《莫奈光影之永恆》）

「無獨有偶」一詞，作為固化的小句標記，其作用在於：體現了發話人對出現兩個近似案例的重點強調。而「毋庸置疑」作為否定小句，是對後文莫奈模特只有一個這一事實的強調。

具有「否定小句」功能的四字否定成語，還具有重要的篇章銜接功能，上舉「無獨有偶」一例，具有顯然的承上啟下的轉折關聯作用。「話語標記作為語言單位之間的連接紐帶，指示前後話語之間的語義關係。這些話語標記不但能夠標誌發話人與話語單位之間的序列關係，並且還能闡明話語單位與交際情景的連貫關係。」〔註24〕「否定小句」具有鋪墊性銜接功能、確認性銜接功能以及轉折性銜接功能，如：

> 始料未及的是，黃州的荒蠻歷史和僻靜環境，竟成為蘇軾最理

〔註21〕胡華：《雙音合成詞～不～式及其詞彙音節縮略形式》〔J〕，《河北師範大學學報》1993 年第 1 期，第 29 頁。

〔註22〕范繼淹：《是非問句的句法形式》〔J〕，《語法研究和探索（二）》，北京：北京大學出版社，1984 年，第 88～102 頁。

〔註23〕張誼生：《從否定小句到話語標記》〔J〕，《語言研究輯刊》第十二輯，第 23 頁。

〔註24〕張誼生：《從否定小句到話語標記》〔J〕，《語言研究輯刊》第十二輯，第 27 頁。

想的去處。(何灝《蘇東坡詞傳》)

在文本篇章中,「始料未及」一類具有否定小句功能的詞語,具有明顯的話語標記功能,引出的是下文相對、相反甚至相背的情況,能引領讀者走入一種閱讀期待之外的體驗之中。

追加性銜接功能,如:

> 它那已被我們形式化了的少數幾個方面已經給了我們無法估量的數學財富,因此,不言而喻,我們應該使數學和自然科學廣泛交往。(佩捷、張本祥《從開普勒到阿諾德——三體問題的歷史》)

「不言而喻」一詞的出現,使得文意在前有命題的基礎上,再進一步做了很大的推進,具有深化、總結的功用。

「否定語素＋A＋否定語素＋B」式的四字成語,其本質上具有動態屬性,一般不作主語,在做謂語時,「它們都是單獨作謂語,後面不跟賓語或其他成分。」〔註25〕這種特點在近代漢語時期的明清小說中便有所體現:

> 「沒頭沒腦」:清·吳敬梓《儒林外史》第二十八回:「這些人雖常在這裡,卻是散在各處,這一會沒頭沒腦,往哪裏去捉?」

> 「沒裏沒外」:清·曹雪芹《紅樓夢》第56回:「若一味只管沒裏沒外,不與大人爭光,憑他生的怎樣,也是該打死的。」

「否定語素＋A＋否定語素＋B」式的四字詞,有的可以在現代漢語中前後移換,比如「沒臉沒皮」一詞:

> 老舍《龍鬚溝》:「〔大媽〕:丫頭片子,沒皮沒臉!」

5.2.3　委婉態四字否定成語

學界關於委婉態否定副詞的研究,大多集中於二字否定副詞的功用,比如「未嘗」「未必」「未始」「難免」「未免」「毋庸」等等。其實,在這類副詞的基礎上,還可衍生出新的四字構詞,發展出成語、熟語等固定結構,比如「未嘗不可」「未始不可」「在所難免」「毋庸置疑」等等。「未嘗不」「未始不」等結構,實際是具有開放性的固化詞彙成分,在古漢語中便有著多種形式的組合:

〔註25〕郭琪:《「不 X 不 Y」和「沒 X 沒 Y」格式的句法比較》〔J〕,《文化藝術》,2011 年第 3 期,第 51 頁。

　　君子之至於斯也，吾未嘗不得見也。（《論語》）

　　天下亦未嘗不治。（朱松《韋齋集》）

　　每賱小樊，未嘗不哽咽也。（馮夢龍《青樓怨》）

　　綜觀三例，「未嘗不」後接的「得見」「哽咽」「治」，語義限定都很狹窄，不像「未嘗不＋可」這樣，具有極為廣泛的語義適用範圍，這可能是為什麼「未嘗不可」能夠固化為成語表達的一個很重要的原因。

　　「難免」在古漢語中一直未能完全地獨立發展出成語形式，其呈現大都如下形式：

　　難免於咎，能勿虞乎！（王夫之《周易外傳》）

　　天下學者習而安焉，倏然改易，難免齟齬。（胡煦《周易函書》）

　　書生結習，固所難免。（方玉潤《詩經原始》）

　　就可查考的文獻來看，「在所難免」首見於清人李寶嘉《活地獄》第九回：「或者陽示和好，暗施奸刁的，亦在所難免。」「毋庸質疑」，「毋庸」是含有否定語素的構造，「毋庸質疑」是顯性否定與隱性否定結合的雙重否定形式，語義是肯定的。

5.2.4　相近功能成語的同構性

　　研究否定語素參與構詞的四字成語，我們可以發現，在表達某些特定涵義、特定功能的時候，來源於不同典故的成語，在否定語素的選取上，會有某種同構性規律。以「擢髮難數」「罄竹難書」為例，其結構均為「VN＋難＋V」式（「難」是表達隱性否定的詞）。「擢髮難數」出自《史記・范雎蔡澤列傳》，范雎問須賈有多少罪，須賈回答：「擢賈之發，以續賈之罪，尚未足。」「罄竹難書」出自《舊唐書・李密傳》，李密訴說隋煬帝十大罪狀，其中有「罄南山之竹，書罪未窮；決東海之波，流惡難盡。」兩者有著細微的區別，即「擢髮難數」側重於形容數不清；「罄竹難書」側重於形容寫不盡。

　　從這兩個成語的生成機制來看，實詞成分皆已固定，即「擢發□數」「罄竹□書」，《舊唐書・李密傳》的典故中，「未」「難」實為互文，因此在成語定型的過程中，「難」取代了「未」，成為「罄竹難書」成語定型過程中表隱性否定義的成分。不過，《史記・范雎蔡澤列傳》中，也是「未」字更容易嵌入成

語，沉澱成「擢髮未數」，但實際上，受了「罄竹難書」構詞的影響，「擢髮□數」也趨向同構，於是便形成了「擢髮難數」這一成語。

再進一步思考，我們還可發現，「罄竹難書」不僅對「擢髮難數」的成語化沉澱有影響，甚至在其成語生成之後，也施加著長久的影響，侵蝕其應用空間，一直到了近代漢語以後，形容罪惡，一般都首選「罄竹難書」，很少會想到去選用「擢髮難數」。實際上，如果摒除各類成語詞典的收入不計，「擢髮難數」基本上已經成為「死成語」中的一員。我們檢索「讀秀」數據庫，「擢髮難數」僅得 5054 條，而「罄竹難書」則有 31453 條，且很難查到「擢髮難數」在現代漢語中的應用實例，唯在文言書寫中尚一直延續至民國時期。

> 人民之疾苦，不可言喻，袁氏之罪，真擢髮難數也。（鄭逸梅《藝林舊事》）

> 夫中國偵探之黑幕也，人誰不知，擢髮難數。（付建舟《清末民初小說版本經眼錄》）

而「罄竹難書」在現代漢語中便有著活躍的應用：

> 罄竹難書的文字獄。（健君《江湖的故事》）

> 惡姑不慈，待如奴婢，酷不能忍，輒復自盡，女子的苦，真是罄竹難書人間少有。（張紅萍著《康有為與他身邊的女性》）

兩個成語的興替沉浮，一方面自然與源出典故的生僻程度、形象程度有關，另一方面也能看出成語形成之初的某些構造機理。

最後需要說明的是，成語的構造，有的更多是受典故來源文獻的影響，比如「不得不爾」，典故出自《三國志‧魏志‧司馬芝傳》：「今諸典農，各言『留者為行者宗田計，課其力，勢不得不爾。』」表示為環境所迫或有難言之隱而無可奈何。「不得不」具有封閉的內在整體性，實際上並不從屬於以上論及的基本形式，只能歸為自成一類的特殊形式。

5.3 「不 X」作為構詞成分對成語化的貢獻

根據《詞源》的解釋，成語是「習用的古語，以及表示完整意思的定型詞組或短語。」不過，在現代漢語中，有不少與成語同構的四字格固定表達，這類表達是否屬於成語，還有待討論。筆者更為關注的是，何以這些固定表達給

人以近似成語的直觀體驗？實際上，這有賴於漢語字詞組合的某些固定範式的影響，也可以稱作「類成語」〔註26〕或「成語化」。在本節，筆者擬提出這樣的觀點，並加以論證：「不 X」有時並不能構成獨立的詞語，但其往往會作為獨立單元，同另一詞語黏合，構成了穩定的四字成語。

5.3.1　「自強不息」型

首先需要解釋一下「自強不息」。「自強不息」源出《周易‧乾》：「象曰：天行健，君子以自強不息。」孔穎達疏曰：「天行健者，行者運動之稱，健者強壯之名……天行健者，謂天體之行，晝夜不息，周而復始，無時虧退，故云天行健。此謂天之自然之象，君子以自強不息，此以人事法天所行，言君子之人，用此卦象，自強勉力，不有止息。」〔註27〕在後世，「不息」並未形成獨立的詞彙，皆是作為四字詞的後半部分而存在，他如「川流不息」「烽鼓不息」「經久不息」「生生不息」，皆可為證。拓展開來，便可發現，「自強不息」實際上與「堅持不懈」「筆耕不輟」等成語也是同構的，類似的例證還有很多：

孜孜不輟、孜孜不懈、常備不懈、始終不懈

暗室不欺、傲慢不遜、把持不定、百讀不厭

百年不遇、百世不磨、百戰不殆、百折不撓

並行不悖

漢語裏沒有恰能與「不息」「不懈」「不輟」相對應的單音節詞，否定語素加負面消極意義的單音詞，恰好能夠組合成正向積極意義的構詞。

先看「不已」一詞，「不」為否定副詞，「已」為動詞，二者結合構成狀中結構，居於後置位置，「在漢語雙音句節韻律之制約下而不斷固化詞化」，陳寶勤通過「不已」的狀中結構、「不已」的正結構詞彙化、狀態動詞「不已」等角度進行了分析〔註28〕。再如「冰炭不投」：

今日見面，原想得一知己，豈知談了半天，竟有些冰炭不投。

（曹雪芹、高鶚《紅樓夢》第 115 回）

〔註26〕戴俊芬：《並列結構型成語於對外華語教學之功能》〔J〕，《應華學報》2010 年第 7期。

〔註27〕孔穎達：《周易正義》卷一，《十三經注疏》，清嘉慶刊本。

〔註28〕陳寶勤：《漢語詞彙的生成與演化》〔M〕，北京：商務印書館，2011 年，第 396～400 頁。

「不投」無法單獨成詞。再如「變化不測（變化莫測）」：

> 當是時，見王於北亭，猶高山深林，巨谷龍虎，變化不測。（韓
> 愈《殿中少監馬君墓誌》）

「不測」相對獨立，具有成詞的屬性。再如「百世不磨」：

> 千里之差，興自毫端，失得之源，百世不磨矣。（范曄《後漢書·
> 南匈奴傳論》）

其近義詞為「永不磨滅」，「不磨滅」與「不磨」同構。再如「寵辱不驚」「匕鬯不驚」「邊塵不驚」：

> 上曰：「隋煬帝勞百姓，築長城以備突厥，卒無所益。朕唯置李
> 世勣於晉陽而邊塵不驚，其為長城，豈不壯哉！」（司馬光《資治通
> 鑑·唐太宗貞觀十五年》）

「不驚」本身並非獨立的構詞，但其卻具有豐富的構造詞彙的能力。

> 筆耕不輟，書癖休醫。詩禮承家，長作蟾宮之想；朝昏挾策，
> 無貽螢燭之羞。（洪适《聚螢齋上樑文》）

「不」字在成語構詞機制中當然是很具有活性的，但也不是處處可用的萬金油，「不」的常用性只是為其在成語構造中提供可能性，其實現性還需要其他語言基礎和條件。比如多種成語詞典裏皆收錄了「鞭長莫及」「鞭長不及」兩個成語，但顯然，「鞭長莫及」比「鞭長不及」的應用要頻繁地多。

5.3.2 「不脛而走」型

在古代漢語中，很早就形成了「否定語素＋承接連詞」的固化結構，比如：

> 故君使其臣，得志則慎慮而從之，否則孰慮而從之？（禮記·
> 表記）

但此處，「否則」並未詞彙化，只是習慣上常黏合一體進行表義，只有到了近代漢語，「否則」才轉化為表示否定性假設的連詞。擴展開來，可以發現，「否定語素＋承接連詞」的表達形式在成語的沉澱過程中也發揮了很重要的作用，只不過有時會在兩個語素後加入名、動等語素，形成「否定語素＋X＋承接連詞＋X」的結構形式，如：

> 不期而至、不脛而走、不翼而飛、不言而喻、不辭而別、不期而
> 遇、不謀而合、不勞而獲（不勞而成）、不期而會、不教而殺、不藥

而愈、不打自招、不請自來

　　不一而足、不惡而嚴、不言而信、不期而然、不寒而慄、不歡而

散、不得而知、不勤而獲

成語「不脛而走」，典出漢・孔融《論盛孝章書》：「珠玉無脛而自至者，以人好之也，況賢者之有足乎？」後來在歷代應用中，固化成了「不脛而走」一詞。「不脛」本身並不能構成單獨的詞，但因有了表方式的「而」字作為連接詞，便構成了四字成語。同構的詞語還有「不翼而飛」等成語。

　　在此還可以討論一下含有否定語素「非」的成語。「非」在古漢語中是表示判斷的否定詞，在現代漢語中「非」表示否定判斷的功能被「不是」所替代，在一些沿用的成語以及固定結構還存有這種用法。「今非昔比」中的「非」就是表示對判斷的否定，這個格式具有完整的表判斷的功能，在語境中使用比較獨立，這種獨立性是「非」表判斷的功能所賦予的，從能產性上來看，這種「A 非 B 比」的形式在理論上具有能產性，「A」與「B」處於比較關係之中，A 與 B 是對立的，且 A 處於比較的優勢一端。「非」表示判斷所形成的成語還有「答非所問、學非所用」等，這種「A 非所 B」的格式能產性更強，還有不是四字結構的「所答非所問、所學非所用」等形式的固定語，這種格式中的 B 與 A 是有次序的承接關係，並且 A 與 B 在一定條件下可以形成對立關係，有問然後有答，學習之後去應用，而「問」與「答」，「學」與「用」在一定語境下可以形成對立關係。總而言之，「今非昔比」型成語是在「非」的表否定判斷的基礎所生成的。

5.3.3　從雙音節詞到四音節成語孳生過程中對否定成分的篩選

　　檢閱《現代漢語詞典》，可以找到許多組語義部分等值的雙音節詞：

　　　　不曾—未曾；不便—未便；不及—未及

　　　　不愧—無愧；不論—無論；不免—未免

　　　　不已—無已；無緣—沒緣；無邊—沒邊

　　　　不遂—未遂；不詳—未詳；不行—無行〔註29〕

　　在由雙音節詞向四字成語孳生的過程中，可以發現，有些否定語素構詞無

〔註29〕劉海波：《否定構詞「不／非／沒／未／無＋X」的語義關係》〔J〕，《語文學刊》2009 年第 6 期，第 74 頁。

法孳生為四字成語，有些則具有非常高的構詞活力，例如「未曾、不曾」一組皆無法構詞；「未便」無法構詞，「不便」可以構詞「不便水土」；「不及」很具有成語的構詞活力，常用成語有「措手不及、過猶不及」等，「未及」則無法構詞；「無緣」「無邊」可構「無緣無故」「無邊無際」，「沒緣」「沒邊」無法構詞。「不愧」無法孳生成語，而「無愧」則可構成「當之無愧、俯仰無愧、捫心無愧、問心無愧、於心無愧」，而「不愧」則更多地用於「不愧是」「不愧為」等評價性話語之中：

> 經典不愧是經典。（豆瓣影評）
>
> 十大經典的李小龍片段，不愧是工夫之王。（鳳凰網）
>
> 不愧為人間仙境，太讓人喜歡了。（百家號）

總結來說，偏書面語的否定語素和偏口語的否定語素大都能構成雙音節詞，但在由雙音節詞向四字成語孳生的過程中，偏口語的否定語素大都被篩落，而偏書面語的否定語素則成為了構造成語的主幹。

另外，還值得關注的是雙否定語素詞向四字成語的孳乳。雙否定語素詞指的是雙音節詞由兩個不同的否定語素黏合而成，如「無非」「不無」「無不」「莫非」「莫不」等等。在由雙音節詞向四字成語衍化的過程中，只有「不無」有「不無小補」的構詞，其他常用表達如「無不稱賞」「無不讚歎」「莫不嗟歎」等等，並未進入成語詞典。檢索「不無小補」一詞：

> 後來瞧見上海出的報紙，曉得上海有個求志書院，寧波有個辦志文會，膏火獎賞，著實豐富，倘能一年考上幾個超等，拿來津貼津貼，倒也不無小補。（《文明小史》第十四回）

可見，「不無小補」實際仍是短語的性質，只不過因為比較偶然的因素被收錄進了成語詞典。需要注意的是，否定存在不同的類別，「從方式與功用來看，可以分為單一否定與雙重否定、多重否定，客觀否定與主觀否定，間接否定與直接否定等多個方面。」〔註30〕比如「免俗」一詞，「免」是隱性否定，「未能免俗」則屬於顯性和隱性雙重否定。

在四音節成語固化的過程中，「沒＋A＋沒＋B」由於表意更加俗化，適用於白話，在語言使用中具有較強的活力，如：

〔註30〕張誼生：《現代漢語副詞闡釋》〔M〕，上海：上海三聯書店，2017 年，第 146～147 頁。

　　　　沒眉沒眼、沒輕沒重（沒深沒淺）、沒完沒了、沒日沒夜（沒白

　　沒黑、沒晌沒夜）、沒頭沒臉、沒顛沒倒、沒臉沒皮、沒根沒據、沒

　　老沒少、沒大沒小、沒家沒舍、沒牽沒掛、沒親沒故、沒條沒理、

　　沒心沒肺

　　學界已有研究如易美丹《「沒 X 沒 Y」格式的句法、語義及語用考察》〔註31〕對「沒 X 沒 Y」格式的內部構成成分、句法功能、語義類型、強調結構語用類型、構詞的發展規律及趨勢等進行了研究。「沒＋A＋沒＋B」哪些屬於成語，哪些是臨時性的用法，不同的成語詞典對其處理也有所不同。

　　即便是約定俗成而通用的成語，「沒＋A＋沒＋B」也可以進行同構性的模仿，例如「無法無天」是書面語、口語都比較通用的一個成語，具有充分的語義承擔功能。但在成語詞典中另收一「沒法沒天」：

　　　　你是那裏的這麼個橫強盜，這樣沒法沒天的！我偏要打這裡走。

　　（曹雪芹、高鶚《紅樓夢》第一百十回）

　　從近代漢語以來，「沒」就屬於一個口語色彩相對較為濃厚的否定語素，「沒法沒天」的應用，儘管其表義與「無法無天」相當，但從語感上講，能體現出說話的主人公犀利潑辣的性格特點。

　　「否定語素＋A＋否定語素＋B」式的四字成語，在語義感情色彩層面，要比單獨的「否定語素＋A」「否定語素＋B」更為強烈。「沒羞沒臊」要比「沒羞」「不害羞」表義更具有批判深度；「沒臉沒皮」則要比「沒臉」更具有羞辱意味。當然，也不能一概而論，張寶梁就提到，在現代漢語中，「沒條理」「沒條沒理」〔註32〕語義轉變就不大。

　　最後，再以「頭腦——沒頭腦——沒頭沒腦」為例看一下，雙音節和三音節以及四音節詞語之間的關聯。

　　　　「呵，怎麼也來了？」王榮昌很慌張地沒頭沒腦說了這麼一句。

　　（茅盾《動搖》）

　　「頭腦」是名詞，有三個意思：

〔註31〕易美丹：《「沒 X 沒 Y」格式的句法、語義及語用考察》〔D〕，暨南大學碩士學位論文，2008 年，第 1 頁。

〔註32〕張寶梁主編：《漢俄翻譯詞典》（上、下），北京：商務印書館，1995 年，第 1293頁。

一是「腦筋；思維能力」；二是「頭緒」；三是在口語中表示「首領」。

「沒頭腦」有兩個意思：

一是「頭腦簡單，糊塗」；二是「沒有頭緒」。

「沒頭沒腦」有三個意思：

一是「形容說話、做事頭緒不清或缺乏條理」；二是「沒有來由」；三是指「不顧一切」。

「沒頭腦」的兩個意思分別與「頭腦」的兩個意思相對應，「沒頭沒腦」的第一個意思對應於「頭腦」的第二個意思。第二個意思中「頭腦」所體現出的「來由」義，是在「沒頭沒腦」的結構中生成的，「頭」與「腦」嵌入「沒⋯⋯沒⋯⋯」的格式之中，受到否定語素「沒」的阻隔，而生成「來由」的意義。「沒頭沒腦」的第三個意思意義的融合程度更高，「頭」、「腦」「頭腦」的意思不能從中離析出來，是整體性地表義。「頭腦——沒頭腦——沒頭沒腦」體現了詞義的表達受制於結構形式，在不同的結構形式中詞彙會呈現出不同的詞義表達，這也增強了漢語表義系統的豐富性。

5.4　本章小結

成語是定型化的固定結構，是現代漢語詞彙中的重要組成部分。本章的研究著眼於含有否定語素的成語，分析否定語素在成語構建中的作用，以此來探討成語的生成機制問題。許多成語是「二二」式結構，這使得成語很容易在形式上表現出對稱性特點。並列式成語主要有「合掌式」並列和「反合式」並列兩種，在兩種不同的並列形式中成語也表現出不同的語義規律，並列式成語的生成有著文化因素的驅動，集中體現了漢語詞彙的節律性和對稱性。含有否定語素是我們所討論對象的形式特點，成語中的其他成分會在否定語素的激活下，提取與結構相適應的語義成分。在基本的表義功能之外，成語也以內部成分替換的方式表現出豐富性的一面，而有些成語的微變也促動了其語義的調整，從而適應不同的語言環境。

漢語的句法層面存在著「冗餘否定」的現象，與否定成分一般在語言中語義凸顯不同，「冗餘否定」指的在句子或短語中，否定成分不是意義理解的必

須成分，成語中同樣存在這樣的現象。比如「半飽不饑」中的「不」，實際上在含有否定語素的冗餘否定中也存在語義脫落的現象。有的含有否定語素的成語還具有否定小句的功能，在交際中起到鋪墊性銜接、確認性銜接以及轉折性銜接等功能。有的含有否定語素的成語具有表委婉態的功能，有的是通過雙重顯現否定顯現，有的則是通過顯性否定與隱性否定的結合實現。來源於不同典故的成語，在否定語素的選取上，會有某種同構性規律，但成語的構造更多的是受典故來源文獻的影響。

　　有些「不 X」不能作為獨立的詞使用，但往往會作為獨立單元同另一詞義結合，構成穩定的四字成語，如「自強不息」中的「不息」。漢語中沒有恰好能與「息」「懈」「輟」等相對應的單音詞，附加否定語素後，能夠組合成為表正向積極意義的詞彙成分。「不」是成語構造中最具有活力的否定成分，但是「不」的常用性只是為其在成語構造中提供了可能性，其實現性還需要其他的語言條件。在由雙音節詞向四字成語的孳生的過程中，有些否定語素構詞無法孳生為四字成語，有些則具有比較強的構造能力。成語表義大都比較文雅，在由雙音節詞向四字成語孳生的過程中，更傾向於選擇具有書面語性質的否定語素構詞。同一語素在雙音節詞、三音節詞以及四字成語中會呈現不同的詞義表達，這也體現了漢語表義系統的豐富性。

第 6 章　結　語

6.1 「否定語素＋X」中否定語素的語義功能

漢語的否定詞系統十分發達，楊伯峻、何樂士〔註1〕所列單語素否定詞就有20個：

> 不、非、弗、否、棐、匪、毋、勿、無、罔、亡、蔑、靡、莫、
> 未、末、曼、沒、休、別

這 20 個否定詞是泛時層面而不是共時層面。實際上，漢語否定詞系統一直處於演變的過程中，其系統內部成員的更迭以及不同否定詞功能交叉的現象一直歷時存在著。毋庸置疑，否定詞系統的演變影響著漢語否定語素的構詞狀況。

從古至今，一直存在且功能基本穩定的否定詞是「不」，不同否定語素在構詞能力上存在不均衡性，「不」是構詞能力最強大的否定語素，「不＋X」與「無｜非｜未＋X」存在著意義基本一致的構詞，否定語素不同，但在複合詞中的語義功能基本相同，如：

> 不及②—無及　不論①—無論　不妨—無妨②

〔註1〕楊伯峻、何樂士：《古漢語語法及其發展》〔M〕，北京：語文出版社，1989 年版，第 320～330 頁。

　　不唯—非唯　　不但—非但　　不獨—非獨

　　不曾—未曾　　不免—未免②　不遂—未遂

　　這些對應組中的「無、非、未」語義功能相當於「不」，「不」作為一個應用最為廣泛的否定語素，在構詞中，表現出多義性，表現出與其他否定語素相同的語義功能，在某些構詞中，其他否定語素也可以語義類化，語義趨向一般化，與「不」的表義相同。值得一提的是，「沒」與「不」沒有出現與同一語素構詞而意義相同的情況，這是因為，「沒」產生後與「不」功能分工明確，意義區別明顯，因此，在詞彙層面上沒有形成同素同義構詞。同時，我們也看到，這些不同否定語素所構成的意義一致的複合詞，都是形成於古代漢語時期，古代漢語的否定詞系統內部成員功能和意義存在重疊，但是進入現代漢語時期，否定詞的意義和功能逐漸穩定下來。

　　儘管存在以上不同否定語素與同一「X」構詞意義一致的現象，但是否定語素在參與構成的複合詞中表現突出的還是其語義功能的差異性。根據尹海良所總結的類詞綴的兩個判定條件〔註2〕「一是由實詞虛化但是虛化不徹底，仍保留實詞語素義，二是在構詞上具有黏著性和能產性」，否定語素中「不、無、非」可以歸為「類前綴」，「沒」在與其他語素結合時，黏著性不強，「未」作為文言詞彙，在現代漢語中已經失去了能產性，不具有「類前綴」的性質。

　　從詞性上來看，「不、非、未」是副詞，作為副詞性成分與「X」結合所構成的複合詞的結構主要是狀中結構，「X」可以為動詞性成分、形容詞性成分、副詞性成分等。當「X」為名詞性成分時，這是偏離原型範疇的構式，它們在副詞語義的壓制下，大大衰減了其指稱性功能，更加突顯了該名詞所表事體的「典型特徵」〔註3〕。與此過程類似，但是具體表現不同的是「無、沒」與動詞性成分的結合，「無、沒」具有動詞性和副詞性兩種性質，作為動詞性否定語素參與構詞時，主要是與名詞性成分結合，當「X」為動詞性或形容詞性成分時，在「無、沒」的壓制下，「X」基於概念結構，發生名物化，通過名物化，過程（動詞）和特徵（形容詞）被重新用名詞來識解，在名詞詞組中作為事物，進而可被分類、定性、定量、指認和描述〔註4〕。當偏離原型的非典型成分出

〔註2〕尹海良：《現代漢語類詞綴研究》〔D〕，山東大學博士學位論文，2007 年。

〔註3〕王寅：《漢語「副名構造」的認知構造語法分析法——基於「壓制、突顯、傳承、整合」的角度》〔J〕，外國語文，2009 年第 4 期。

〔註4〕楊波：《解讀概念語法隱喻》〔J〕，外國語文，2018 年第 6 期。

現在「否定語素＋X」構式中，否定語素的性質不同，對「X」的壓制過程也不一致。「X」由名詞性向形容詞性的轉化，或者謂詞性成分的名物化，體現的都是不同性質的否定語素在構詞過程中對符合構式要求的語義成分的提取。

在否定語素構詞中，否定語素最重要的語義功能就是表示否定，不同的否定語素所表示的否定概念存在差異，如「無、沒」表示對存在的否定，「不、非」表示對「是」的否定，但總體來看都是表示否定義。但是在有些否定語素構詞中，否定語素的否定義有的磨損弱化甚至消失。在詞彙化的過程中，否定性成分由句法成分成為詞內成分，作為句法成分的否定性成分其否定義凸顯，成為詞內成分後，功能降級，伴隨著由獨立性向黏著性發展，其否定義出現弱化，有的「否定語素＋X」黏合成詞後還進一步虛化，在語法化的過程中，語義虛化，進一步失落否定義，不再表真值語義，如虛詞「不＋X」中「不」的語義難以離析，只能從整體上把握虛詞的意義，而在由「行域」向「知域」和「言語」的功能擴展中，有的虛詞「不＋X」演變為話語標記，起話語組織功能，從而在語境中失落否定義。否定成分在詞中發生脫落還可以從方言中找到證據，比如，紹興柯橋話中有一個表達建議的標記「妨」相當於普通話的「不妨」，不過只能附著於動詞短語之後，而不能用在動詞短語之前〔註5〕。如「藥水諾先孰些過去用用妨」，其語義相當於現代漢語中「你不妨先拿一些藥水過去用用」，正是「不」的意義弱化導致語音弱化從而造成形式上的脫落。洪波、董正存〔註6〕指出「非 X 不可」可以脫落「不可」，這是否定語素在結構中的脫落，與其在詞內的脫落機制一致，都是由語法化中語義虛化引起的。

否定語素在複合詞中的表義功能不同在英語中也同樣表現明顯，英語中的「否定語素」構詞表現為帶有否定詞綴的詞。英語中有不少表示否定的詞綴〔註7〕，其中前綴有：non-、dis-、un-、in（im、ill、ir）-、a（an）-，後綴有-less，這些否定詞綴原來也大都是獨立的詞，到了現代英語都不能獨立使用了。語言學上，詞綴否定的意義表現問題，一直存在著長期的爭論。Horn〔註8〕提出了表缺概念的參項〔-Loc〕，試圖分析表缺的概念和表對立或矛盾

〔註5〕 盛益民、陶寰、金春華：《脫落否定成分：複雜否定詞的一種演變方式》〔J〕，中國語文，2015 年第 3 期。

〔註6〕 洪波、董正存《「非 X 不可」格式及其語法化過程》〔J〕，中國語文，2004 年第 3 期。

〔註7〕 陳平：《英漢否定結構對比研究》〔D〕，中國社會科學院學位論文，1981 年。

〔註8〕 Horn: A Natural History of Negation. Chicago: University of Chicago Press.

的否定概念之間的關係，認為英語中的否定詞綴可以表達各種各樣的表缺的、否定的（對立的和矛盾的）概念。Rochelle Lieber〔註9〕試圖依賴一個較大的具有代表性的樣本，來說明每個否定詞綴所附著的詞類範圍以及每個否定詞綴在詞彙中表現出的多義性。Lieber 在《形態學和詞彙語義學》中的主要假設是語義框架是以一個簡潔的個體特徵為基礎，如在討論否定詞綴時提出的〔-Loc〕表缺特徵，在這樣的視角下，可以看到多個意義重疊的詞綴的存在，這種多義性是源自詞綴和不同意義的詞基相互作用而產生的抽象的意義，由此，提出否定詞綴表現出來的語義差異：表缺、對立否定、矛盾否定和相反，這些差異取決於所附著的詞基的類型。詞綴形式所表現出的可以多義性歸因於詞綴語義和詞基語義之間的相互作用。這與我們對漢語否定語素構詞考察所得出的結論是基本一致的。

　　否定詞由句法成分向詞內成分過渡過程中，否定義的弱化也是促使否定語素與「X」黏合的重要因素。梁曉波分析否定在語義學中的特點時指出，當否定義由相關的否定詞加上一個肯定的表述時，其否定之義就會相對弱一些〔註10〕。否定義由凸顯到弱化是否定語素與「X」黏合過程總的伴隨現象，也是促動其黏合發生的因素。否定義的弱化在「否定語素＋X」詞語詞彙化語法化的過程中是持續進行的，如「非常」中的「非」在與「常」的黏合過程中，由表示否定判斷，到判斷義消失，只存在否定義，最後否定意義也弱化以致消失。通過對否定語素在詞內的語義表現進行分析，我們發現，否定語素在複合詞中，很多情況下並不表示完全的否定，就像由柏拉圖給予否定的簡單化定義「他物」，不過這個「他物」並不完全脫離與肯定的關係。在哲學上，黑格爾認為「否定使兩個有差別或對立的事物產生了中介，發生了聯繫」〔註11〕，在語言中，否定的作用更是如此，語言中否定更為複雜，更多的是表達「不完全的否定，有等差的否定」。否定語素與「X」黏合後，產生新的語義內容，內涵也更為豐富。「否定的結果作為規定了的否定，包含著新的內容，是它和它的對立物的統一；並且作為新的概念，它比先行的概念更高、更豐富。」〔註12〕比如，「不＋X」都

〔註9〕 Rochelle Lieber: Morphology and Lexical Semantics. Cambriage: University of Cambriage Press. 2004.
〔註10〕 梁曉波：《否定的認知研究》〔J〕，外語研究，2004 年第 5 期。
〔註11〕 潘世墨：《邏輯的「否定」概念簡析》〔J〕，哲學研究，1998 年第 7 期。
〔註12〕 潘世墨：《邏輯的「否定」概念簡析》〔J〕，哲學研究，1998 年第 7 期。

具有了「可能」義，不免（免不了），不定（說不定），不料（料不到），不禁（禁不住）等，可能義的產生是「不＋X」構式所產生的，體現出了否定義的弱化，同時也表現出了更為豐富的語義內容，否定結構可以帶來語義的相對弱化，這種相對弱化的否定語義給大量複音詞的產生提供了契機〔註13〕。

在漢語新詞語構詞中表現較為活躍的是「無」和「非」。「無」和「非」由否定詞發展為具有能產性的附綴性成分，由於意義實在歸類為類前綴，但實際的構詞方式是派生法。否定語素「無」和「非」構成的「無X」和「非X」成為附綴式詞語模〔註14〕，這種結構具有能產性和類推性，在這樣的構詞中，「無」表示「完全沒有」、「量值極小，可以忽略」義，如商品名稱中的「無糖、無污染、無公害、無添加」等。「非」表示一種矛盾關係，即「非X」和「X」不可能同時為真，只能二者選其一，如食品包裝上常見的「非油炸」等〔註15〕。有的結合緊密，使用頻率高，發生詞彙化，被詞典收錄，如「無糖」「無菌」等，有的則仍屬於短語，如「非轉基因」等。新生成的「非＋X」「無＋X」中「非」和「無」的否定意義是凸顯的。「非」和「無」應用於新詞語構詞，與仿譯外語詞有關。董秀芳在《漢語詞綴的性質與漢語詞法特點》〔註16〕中提出「現代漢語中很多詞綴的構詞能力很強，但生成能力卻不強」。構詞能力是通過對現有詞的結構模式的數據分析，得出構詞數量佔優勢的詞的結構模式，是靜態的；生成能力則是指有相當的數量分布，同時又是能產性較強的一種結構方式，是動態的〔註17〕。否定類詞綴中，「不」的構詞能力強，而「非」和「無」是具有較強動態生成能力的否定類前綴，「非＋X」「無＋X」詞語生成模式的存在，適應了新時期新元素進入日常生活語言表達的需要，同時也豐富了漢語詞彙的表達。

〔註13〕金穎：《漢語否定語素複合詞的形成演變研究》〔M〕，廣州：廣東人民出版社，2011年版，第253頁。

〔註14〕張誼生：《當代新詞「零X」詞族探微——兼論當代漢語構詞方式演化的動因》〔J〕，語言文字應用，2003年第1期。

〔註15〕楊黎黎：《漢語商品名稱中的派生式構詞：否定性詞綴、類詞綴和動語素》〔J〕，《學術交流》，2018年第2期。

〔註16〕董秀芳：《漢語詞綴的性質與漢語詞法特點》〔J〕，《漢語學習》2005年第6期。

〔註17〕卞成林：《漢語工程詞論》〔M〕，濟南：山東大學出版社，2000年版，第101～147頁。

6.2　本研究的認識與創新

本書主要研究了現代漢語否定語素構詞的諸方面問題，涉及到詞語的形式和意義、詞義的演變以及同素構詞對比分析等各層面的漢語詞彙學問題。

「否定語素＋X」詞彙的研究，有利於加深對現代漢語否定概念的理解，「否定概念」涉及語言的各個層面，在詞彙層面是，有的有形式標記，有的沒有形式標記，形式標記一般需要有「不、沒、非、未、無」等否定語素的參與，但並不是只要有否定語素參與其間就構成否定關係，「X」與「否定語素＋X」之間的語義對應關係是複雜的，體現了形式和意義的對應性以及不對應性。文章通過個別研究與對比研究相結合的方式，考察同一個否定語素構詞的個性以及不同否定語素同素構詞的共性和差異，基於詞典義項的研究，對不同詞義之間關係的認知有可依託的依據，通過義項的對比，能夠觀察同素構詞語義所存在的對應性及不對應性，而不對應性往往是分析不同否定語素構詞的依據所在。探求「否定語素＋X」這一具有形式共性的詞彙聚合體的語義生成機制，在這個過程中關注否定語素與「X」的互動，否定語素進入詞彙構式的語義調整和不同否定語素的語義語法特點對「X」不同語義成分的激活。

在漢語詞彙雙音化的趨勢下，否定語素作為構詞成分參與構詞，在形式上起到了補充音節的作用，不同的否定語素對「X」選擇的傾向性不同，符合原型構式的詞其詞義與語素義的關係單純，詞義透明度高，而不符合原型構式中「X」會受到構式的壓制，通過被激活出的其他語義成分和性質，向典型性用法靠近，這符合認知的規律，人們在識解原型樣本時最省力，在理解構式中的邊緣成分時容易向原型樣本靠近。在「否定語素＋X」的詞彙化和語法化過程中，有的否定義弱化以至消失，否定語素是促動詞彙虛化的一個可能性因素，在虛化的過程中，主觀性增強，語義功能由「行域」擴展到「知域」和「言域」。從語言的發展變化規律來看，在長時段的歷時領域是有規律可尋的。詞彙的發展並不單線，也不固守封閉的詞彙系統，在否定語素與其他語素黏合詞彙化的進程中，也植入了語義的深層含義，通過穩定的結構或靈活的構詞能力，容易擴展並產生新的構詞。文章還以「不＋X」為例探究了否定語素構詞後詞義色彩的傾向性，「不＋褒義或中性成分」構成帶貶義色彩的詞佔優勢，解釋的是「不 X」詞義的感情色彩為何會表現出如此的傾向性，涉及語

言表達的禮貌原則和模糊原則，對照英語中的同類構詞也表現出了這樣的傾向性，從語言功能的角度，更能解釋這些跨語言的共性。

探究「否定語素＋X」的構造機制，其實也涉及了語言系統內部的貶抑機制，並可對新的語言現象的成因提供解釋框架，在成語部分試圖以成語所呈現出的構造形式入手探求成語生成的機制，以往的成語研究主要關注成語的來源、形式、意義以及句法功能，對成語的構造機制鮮有關注，本文對含有否定語素的成語採取新的觀察視角，關注成語的生成以及在生成過程之中否定語素和其他成分的互動，對成語構造機制的分析能夠為新生的還未進入詞典的新生成語提供分析研究的模式，豐富成語研究的成果。

否定概念是各個學科領域都關注的問題，在研究漢語否定語素的構詞中，參照邏輯學以及哲學中對否定概念的闡釋，從否定的角度切入，關照否定在不同領域中的表現形式及其相互影響，更深刻地認識語言的本質和功能。

總體來看，本文研究所得主要體現在以下幾個方面：第一，以往對否定語素構詞的研究主要集中於對否定詞的研究和句法層面上否定形式的表現，而對否定語素構詞的關注不多，尤其是對不同否定語素構詞的對比性分析更是鮮見，本文對具有較強構詞力的「不、無、沒、非、未」的構詞進行內部分析和外部比較，試圖揭示否定語素在詞彙層面的表現和構詞規律，通過不同否定語素構詞的特點分析以及對比，能夠更深刻地認識否定範疇的系統性、差異性和複雜性，通過不同否定詞的歷時性差異和共時性差異在構詞中的體現，深化對漢語否定系統的理解。

第二，在否定語素構詞分析和對比過程中，主要關注詞彙形式和意義之間的關係問題。語言是形式和意義的結合體，而形式和意義的對應關係是複雜的，否定語素構詞中，有的形式和意義嚴整對應，有的形式和意義出現脫節，文章對脫節現象給出一定的解釋，其中涉及標記理論、詞彙化、語法化、主觀性和主觀化、重新分析、原型理論和範疇化等機制和原則的互動。

第三，「否定語素＋X」實際上是不同否定語素所形成的構式，在構式中，否定語素在典型意義的基礎上發生微調，表現更為明顯的是在不同的否定語素構詞框架下，「X」受到壓制，其不同的語義成分被激活，以靠近構式原型，這個不同於傳統理論所解釋的「活用」，更加關注的是整體構式的影響，對邊緣化的非典型的構詞作出統一化的解釋，以構式的視角深化對漢語詞義和語素義關

係的理解。

第四，文章試圖以含有否定語素的成語為例探討成語的生成問題，在以往對成語形式和意義以及來源研究的基礎上，在詞彙學的視角下梳理成語生成的可能性和現實性問題，對「成語化」理論作一定的探索，豐富成語的研究成果。

除此之外，語言中否定範疇的研究，勢必要關涉到邏輯學和哲學領域中的否定問題，否定的研究為溝通和對比這些領域的共通性問題提供了依據，否定涉及到更多本質性問題的探尋，本文也試圖在這個交叉點上作出一些研究方法上的嘗試。最後，否定也具有語言對比的意義，在某些語言現象上，本文通過英語和漢語中否定形式所表達的意義的對比，探求對語言普遍起作用的認知心理原理，進一步發掘語言的共性和個性。

6.3　有待進一步研究的問題

本文試圖全面梳理否定語素構詞的相關問題，取得了一定的認識，但是仍存在諸多不足，主要表現在：

第一，否定語素構詞的研究建立在漢語否定系統現有的研究之上，漢語的否定系統涉及諸多層面，漢語否定詞系統從古漢語到現代漢語的演變既具有穩定性又具有變化性，否定詞內部的變化，不僅是否定詞的增加、消失和替換，還涉及到功能和意義的調整。在句法層面，否定的表現形式更是複雜多樣，有標記性的和無標記性，否定的轄域和焦點等等都與詞彙層面的否定有著密切關係，本文對此的認識不足勢必影響到對否定語素構詞的研究，否定語素構詞的特點和規律還有待於在充分瞭解漢語否定系統的基礎上進一步深化。

第二，本文在某些章節引入了漢英對比，否定是普遍存在於人類語言中的，肯定和否定是語言的基本範疇，研究語言詞彙中的否定語素構詞具有類型學意義，本文對不同類型語言材料的掌握有限也影響了以否定概念為視角的語言對比。

第三，文章涉及哲學和邏輯學領域的否定概念，否定概念在不同的領域中都是重要的研究問題，充分理解不同領域對否定的研究能夠更深刻地認識語言詞彙中的否定構詞，而囿於學科背景知識的缺陷，沒能充分發掘否定在不同領域中的表現和相互影響，這方面的研究還有待於在更加全面的學習基礎上繼續深入。最後，含否定語素類成語的研究還只是未成型的嘗試，詞例的

分析大多是舉例性的，進一步研究的深入需要建立在大規模語料的基礎上系統性地展開，希望能夠在此基礎上提出「成語化」的概念，「成語化」是在「詞彙化」基礎上所提出的研究從未定型成語到定型成語的過程，成語的生成機制只是其中的一部分，在後續的研究中將在生成機制的基礎上繼續深入研究。

　　此外，「否定語素＋X」並非兀然地出現在某一階段某一地域之中，在方言中，「否定語素＋X」究竟具有怎樣的形式和機制，也有待於專門進行探討。儘管本文嘗試就不同的否定語素如「不、非、無、未、沒」等與「X」進行組合的特點進行和橫向切面的比較，但有層次性的理論總結還有待於後續更深入的研究。

參考文獻

一、工具書

1. 蔡向陽、孫棟、艾家凱：《漢語成語分類大辭典》〔Z〕，武漢：崇文書局，2008年版。
2. 馮志純：《現代漢語用法詞典》〔Z〕，成都：四川辭書出版社，2010年版。
3. 谷衍奎：《漢字源流字典》〔Z〕，北京：華夏出版社，2003年版。
4. 呂叔湘：《現代漢語八百詞》〔Z〕，北京：商務印書館，1999年版。
5. 李科第：《成語辭海》〔Z〕，西安：陝西人民出版社，2003年版。
6. 任超奇：《中華成語大詞典》〔Z〕，武漢：崇文書局，2006年版。
7. 宋子然：《100年漢語新詞新語大辭典》〔Z〕，上海：上海辭書出版社，2015年版。
8. 阮智富、郭忠新：《現代漢語大詞典》〔Z〕，上海：上海辭書出版社，2009年版。
9. 溫端政、沈慧雲：《通用成語詞典》〔Z〕，北京：語文出版社，2002年版。
10. 王濤等：《中國成語大辭典》〔Z〕，上海：上海辭書出版社，2007年版。
11. 《現代漢語常用詞表》課題組：《現代漢語常用詞表（草案）》〔Z〕，北京：商務印書館，2008年版。
12. 徐復：《古代漢語大詞典》〔Z〕，上海：上海辭書出版社，2007年版。
13. 張寶梁主編：《漢俄翻譯詞典》〔Z〕，北京：商務印書館，1995年版。
14. 中國社會科學院語言語言研究所詞典編輯室：《現代漢語詞典》〔Z〕，商務印書館，2016年版。
15. 中華書局編輯部：《中華古漢語詞典》〔Z〕，北京：中華書局，2006年版。

16. 趙應鐸：《漢語典故大詞典》〔Z〕，上海：上海辭書出版社，2010 年版。

17. 中國社會科學院語言研究所詞典編輯室：《現代漢語詞典》（第 7 版）〔Z〕，北京：商務印書館，2016 年版。

18. 中國社會科學院語言研究所詞典編輯室：《現代漢語詞典》（第 6 版）〔Z〕，北京：商務印書館，2012 年版。

19. 中國社會科學院語言研究所詞典編輯室：《現代漢語詞典》（第 5 版）〔Z〕，北京：商務印書館，2005 年版。

20. 中國社會科學院語言研究所詞典編輯室：《現代漢語詞典》（2002 年增補本）〔Z〕，北京：商務印書館，2002 年版。

21. 中國社會科學院語言研究所詞典編輯室：《現代漢語詞典》（1996 年修訂本）〔Z〕，北京：商務印書館，1996 年版。

22. 中國社會科學院語言研究所詞典編輯室：《現代漢語詞典》（第 1 版）〔Z〕，北京：商務印書館，1978 年版。

二、專　著

1. 卞成林：《漢語工程詞論》〔M〕，濟南：山東大學出版社，2000 年版。

2. 陳望道：《中國文法革新論叢》〔M〕，北京：商務印書館，1987 年版。

3. 陳平：《漢語的形式、意義與功能》〔M〕，北京：商務印書館，2017 年版。

4. 陳平：《現代語言學研究——理論、方法與事實》〔M〕，重慶：重慶出版社，1991 年版。

5. 陳寶勤：《漢語詞彙的生成與演化》〔M〕，北京：商務印書館，2011 年版。

6. 常敬宇：《漢語詞彙與文化》〔M〕，北京：北京大學出版社，1995 年版。

7. 董為光：《漢語詞義發展基本類型》〔M〕，武漢：華中科技大學出版社，2004 年版。

8. 董秀芳：《詞彙化：漢語雙音詞的衍生和發展（修訂本）》，北京：商務印書館，2011 年版。

9. 董秀芳：《漢語的詞庫與詞法》〔M〕，北京：北京大學出版社，2016 年版。

10. 董秀芳：《漢語詞彙化和語法化的現象與規律》〔M〕，上海：學林出版社，2017 年版。

11. 丁聲樹：《漢語語法系統》〔M〕，北京：商務印書館，1961 年版。

12. 符淮青：《現代漢語詞彙》〔M〕，北京：北京大學出版社，2004 年版。

13. 高名凱：《漢語語法論》〔M〕，上海：開明書店，1948 年版。

14. 葛佳才：《東漢副詞系統研究》〔M〕，長沙：嶽麓書社，2005 年版。

15. 葛本儀：《現代漢語詞彙學（修訂本）》〔M〕，濟南：山東人民出版社，2004 年版。

16. 葛本儀：《漢語詞彙研究》〔M〕，濟南：山東教育出版社，1985 年版。

17. 蔣冀騁、吳福祥：《近代漢語綱要》〔M〕，長沙：湖南教育出版社，1997 年版。

18. 蔣紹愚：《古代漢語詞彙綱要》〔M〕，北京：北京大學出版社，1989 年版。

19. 金穎：《漢語否定語素複合詞的形成演變研究》〔M〕，廣州：廣東人民出版社，2011 年版。

20. 呂叔湘：《漢語語法分析問題》〔M〕，北京：商務印書館，1979 年版。

21. 呂叔湘：《語文雜記》〔M〕，上海：上海教育出版社，1984 年版。

22. 黎錦熙：《新著國語文法》〔M〕，上海：商務印書館，1957 年版。

23. 劉洋：《漢語帶「不」成語的多維考察》〔M〕，武漢：華中師範大學出版社，2015 年版。

24. 劉叔新、周薦：《同義詞語和反義詞語》，商務印書館〔M〕，北京：商務印書館，1992 年版。

25. 李宇明：《漢語量範疇研究》〔M〕，武漢：華中師範大學出版社，2000 年版。

26. 李如龍，蘇新春：《詞彙學理論與實踐》〔M〕，北京：商務印書館，2001 年版。

27. 廖光蓉：《語言類型學視域下的詞概念框架認知研究》〔M〕，長沙：湖南師範大學出版社，2015 年版。

28. 劉全花：《現代漢語禮貌語言研究》〔M〕，鄭州：鄭州大學出版社，2011 年版。

29. 李宗江、王慧蘭：《漢語新虛詞》〔M〕，上海：上海教育出版社，2011 年版。

30. 劉叔新：《漢語描寫詞彙學》（重排本）〔M〕，北京：商務印書館，2013 版。

31. 陸志韋等：《漢語的構詞法》〔M〕，北京：科學出版社，1957 年版。

32. 李仕春：《漢語構詞法和造詞法研究》〔M〕，北京：語文出版社，2011 年版。

33. 潘海峰：《漢語副詞的主觀性與主觀化研究》〔M〕，上海：同濟大學出版社，2017 年版。

34. 任學良：《漢語造詞法》〔M〕，北京：中國社會科學出版社，1991 年版。

35. 沈家煊：《不對稱和標記論》〔M〕，南昌：江西教育出版社，1999 年版。

36. 石毓智：《漢語肯定和否定的對稱與不對稱》〔M〕，北京：北京語言大學出版社，2001 年版。

37. 石毓智：《漢語語法》〔M〕，北京：商務印書館，2010 年版。

38. 施春宏：《詞義結構和詞語調節的認知研究》〔M〕，北京：北京語言大學出版社，2015 年版。

39. 沈家煊：《不對稱和標記論》〔M〕，南昌：江西教育出版社，1999 年版。

40. 索緒爾著，張紹傑譯：《普通語言學教程》〔M〕，北京：商務印書館，1980 年版。

41. 王力：《中國現代語法》，〔M〕，北京：商務印書館，2011 年版。

42. 王力：《漢語史稿》〔M〕，北京：中華書局，1980 年版。

43. 王毅：《〈西遊記〉語法研究》〔M〕，上海：上海三聯書店，2015 年版。

44. 溫端政：《漢語語彙學教程》〔M〕，北京：商務印書館，2006 年版。

45. 吳敏潔、朱宏達：《漢語節律學》〔M〕，北京：語文出版社，2001 年版。

46. 王彤偉：《成語由來》〔M〕，成都：四川辭書出版社，2012 年版。

47. 王艾錄：《複合詞內部形式探索——漢語語詞遊戲規則》〔M〕，北京：中國言實出版社，2009 年版。

48. 王曉軍：《衝突話語的名詞語義認知機制及語用功能》〔M〕，濟南：山東人民出版社，2013 年版。

49. 王軍：《漢語詞彙的動態發展變化探析》〔M〕，濟南：山東大學出版社，2002 年版。

50. 徐通鏘：《語言論：語義型語言的結構原理和研究方法》〔M〕，長春：東北師範大學出版社，1997 年版。

51. 羅耀華：《副詞化、詞彙化與語法化》〔M〕，武漢：華中師範大學出版社，2015 年版。

52. 楊振蘭：《現代漢語詞彩學》〔M〕，濟南：山東人民出版社，1996 年版。

53. 楊振蘭：《動態詞彩研究》〔M〕，濟南：山東人民出版社，2003 年版。

54. 葉斯帕森：《語法哲學》〔M〕，北京：商務印書館，2009 年版。

55. 周薦：《漢語詞彙結構論》〔M〕，上海：上海辭書出版社，2004 年版。

56. 趙元任：《趙元任語言學論文集》〔C〕，北京：商務印書館，2002 年版。

57. 趙元任：《漢語口語語法》〔M〕，北京：商務印書館，1979 年版。

58. 趙豔芳：《認知語言學概論》〔M〕，上海：上海外語教育出版社，2001 年版。

59. 周祖謨：《漢語詞彙講話》〔M〕，北京：人民教育出版社，1962 年版。

60. 周一農：《漢語語素學通論》〔M〕，北京：中國社會科學出版社，2012 年版。

61. 〔日〕志村良治：《中國中世語法史研究》〔M〕，北京：中華書局，1995 年版。

62. 張立飛、嚴辰松：《現代漢語否定構式的認知研究——項語料庫驅動的研究》〔M〕，北京：高等教育出版社，2011 年版。

63. 周薦：《詞彙論》〔M〕，北京：商務印書館，2016 年版。

64. 周薦：《漢語詞彙結構論》〔M〕，北京：人民教育出版社，2014 年版。

65. 周薦：《漢語詞彙研究百年史》〔M〕，北京：外語教學與研究出版社，2009 年版。

66. 張志毅、張慶雲：《詞彙語義學》〔M〕，北京：商務印書館，2005 年版。

67. 張誼生：《現代漢語副詞闡釋》〔M〕，上海：上海三聯書店，2017 年版。

68. 朱彥：《漢語複合詞語義構詞法研究》〔M〕，北京：北京大學出版社，2004 年版。

69. 〔英〕傑弗里·利奇：《語義學》〔M〕，上海：上海外語教育出版社，1987 年版。

70. 楊伯峻、何樂士：《古漢語語法及其發展》〔M〕，北京：語文出版社，1989 年版。

71. 范繼淹：《是非問句的句法形式》〔A〕，《語法研究和探索（二）》〔C〕，北京：北京大學出版社，1984 年版。

72. 何樂士：《「弗」的歷史演變》〔A〕，《左傳虛詞研究》〔C〕，北京：商務印書館，2004 年版。

73. 邢公畹：《論語》中的否定詞系〔A〕，邢公畹語言學論文集〔C〕，北京：商務印書館，2000 年版。

74. 張誼生：《從否定小句到話語標記——否定功能元語化與羨餘化的動因探討》〔

A〕,《語言研究輯刊》第十二輯〔C〕, 2014 年版。

75. 王冬梅:《動名互轉的不對稱現象及成因》〔A〕,《語法研究和探索》(十二)〔C〕, 北京:商務印書館, 2003 年版。

76. Horn: A Natural History of Negation〔M〕. Chicago: University of Chicago Press. 1989.

77. Rochelle Lieber: Morphology and LeXical Semantics〔M〕.Cambriage: University of Cambriage Press. 2004.

78. D.A.Cruse: LeXical Semantics〔M〕. Cambriage: University of Cambriage Press. 2009.

三、期刊論文

1. 卞覺非:《略論語素、詞、短語的分辨及其區分方法》〔J〕, 語文研究, 1983 年第 1 期。

2. 巴揚:《漢韓否定前綴「非」的構詞功能對比》〔J〕, 山西師大學報, 2014 年第 5 期。

3. 崔婷:《談「非」字及其流行意味》〔J〕, 衡水學院學報, 2009 年第 3 期。

4. 曹志國:《「不 X」結構語法化的不對稱性》〔J〕, 揚州大學學報, 2014 年第 3 期。

5. 常海星:《「不」構成連詞「不 X」的語義、句法基礎》〔J〕, 長江學術, 2009 年第 3 期。

6. 儲澤祥、謝曉明:《漢語語法化研究中應重視的若干問題》〔J〕,《世界漢語教學》, 2002 年第 2 期。

7. 儲澤祥、劉街生:《「細節顯現」與「副+名」》〔J〕, 語文建設, 1997 年第 6 期。

8. 儲澤祥:《肯定、否定與時量成分在動詞前後的位置》〔J〕, 漢語學報, 2005 年第 4 期。

9. 陳莉、潘海華:《現代漢語「不」和「沒」的對立關係研究》〔J〕, 同濟大學學報, 2017 年第 1 期。

10. 曹秀玲、張磊:《「否則」類連詞的語法化梯度及其表現》〔J〕, 漢語學習, 2009 年第 6 期。

11. 曾立英:《現代漢語類詞綴的定量與定性研究》〔J〕, 世界漢語教學, 2008 年第 4 期。

12. 董秀芳:《「未 X」副詞的委婉用法及其由來》〔J〕, 語言科學, 2012 年第 5 期。

13. 董秀芳:《「不」與所修飾的中心詞的黏合現象》〔J〕, 當代語言學, 2003 年第 1 期。

14. 董秀芳:《漢語詞綴的性質與漢語詞法特點》〔J〕, 漢語學習, 2005 年第 6 期。

15. 董秀芳:《2+1 式三音節複合詞構成中的一些問題》〔J〕, 漢語學習, 2014 年第 6 期。

16. 戴俊芬:《並列結構型成語於對外華語教學之功能》〔J〕, 應華學報, 2010 年第 7 期。

17. 戴耀晶:《試論現代漢語的否定範疇》〔J〕, 語言教學與研究, 2000 年第 3 期。

18. 鄧守信:《現代漢語的否定》〔J〕, 南開語言學刊, 2002 年第 1 期。

19. 方一新：《「不聽」之「不允許」義的產生年代及成因》〔J〕，中國語文，2003 年第 6 期。

20. 方欣欣：《詞義借用的不對稱與泛時性》〔J〕，漢語學報，2005 年第 1 期。

21. 范新干：《漢語複合詞的詞義構成》〔J〕，華中師範大學學報（專輯），1993 年。

22. 付習濤：《關於構式「有＋VP」》〔J〕，中國地質大學學報，2006 年第 5 期。

23. 符淮青：《組合中語素和詞語義範疇的變化》〔J〕，江蘇大學學報（社會科學版），2007 年第 1 期。

24. 郭琪：《「不 X 不 Y」和「沒 X 沒 Y」格式的句法比較》〔J〕，文化藝術，2011 年第 3 期。

25. 郭銳：《過程和非過程——漢語謂詞性成分的兩種外在時間類型》〔J〕，中國語文，1997 年第 3 期。

26. 侯瑞芬：《再析「不」「沒」的對立與中和》〔J〕，中國語文，2016 年第 3 期。

27. 侯瑞芬：《複合詞中「不」的多義性》〔J〕，漢語學習，2015 年 6 期。

28. 侯瑞芬：《「別說」與「別提」》〔J〕，中國語文，2009 年第 2 期。

29. 侯瑞芬：《漢語「不 XX」三字組考察與詞典收詞》〔J〕，語言科學，2017 年第 1 期。

30. 郝明傑：《「不論」連詞化及其機制初探》〔J〕，青年文學家，2013 年第 1 期。

31. 胡乘玲：《漢語標記「不對」的功能分析》〔J〕，漢語學習，2014 年第 3 期。

32. 胡建鋒：《話語標記「不錯」的指示功能及其虛化歷程》〔J〕，語言教學與研究，2012 年第 1 期。

33. 侯國金：《冗餘否定的語用條件——以「差一點＋（沒）V、小心＋（別）V」為例》〔J〕，語言教學與研究，2008 年第 5 期。

34. 侯友蘭：《「不錯」是「錯」的否定形式嗎？》〔J〕，語文學習，1989 年第 4 期。

35. 胡華：《雙音合成詞～不～式及其詞彙音節縮略形式》〔J〕，河北師範大學學報，1993 年第 1 期。

36. 洪波、董正存《「非 X 不可」格式及其語法化過程》〔J〕，中國語文，2004 年第 3 期。

37. 何亮：《中古漢語雙音節「X 來」式時間詞語再考察》〔J〕，勵耘學刊，2005 年第 1 期。

38. 黃潔：《副名結構轉喻操作的語義壓制動因》〔J〕，解放軍外國語學院學報，2009 年第 1 期。

39. 蔣琪、金立鑫：《「再」與「還」重複義的比較研究》〔J〕，中國語文，1997 年第 3 期。

40. 江藍生：《禁止詞「別」考源》〔J〕，語言研究，1991 年第 1 期。

41. 金穎：《「未嘗、未曾、不曾」的歷時更替及其原因分析》〔J〕，暨南學報，2008 年第 3 期。

42. 金穎：《副詞「無非」的形成和發展》〔J〕，古漢語研究，2009 年第 1 期。

43. 蔣紹愚：《詞的語義成分與句法功能》〔J〕，語文研究，2017 年第 4 期。

44. 蔣紹愚：《詞義和概念化、詞化》〔J〕，語言學論叢，2014 年第 2 期。

45. 劉相臣、丁崇明：《近百年現代漢語否定副詞研究綜述》〔J〕，江西師範大學學報，2014 年第 6 期。

46. 呂叔湘：《「很不……」》〔J〕，中國語文，1965 年第 5 期。

47. 呂叔湘：《現代漢語單雙音節問題初探》〔J〕，中國語文，1963 年第 1 期。

48. 呂叔湘：《疑問・否定・肯定》〔J〕，中國語文，1985 年第 4 期。

49. 劉海波：《否定構詞「不／非／沒／未／無＋X」的語義關係》〔J〕，語文學刊，2009 年第 6 期。

50. 李瑛：《「不」的否定意義》〔J〕，語言教學與研究，1992 年第 2 期。

51. 李德鵬：《「不＋X」類雙音動詞的詞彙化》〔J〕，西南石油大學學報，2012 年第 3 期。

52. 李宇明：《程度與否定》〔J〕，世界漢語教學，1999 年第 1 期。

53. 李宇明：《形容詞否定的不平行性》〔J〕，漢語學習，1998 年第 3 期。

54. 李晉霞：《〈現代漢語詞典〉的詞義透明度考察》〔J〕，漢語學報，2011 年第 3 期。

55. 李勇忠：《構式義、轉喻與句式壓制》〔J〕，解放軍外國語學院學報，2004 年第 2 期。

56. 李勇忠：《轉喻的概念本質及其語用學意義》〔J〕，外語教學與研究，2005 年第 8 期。

57. 劉小寧：《「不行」的詞彙化與語法化》〔J〕，漢字文化，2017 年第 14 期。

58. 劉立成、柳英綠：《「不但」類連詞的成詞》〔J〕，漢語學習，2008 年第 3 期。

59. 李德鵬：《「不＋X」類雙音節動詞的詞彙化》〔J〕，西南石油大學學報，2012 年第 3 期。

60. 李賡鈞：《三語素合成詞說略》〔J〕，中國語文，1992 年第 2 期。

61. 劉中富：《現代漢語三音節詞的判定問題》〔J〕，中國海洋大學學報，2014 年第 2 期。

62. 劉中富：《淺談由多義詞素造成的多義複合詞》〔J〕，東嶽論叢，1996 年第 5 期。

63. 劉中富：《現代漢語詞彙特點初探》〔J〕，東嶽論叢，2002 年第 2 期。

64. 李晉霞、王忠玲：《論音節、結構類型對三音節單位詞感的影響》〔J〕，南開語言學刊，2013 年第 1 期。

65. 梁銀峰：《現代漢語「X 來」式合成詞溯源》〔J〕，語言科學，2009 年第 4 期。

66. 梁曉波：《否定的認知研究》〔J〕，外語研究，2004 年第 5 期。

67. 劉丞：《「何妨」演化的不均衡性及其相關問題》〔J〕，勵耘語言學刊，2017 年第 1 期。

68. 劉素民：《「無中生有」與「有無相生」——從愛留根那之「無」看「存有」的絕對性與非限定性》〔J〕，哲學研究，2016 年第 4 期。

69. 劉紅妮：《詞彙化與語法化》〔J〕，當代語言學，2010 年第 1 期。

70. 劉新友、雅貞：《自然語言「非」的邏輯意義》〔J〕，遼寧師範大學學報，1995 年第 4 期。

71. 劉瑞明：《「無賴」詞義辨誤及梳理》〔J〕，湖北大學學報，1995 年第 3 期。

72. 劉平：《現代漢語「不料」複句考察》〔J〕，武漢大學學報，2008 年第 6 期。

73. 陸儉明：《關於「有界／無界」理論及其應用》〔J〕，語言學論叢，2014 年第 2 期。

74. 雷冬平：《現代漢語「有／無＋Prep／V」類詞的詞彙化及其動因》〔J〕，漢語學習，2013 年第 1 期。

75. 柳茜：《「不……不……」虛擬否定緊縮構式研究》〔J〕，語言文字應用，2018 年第 1 期。

76. 孟凱：《現代漢語複音動詞虛化的語義條件》〔J〕，語文研究，2018 年第 2 期。

77. 孟凱：《成組屬性詞的對應性及其影響因素》〔J〕，世界漢語教學，2019 年第 1 期。

78. 孟凱：《複合詞內部的成分形類、韻律、語義的匹配規則及其理據》〔J〕，語言教學與研究，2018 年第 3 期。

79. 聶仁發：《否定詞「不」與「沒有」的語義特徵及其時間意義》〔J〕，漢語學習，2001 年第 1 期。

80. 彭小川：《現代漢語動詞再分類的新思考——由「不妨」的詞性說起》〔J〕，世界漢語教學，2013 年第 4 期。

81. 潘晶虹、何亮：《「不」的語義語用特徵對「不」類雙音詞主觀化的促動》〔J〕，瀋陽大學學報，2015 年第 6 期。

82. 潘世墨：《邏輯的「否定」概念簡析》〔J〕，哲學研究，1998 年第 7 期。

83. 邱豔萍：《概念整合在語素化構詞中的作用》〔J〕，西南民族大學學報，2012 年 S1 期。

84. 施春宏：《構式壓制現象分析的語言學價值》〔J〕，當代修辭學，2015 年第 2 期。

85. 施春宏：《從構式壓制看語法和修辭的互動關係》〔J〕，當代修辭學，2012 年第 1 期。

86. 施春宏：《詞義結構的認知基礎及釋義原則》〔J〕，中國語文，2012 年第 2 期。

87. 施春宏：《名詞的描述性語義特徵與副名組合的可能性》〔J〕，中國語文，2001 年第 3 期。

88. 沈家煊：《英漢否定詞的分合和名動的分合》〔J〕，中國語文，2010 年第 5 期。

89. 沈家煊：《「名動詞」的反思：問題和對策》〔J〕，世界漢語教學，2012 年第 1 期。

90. 沈家煊：《轉指和轉喻》〔J〕，當代語言學，1999 年第 1 期。

91. 沈家煊：《漢語詞類的主觀性》〔J〕，外語教學與研究，2015 年第 5 期。

92. 沈家煊：《「語用否定」考察》〔J〕，中國語文，1993 年第 5 期。

93. 沈家煊：《語言的「主觀性」與「主觀化」》〔J〕，外語教學與研究，2001 年第 4 期。

94. 沈家煊：《複句三域「行、知、言」》〔J〕，中國語文，2003 年第 3 期。

95. 沈家煊：《副詞和連詞的元語用法》〔J〕，對外漢語研究，2009 年第 1 期。

96. 沈家煊：《實詞虛化的機制——〈演化而來的語法〉評介》〔J〕，當代語言學，1998 年第 3 期。

97. 沈家煊：《說「不過」》〔J〕，清華大學學報（哲學社會科學版），2004 年第 5 期。

98. 石毓智：《論社會平均值對語法的影響——漢語「有」的程度表達式產生的原因》〔J〕，語言科學，2004 年第 6 期。

99. 石開貴：《肯定和否定概念在邏輯學中的涵義》〔J〕，四川師範大學學報，1989 年第 3 期。

100. 石毓智、李訥：《十五世紀的句法變化與現代漢語否定系統標記的形成——否定標記沒（有）產生的句法背景及其語法化過程》〔J〕，語言研究，2000 年第 2 期。

101. 施家煒：《漢英文化稱讚語對比分析》〔J〕，漢語學習，2000 年第 5 期。

102. 盛益民、陶寰、金春華：《脫落否定成分：複雜否定詞的一種演變方式》〔J〕，中國語文，2015 年第 3 期。

103. 束定芳：《「有＋零度（中性）名詞」結構的認知和語用闡釋》〔J〕，當代修辭學，2018 年第 6 期。

104. 湯廷池：《否定詞首「不——」的語意功能與共起限制》〔J〕，東吳外語學報，2008 年第 27 期。

105. 唐子恒：《論典故詞語的理據特徵》〔J〕，文史哲，2013 年第 6 期。

106. 唐子恒：《論黏合在漢語複音詞形成中的作用》〔J〕，語文研究，2011 年第 1 期。

107. 唐子恒：《論典故詞語對典源依賴性的減弱》〔J〕，語言教學與研究，2010 年第 4 期。

108. 唐子恒：《詞素間意義的橫向合併》〔J〕，山東大學學報（哲學社會科學版），2006 年第 5 期。

109. 吳福祥：《否定詞「沒」始見於南宋》〔J〕，中國語文，1995 年第 2 期。

110. 吳福祥：《漢語語法化研究的當前課題》〔J〕，語言科學，2005 年。

111. 吳福祥：《漢語語法化演變的幾個類型學特徵》〔J〕，中國語文，2005 年第 6 期。

112. 吳福祥：《關於語法化的單向性問題》〔J〕，當代語言學，2003 年第 4 期。

113. 王燦龍：《試論「不」與「沒有」語法表現的相對同一性》〔J〕，中國語文，2001 年第 4 期。

114. 王燦龍：《「非 VP 不可」句式中「不可」的隱現——兼談「非」的虛化》〔J〕，中國語文，2008 年第 2 期。

115. 王霞：《轉折連詞「不過」的來源及語法化過程》〔J〕，河北師範大學學報，2003 年第 2 期。

116. 萬光榮：《前綴式「非＋X」研究》〔J〕，湖北師範學院學報，2012 年第 3 期。

117. 吳漢江：《〈現代漢語詞典〉（第 5 版）對三字詞語注音拼寫的修訂成果及其遺留問題》〔J〕，語言科學，2008 年第 4 期。

118. 王洪君、富麗：《試論現代漢語的類詞綴》〔J〕，語言科學，2005 年第 5 期。

119. 王文斌、張媛：《從「沒有」的演化和使用看漢民族的空間性思維特質》〔J〕，當代修辭學，2018 年第 6 期。

120. 王寅：《漢語「副名構造」的認知構造語法分析法——基於「壓制、突顯、傳承、整合」的角度》〔J〕，外國語文，2009 年第 4 期。

121. 王紹玉、魏小紅：《從歷時的角度看「沒有」對「無有」的替代》〔J〕，宿州學院學報，2017 年第 5 期。

122. 王艾錄、孟憲良：《語素入詞所發生的意義偏移現象》〔J〕，山西大學學報（哲學社會科學版），1996 年第 1 期。

123. 王霞：《轉折連詞「不過」的來源及語法化過程》〔J〕，河北師範大學學報，2003 年第 2 期。

124. 王寅：《漢語「副名構造」的認知構造語法分析法：基於「壓制、突顯、傳承、整合」的角度》〔J〕，外國語文，2009 年第 4 期。

125. 徐時儀：《否定詞「沒」、「沒有」的來源和語法化過程》〔J〕，湖州師範學院學報，2003 年第 1 期。

126. 玄盛峻：《中古漢語否定副詞「莫」的歷史演變及其動因》〔J〕，天水師範學院學報，2008 年第 1 期。

127. 謝小麗：《「無／不＋M」類雙音節詞的結構類型》〔J〕，廣州大學學報，2002 年第 9 期。

128. 許德楠：《怎樣處理若干形容詞肯定式、否定式的不對稱》〔J〕，辭書研究，1982 年第 5 期。

129. 薛玉彬：《「非常」的語法化歷程及其動因》〔J〕，灘西大學學報，2016 年第 1 期。

130. 邢福義：《關於副詞修飾名詞》〔J〕，中國語文，1962 年第 5 期。

131. 徐正考、張桂梅：《漢語局部同素反義名詞研究》〔J〕，復旦學報，2015 年第 4 期。

132. 鬮明友、黃立鶴：《漢語語法化研究——從實詞虛化到語法化理論》〔J〕，漢語語法化研究，2008 年第 5 期。

133. 肖志紅：《論語法化與主觀化的關係》〔J〕，外語學刊，2014 年第 3 期。

134. 尹洪波：《否定詞與範圍副詞共現的語義分析》〔J〕，漢語學報，2011 年第 1 期。

135. 姚小鵬、姚雙雲：《「不 X」類副詞的語法化與表義功用》〔J〕，漢語學習，2010 年第 4 期。

136. 姚小鵬、姚雙雲：《「不妨」的演化歷程與功能擴展》〔J〕，世界漢語教學，2009 年第 4 期。

137. 楊振蘭：《色彩意義義素分析芻議》〔J〕，漢語學習，2001 年第 2 期。

138. 楊振蘭：《色彩意義演變的語言誘因》〔J〕，文史哲，2003 年第 5 期。

139. 楊振蘭：《試論詞義與語素義》〔J〕，漢語學習，1993 年第 6 期。

140. 楊永龍：《近代漢語反詰副詞「不成」的來源及其虛化過程》〔J〕，語言研究，2000 年第 1 期。

141. 袁毓林：《動詞內隱性否定的語義層次和溢出條件》〔J〕，中國語文，2012 年第 2 期。

142. 袁毓林：《隱性否定動詞的敘實性和極項允准功能》〔J〕，語言科學，2014 年第 6 期。

143. 張誼生：《試論主觀量標記「沒」、「不」、「好」》〔J〕，中國語文，2006 年第 2 期。

144. 張誼生：《從介詞懸空到否定副詞——兼論「無以」與「難以」的否定與趨同》〔J〕，語言教學與研究，2015 年第 4 期。

145. 張誼生：《漢語否定的性質、特徵與類別——兼論委婉式降格否定的作用與效果》〔J〕，漢語學習，2015 年第 1 期。

146. 張誼生：《「不」字獨用的否定功能和銜接功能》〔J〕，樂山師範學院學報，2004 年第 8 期。

147. 張東贊：《否定語義對謂語形容詞程度屬性的激活機制——以「非常」為例》〔J〕，魯東大學學報，2016 年第 4 期。

148. 張斌、張誼生：《非真值語義否定詞「不」的附綴化傾向》〔J〕，上海師範大學學報，2012 年第 5 期。

149. 趙雅婷：《「不光」的詞彙化及語法化探微》〔J〕，現代語文，2016 年第 8 期。

150. 翟贇：《現代漢語中「不錯」及其語義功能》〔J〕，現代語文，2009 年第 7 期。

151. 周薦：《三字組合與詞彙單位的確定》〔J〕，語言科學，2003 年第 5 期。

152. 張新華、張和友《否定詞的實質與漢語否定詞的演變》〔J〕，中國人民大學學報，2013 年第 4 期。

153. 張博：《〈現代漢語詞典〉條目義項與詞語義位的不對應及其彌合空間》〔J〕，江蘇大學學報，2009 年第 5 期。

154. 張博：《反義類比構詞中的語義不對稱及其成因》〔J〕，《語言教學與研究，2007 年第 1 期。

155. 張博：《〈現漢〉（第 5 版）條目分合的改進及其對漢語詞項規範的意義》〔J〕，語言文字應用，2006 年第 4 期。

156. 張華：《〈左傳〉否定詞「未」研究》〔J〕，渤海大學學報，2006 年第 6 期。

157. 張娟：《國內漢語構式語法研究十年》〔J〕，漢語學習，2013 年第 2 期。

158. 趙廣明：《論「無」的先驗性》〔J〕，哲學研究，2016 年第 11 期。

159. 趙豔芳：《語義範疇與詞義演變的認知機制》〔J〕，鄭州工業大學學報（社會科學版），2004 年第 4 期。

160. 朱彥：《複合詞語義的曲折性及其與短語的劃分》〔J〕，世界漢語教學，2005 年第 1 期。

161. 張言軍：《否定式讚揚詞語「不錯」在日常會話中的應用》〔J〕，綏化學院學報，2008 年第 6 期。

162. 張誼生：《當代新詞「零 X」詞族探微——兼論當代漢語構詞方式演化的動因》〔J〕，語言文字應用，2003 年第 1 期。

163. 周剛：《連詞產生和發展的歷史要略》〔J〕，安徽大學學報，2003 年第 1 期。

164. 周莉：《連詞「別說」與「不但」》〔J〕，語言研究，2014 年第 3 期。

165. 趙彧：《降格否定「遑論」的分布特徵、表義功能及連詞化歷程——兼論「遑論」與「不論」的異同》〔J〕，勵耘語言學刊，2016 年第 2 期。

166. 趙彧：《降格否定「詎料」的篇章功能、語義表現及演化——兼與「不料」之比較》〔J〕，貴州工程應用技術學院學報，2015 年第 5 期。

167. 趙雪：《由「不 X」式虛詞結構初透語法化理論》〔J〕，東北師大學報，2016 年第 1 期。

168. 鄒韶華：《名詞在特定環境中的語義偏移現象》〔J〕，中國語文，1986 年第 4 期。

169. 張博：《漢語詞義衍化規律的微觀研究及其在二語教學中的應用》〔J〕，世界漢語教學，2009 年第 3 期。

170. 朱彥：《複合詞語義的曲折性及其與短語的劃分》〔J〕，世界漢語教學，2005 年第 1 期。

四、學位論文

1. 包豔麗：《「不 X」類短語的詞彙化研究》〔D〕，延邊大學學位論文，2011 年。

2. 程洲：《現代漢語詞典》三音節詞及固定語聲音形式和語法結構研究〔D〕，北京語言大學學位論文，2007 年。

3. 陳軒：《「難免」、「不免」、「未免」的主觀性差異考察》〔D〕，北京語言大學學位論文，2006 年。

4. 陳平：《英漢否定結構對比研究》〔D〕，中國社會科學院學位論文，1981 年。

5. 曹夢：《「無 X」類副詞詞彙化及其語法化研究》〔D〕，重慶師範大學碩士學位論文，2018 年。

6. 關翠瓊：《帶「不」詞語的否定肯定不對稱性表現及其功能考察》〔D〕，華中師範大學學位論文，2003 年。

7. 郝明傑：《現代漢語「不 X」的共時詞彙化狀態考察》〔D〕，上海師範大學學位論文，2014 年。

8. 黃恩任：《現代漢語否定結構的認知研究》〔D〕，上海師範大學博士學位論文，2015 年。

9. 駱牛牛：《新時期漢語新詞的造詞研究》〔D〕，山東大學博士學位論文，2015 年。

10. 劉敏：《漢語否定副詞來源與歷時演變研究》〔D〕，湖南師範大學學位論文，2010 年。

11. 李惠軍：《現代漢語「未 X」類減量副詞研究》〔D〕，上海師範大學學位論文，2017 年。

12. 劉靈敏：《否定結構的詞彙化研究》〔D〕，安徽師範大學學位論文，2011 年。

13. 李南：《「否定語素＋X」類副詞的詞彙化研究》〔D〕，河南大學學位論文，2013 年。

14. 劉慧：《「意外態」語氣副詞研究》〔D〕，上海師範大學碩士學位論文，2010 年。

15. 呂曉玲：《現代漢語三音詞語義研究》〔D〕，山東大學博士學位論文，2015 年。

16. 雷雨芸：《現代漢語否定的主觀量研究》〔D〕，湖南大學碩士學位論文，2013 年。

17. 孟凱：《現代漢語「X＋N 役事」致使複合詞研究》〔D〕，北京語言大學博士學位論文，2009 年。

18. 潘晶虹：《現代漢語「不 X」類構式演變研究》〔D〕，重慶師範大學學位論文，2016年。

19. 沈芳芳：《漢語「未 X」類語氣副詞考察及對外漢語教學應用》〔D〕，西南大學學位論文，2015 年。

20. 宋丙秀：《現代漢語造詞法與詞素義的生成研究》〔D〕，濟南大學碩士學位論文，2015 年。

21. 邵凌力：《現代漢語類詞綴鑒定標準及語法化研究》〔D〕，鄭州大學碩士學位論文，2012 年。

22. 田慧麗：《現代漢語表遞進義「不 X」雙音詞及其相關格式考察》〔D〕，上海師範大學學位論文，2013 年。

23. 易美丹：《「沒 X 沒 Y」格式的句法、語義及語用考察》〔D〕，暨南大學碩士學位論文，2008 年。

24. 顏紅菊：《現代漢語複合詞語義結構研究》〔D〕，首都師範大學博士學位論文，2001年。

25. 姚曉鵬：《漢語副詞連接功能研究》〔D〕，上海師範大學博士學位論文，2011 年。

26. 楊黎黎：《漢語商品名稱中的派生式構詞：否定性詞綴、類詞綴和動語素》〔J〕，《學術交流》，2018 年第 2 期。

27. 辛慧：《現代漢語意外類篇章連接成分分析》〔D〕，延邊大學碩士學位論文，2010年。

28. 尹海良：《現代漢語類詞綴研究》〔D〕，山東大學博士學位論文，2007 年。

29. 張麗莎：《「否定語素＋X」式副詞否定義的研究》〔D〕，華中科技大學學位論文，2016 年。

30. 周雄才：《「不說」的多角度研究》〔D〕，上海師範大學學位論文，2012 年。

31. 趙雪：《漢語「不 X」式詞在二語習得中的偏誤研究》〔D〕，吉林大學學位論文，2017 年。

32. 張長永：《現代漢語表時雙音詞「X 來」的詞彙化及語法化問題研究》〔D〕，上海師範大學學位論文。

33. 周密：《「有」「無」構詞、句法組配上的對稱與不對稱研究》〔D〕，華中師範大學學位論文，2017 年。

34. 周雄才：《「不說」的多角度研究》〔D〕，上海師範大學碩士學位論文，2012 年。

35. 顏紅菊：《現代漢語複合詞語義結構研究》〔D〕，首都師範大學博士學位論文，2007年。

36. 趙雪：《漢語「不 X」式詞在二語習得中的偏誤研究》〔D〕，吉林大學博士學位論文，2017 年。

37. 張莉：《現代漢語多義詞新探》〔D〕，山東大學博士學位論文，2005 年。

五、語料庫

1. 北京大學中國語言學研究中心 CCL 語料庫
2. 國家語委現代漢語語料庫
3. 國家語委古代漢語語料庫
4. 臺灣中央研究院現代漢語平衡語料庫
5. 臺灣中央研究院古漢語語料庫
6. 臺灣中央研究院近代漢語標記語料庫
7. 中國基本古籍庫

後　記

　　整個夏日都在校讀書稿，待到提筆寫後記的時候，時令已近立秋。校讀書稿時，不經意想起梁啟超先生《清代學術概論》中的幾句話：「最喜羅列事項之同類者，為比較的研究，而求得其公則。」比較的方法作為「公則」，可以應用到各個研究門類，呂叔湘先生在《中國文法要略》例言中便也說道：「要明白一種語文的文法，只有應用比較的方法。拿文言詞句和文言詞句比較，拿白話詞句和白話詞句比較，這是一種比較。文言裏的一句話，白話裏怎麼說，白話裏的一句話，文言裏怎麼說，這又是一種比較。……只有比較才能看出各種語文表現法的共同之點和特殊之點。」這些要義初讀時不以為意，經過一些時日讀書研究的沉澱和思考之後，才初有體會，這是先生們在把「金針度與人」。

　　十多年前，我在北京語言大學讀碩士，那時候有一門課是「語言學名著選讀」，課上我們每人都要精讀一本語言學著作，或許是因為對「能自如地投身於兩種文化——自然科學和人文科學」的趙元任先生有很多的好奇，我選取的是他的《漢語口語語法》。這本書原是趙元任先生寫給外國人研究中國話用的，名為 A Grammar of Spoken Chinese，後經呂叔湘先生翻譯編修。從這本書的編寫目的來看，趙元任先生必然需要用漢語和印歐語現象做對比，對比的結果，便是書中很多的創獲性發現。趙元任先生在這本書中將「不」稱之為「新興詞綴」，所列的新興詞綴有「不、無、非」等 10 個。先生認為這些詞綴「是複合詞中結合面寬的第一語素」，之所以不同於其他一般的詞綴，是因為這些詞綴

的虛化程度不是很高。從這裡我開始關注否定語素構詞的一些問題。碩士導師孟凱老師專門從事詞彙學研究，在她的指導下師門一起討論她研究的成組屬性詞問題，語言研究中的對應性和差異性問題不僅僅是指出存在與否，還要精微地辨析其程度並闡釋其原因，這是最有可能引發學術爭辯的地方。在此基礎上再研讀沈家煊先生的《不對稱和標記論》，裏面有專門一章討論肯定和否定的不對稱問題，書中敏銳的問題意識啟發了我，我也由此確立了接下來一段時間的研究方向——探討詞彙層面的否定語素構詞問題。

現在翻看這份博士學位論文，回到最初的問題起點，我覺得尚留有諸多的遺憾。問題的描述也許基本清晰，但是對問題的闡釋還需要再深入思考。「否定」涉及到哲學、邏輯、心理、語言各個層面，而語言學層面的分析，必然要與這些不同的層面有所連接，當時的我對這個問題的處理確實力有不逮。隨著閱讀和研究興趣的轉向，系統性地再去梳理這些問題可能需要留待更為長遠的以後了。

感謝楊嘉樂先生和花木蘭文化事業有限公司提供出版支持，讓這份階段性的研究成果能夠有機會出版。在今天的學術環境下，花木蘭文化事業有限公司靜定堅守，承傳優秀的出版經驗和傳統，給成長中的青年學者以學術上的助力，這讓人十分感佩。

感謝我的博士導師楊振蘭教授給這本書作序。她指導我從選題到結稿的整個過程，寫作中我每完成一章就發給楊老師，從字詞句到篇章框架楊老師都認真修改，提出建設性意見。楊老師師從詞彙學專家葛本儀先生，在山大讀書時，楊老師幾次帶我們拜訪葛先生。有一次教師節，學生坐滿了整個屋子，先生喜顏於色，給我們講她讀書時大師匯聚於校園的黃金時代，講與我們老師共度的研究生日常。2019年我博士畢業時去向先生辭行，先生留我在家一起吃餃子，她說「生活上我很隨意，不是很講究，你們也不要拘束……寫文章不著急，先想清楚，要踏踏實實……」。2020年先生離世，如今回想起其音容，其學行，感慨良多。作為現代漢語詞彙學學科體系的創建者，葛本儀先生致力於將漢語詞彙學研究推向系統化、本土化。先生的學問人生將激勵我在學術之路上踏實前行。

感謝家人給予我的支持，家人的愛與期待讓我選擇了在工作結婚生子後繼續回到學術的軌道上，家人永遠是我探賾文獻語言學的動力。這份書稿也是我回饋給他們的一份秋天的禮物。